모정의
뱃길

저자 정숙현

목차

3만 4천 리 모정의 뱃길 격한 감동 실화 ·············· 4

머리말   12

추천의 글 ······················· 15

2019년

2019년 9월 ······················· 26

2019년 12월 ······················· 28

2020년

2020년 1월 ······················· 35

2020년 2월 ······················· 35

2020년 3월 ······················· 39

2020년 5월 ······················· 44

2020년 6월 ······················· 45

2020년 7월 ······················· 47

2020년 8월 ······················· 49

2020년 9월 ······················· 58

2020년 10월 ······················· 65

2020년 11월 ······················· 72

2020년 12월 ······················· 79

2021년

2021년 1월 ······················· 92

2021년 2월 ······················· 113

2021년 3월 ······················· 119

2021년 4월 ······················· 123

2021년 5월 ······················· 131

2021년 6월 ······················· 139

2021년 7월 ···························· 145

2021년 8월 ···························· 150

2021년 9월 ···························· 155

2021년 10월 ··························· 157

2021년 11월 ··························· 164

2021년 12월 ··························· 168

2022년

2022년 1월 ···························· 174

2022년 2월 ···························· 176

2022년 3월 ···························· 179

2022년 4월 ···························· 181

2022년 5월 ···························· 187

2022년 6월 ···························· 190

2022년 7월 ···························· 195

2022년 8월 ···························· 196

2022년 9월 ···························· 201

2022년 10월 ··························· 203

2022년 11월 ··························· 230

2022년 12월 ··························· 241

2023년

2023년 1월 ···························· 256

글 모음 ······························· 261

후기 ································· 297

댓글 모음 ····························· 300

3만 4천 리 모정의 뱃길
격한 감동 실화

　내가 나고 자란 섬에는 집이라곤 세 가구에 스무 명 안 되는 사람들이 모여 살았다.

　작은 통통배조차 오지 않는 곳이라 섬사람들은 장을 보거나 다른 볼일을 보러 나룻배로 육지를 건너다니곤 해서 아이들이 커도 학교에 보내는 것은 꿈조차 꿀 수 없는 상황이었다.

　그 당시는 남존여비라는 유교 의식이 강한 시대였음에도 불구하고 나의 어머니께서는 비록 딸자식이지만 가르쳐야 한다는 마음을 가지시고 실천에 옮기셨다. 당연히 아버지는 여자가 공부해서 무엇 하냐며 펄쩍 뛰시며 반대했다. 딸을 학교에 보내본들 20리나 되는 바닷길을 무슨 수로 왕래하느냐는 것이었지만 나의 어머니는 신념을 굽히지 않았고, 어머니의 모진 결심에는 그것이 딸을 학교에 보내지 못한다는 아무런 이유가 되지 않으셨다. 결국 어머니의 굳은 결심과 모진 실천으로 나를 입학시키고야 말았다.

　전기도, 시계도 없는 섬마을에서 새벽어둠에 딸을 깨워 밥을 먹이고 나룻배를 저어 학교에 보내고, 공부가 끝날 때면 다시 집으로 데려오는 6년의 시간이었다. 어머니의 나룻배는 강풍이 불어도, 눈보라가 몰아쳐도 단 하루도 쉬지 않았다. 어머니의 일은 그것뿐만이 아니었다. 아버지가 병든 몸이라서 농사까지 도맡아야 하는 상황이었다. 농번기에는 소를 빌려 논밭 일을 하고, 장이 서는 날에는 채소를 팔아 생필품을 사고 아버지의 약도 사 왔다.

그래도 나의 어머니는 공부하는 딸이 대견스럽기만 해서 육신의 모든 고달픔을 모르고 6년 세월을 훌쩍 보내셨고, 그 세월 동안 모정의 뱃길을 손꼽아 보니 3만 4천 리를 헤아렸다.

외딴섬에서 목포까지 20리 바닷길을 나룻배에 딸을 태워 통학을 시킨 어머니였다. 노 젓는 어머니와 단발머리의 초등학생 소녀. 눈비가 내리고 풍랑이 닥쳐도 모녀의 나룻배는 6년 동안 단 하루도 거르는 날이 없었다. 졸업식 날 학교에서는 6년 개근상을 탄 나의 어머니에게 '장한 어머니상'을 드렸다. 친구와 아우들과 선생님과 정든 교실과 한꺼번에 헤어지는 마지막 날은 나룻배 모녀의 사연으로 더욱 숙연했다.

"잘 있거라 아우들아 정든 교실아…."

그렇지 않아도 눈물 나는 졸업식에 나도 울고 어머니도 울고, 우리 모녀를 바라보는 모든 사람들이 눈물바다를 이루었다.

이렇게 1962년 매서운 추위가 가시지 않은 2월, 목포의 한 국민학교(초등학교) 졸업식은 신문 보도를 통해서 널리 알려져 많은 사람들의 눈시울을 적시게 되었다. (한국일보 2월 14일)

그 당시 육영수 여사는 이러한 신문 기사를 접하시고 나의 어머니에게 편지를 썼던 것이다.

육영수 여사는 남부지방으로 시찰을 떠나는 남편에게 전남 여수에 가시거든 한 어머니를 만나 전달해 달라며 손수 쓴 한 통의 편지를 건네었다.

그 당시 5·16 혁명으로 인해 대통령이 아니었던 박정희 의장은 여수에 가서 이 가난한 섬의 모녀였던 어머니(박승이)와 나(정숙현)를 만났다. 육 여사의 편지를 전하고, 그 어머니의 굳은살 박인 손을 잡아주며 위로와 격려의 말을 아끼지 않았다.

그로부터 40년 후, 한국일보는 나의 글을 게재하면서 우리 모녀의 뒷 소식을 전해 다시 한번 사람들의 가슴을 뭉클하게 만들었다.

2004년 7월 8일 자 한국일보에 게재된 나의 글이다.

'모정의 뱃길' 주인공 정숙현 씨

나는 모른다.
물결 위에 일렁이는 그림자를 몇 억겁이 지난 후의 이 파도 위에도 한 오라기 주름살이 굽이칠까.
살을 에는 어머니의 뱃길 따라 왜 오고 갔는지를 나는 모른다.
깊고 또 깊은 곳에 남아 있거라. 물보라가 그리는 한 장의 초상화.
아, 나의 어머니 모정의 뱃길.

굳이 거창하게 시(詩)라고 말하지 않아도 좋다. 단지 물결처럼 마음 또한

이렇게 흐르는 것을.

1956년, 모두가 먹고살기도 힘들었던 시절, 초등학교 6년을 졸업한다는 것은 감히 단언컨대 지금의 대학을 졸업한다는 것보다 더욱 귀한 일이었다고 생각한다. 그것도 스무 명이 채 못 사는 자그마한 섬마을 출신의 여자아이에게는 불가능에 가까운 일이었다고 생각한다.

지금처럼 잘 살고, 여행들을 많이 다니는 사람들의 입장에서는 낭만이 있고, 가 보고 싶은 '말이 좋아 섬마을'이지, 내 가족을 포함해 겨우 세 가구가 살았던 그 섬에서는 생계를 위해 약간의 채소와 나물을 팔러 나가기 위해 이용했던 나룻배 한 척만이 외부를 잇는 유일한 교통수단이었다.

가장도는 여수 야도 뒤에 있는 섬으로 대경도와 소경도 사이에 있다. 예전에는 유인도였는데 지금은 무인도가 되었다. 뭇사람들에게는 이름도 없고, 기억에도 없는 섬일 것이다. 섬 둘레가 1.52km, 최고점이 20m밖에 안 되며 처음에는 가쟁이섬이라 불렀지만 한자로 표기하면서 가장도(加長島)가 되었다.

어머니는 남들이 다 자는 깊은 밤, 달빛에 의지해 혼자 노 젓는 방법을 익히셨다. 병중인 아버지와 늙은 시어머니를 모시며 오랜 세월 동안 배우지 못한 것을 원통하게 여기신 어머니는 절대로 딸에게 문맹을 대물림할 수 없다고 결심하셨다.

내 어머니 박승이는 그렇게 6년을 전남 여천군(현재 여수시) 가장도에서 목포까지 20리 바닷길 노를 저었다. 시계는커녕 수탉도 없던 새벽, 어머니는 오직 바람 소리와 파도 소리로 그날의 날씨를 가늠하며 조각배를 띄웠다.

초등학교 3학년 때 태풍 사라호로 산산조각이 된 배의 파편을 안고 통곡했던 어머니, 한겨울 추위에 갈라진 손등으로 여자도 배워야 한다는 일념만으로 파도를 헤쳐 나가던 어머니였다.

말로는 표현 못 할 6년의 세월. 마침내 졸업식 날이었다. 어머니는 박수 갈채와 울음바다 속에 '장한 어머니상'을 받았다. 그리고 당시 우리의 사연을 취재했던 한국일보 이문희 기자로 인해 '모정의 뱃길 3만 4천 리'는 전국 방방곡곡에 알려지며 우리 모녀는 한국일보와 인연을 맺게 되었다.

1962년 2월 14일 자로 날짜까지 정확히 기억한다.

그때 받은 격려 편지는 국내외에서 하루 200여 통 이상이었다. 얼마 지나지 않아 「모정의 뱃길」이란 이름으로 영화가 만들어졌고 어머니를 소재로 한 노래(필자 주; 이미자의 '꽃피는 여수바다')도 불려졌다. 라디오 연속극까지 만들어졌다. 당시 박정희 대통령이 여수에 내려와 어머니와 나를 격려하며 장학금을 주던 일을 잊을 수 없다. 그 후 나는 여수에서 중고등학교를, 서울에서 대학(성균관대 국문학과)을 나왔다.

이제 아이 세 명을 키우는 나는 당시의 어머니보다 나이가 많다. 딸 가족을 위해 새벽 기도를 다녀온 후 낮은 목소리로 찬송가를 부르는 어머니의 얼굴은 마냥 평화롭다.

내가 한석봉이나 이율곡이나 맹자처럼 훌륭하지 못한 탓으로 내 어머니가 그들의 어머니처럼 길이길이 기억되지 못한다는 안타까움이 있다. 그러나 이젠 거의 잊혀 가고 있는 어머니를 기억해 이런 지면을 통해 어머니에게 감사와 사랑의 글을 올릴 수 있게 해 준 한국일보에 감사한다. 나 또

한 어머니의 발끝에도 전혀 미치지 못하나마 당신의 모습을 닮으려 한다.

이제 57세가 된 정숙현 씨는 서울 강남구 도곡동에서 아직도 정정한 80세 어머니를 모시고 행복하게 살고 있다. 1986년부터 공생복지재단 산하 서울특별시립 한남직업전문학교 미용과 교사로 일하고 있다.

박정희 의장과 모녀의 사진은 사나운 풍파도 막지 못한 강한 모정, 섬마을 소녀의 가슴 부푼 꿈과, 그리고 고난을 딛고 일어나고자 하는 지도자의 의지가 함께 만남을 보여주고 있다.

육영수 여사의 편지 내용은 알 길이 없으나, 어머니의 지극정성에 감사를 전하며 용기를 북돋아 주는 것이었으리라. 어머니들끼리만 아는 이야기도 있으리라.

무정세월 40년.

10년이면 강산도 변한다는 그 세월이 네 번 굽이쳐 흘렀어도 주인공 정숙현 씨는 "박정희 대통령이 여수에 내려와 어머니와 나를 격려하며 장학금을 주던 일을 잊을 수 없다"고 했다.

지도자의 이런 보살핌으로 이 땅의 고난을 다 감당할 수는 없는 일이지만, 외딴섬의 고립과 가난을 숙명이라 여기지 않고 바다를 건넌 그 어머니의 결연한 '도전'에 뜨겁게 악수하는 것이 고난을 딛고 일어나려는 모든 사람에게 힘을 실어주는 의미로는 부족함이 없었다.

세계 최빈국의 신세를 면치 못하던 60년대 초, 어떻게든 궁핍을 딛고 몸부림쳐 일어나야 한다는 의지가 절박했던 그 시기였음에랴.

이 땅에 수많은 지도자들이 거쳐 가고 지금도 내로라하고들 있지만 거의 서민의 삶과 무관한 '나으리'들뿐, 서민을 가슴으로 만나고 그들의 삶 속에 들어가 애환을 나누고 함께 꿈을 꾼 지도자가 박정희 외에 누가 있는가를 돌아보게 된다.

'박정희 매도'가 극성을 부리던 때에 이런 댓글이 올라온 적이 있다.

"이놈들아, 난 그분 이름만 들어도 눈물이 난다."

한마디 설명이 필요치 않은 말이다.

역사적 평가를 차치하고도 그가 존경받는 이유 중의 하나는 일거수일투족 꾸미려 해도 꾸밀 수 없는 그의 서민 기질에 있다. 그는 대통령이었지만 갈 데 없는 한국의 전형적인 평민이었다. 이 땅의 서민들, 수많은 사람이 대통령 박정희를 인간 박정희로, 그를 자신과 동일시 하고 있는 것이다.

그런 지도자가 박정희 말고 또 누가 있던가?

어제를 돌아보는 것은, 어제가 내일을 비춰주는 거울이기 때문이다. 어제의 고난과 꿈은 내일도 새롭게 이어져, 어제 내린 비와 눈보라가 용기와 지혜를 주고 꿈길을 열어주게 마련이다. 모정의 뱃길이 많은 사람들에게 꿈길을 열어주듯이.

그 어머니는 지금도 육영수 여사의 편지를 간직하고 있을까.

육 여사 32주기를 맞노라니 그것이 궁금했다.

팍팍한 삶에 부대끼느라 옷소매 속을 빠져나갔는지 모를 일이다. 오늘에 와서 생각하면 그것처럼 소중한 것도 없으련만 그때는 그걸 몰랐으리라.

인생사에 만족이 어디 있으랴. 아쉬움은 있는 법. 그래서 추억은 더욱 애틋한 것이리라.

모정의 뱃길은 우리 모두의 꿈길이었다.

40년 후 모녀의 이야기를 다시 접하는 우리 가슴은 그래서 뜨겁다.

그 후 속절없이 다시 20년이 흐른 지금,

2019년 1월 어머니께서 돌아가시며 지금까지 나에게 흐르던 모정의 뱃길은 끊어졌지만, 어머니께서 전해 주신 모정의 뱃길을 세 자녀들과 손주들에게 이어지게 하려고 모정의 뱃길 위에서 하루하루 최선을 다해서 노를 젓는다.

'모정의 뱃길'

이 단어는 제가 어릴 때부터 가정사와 관련하여 가장 많이 들어온 두 어절의 말입니다. 그만큼 익숙하면서도 인생에 있어 가장 무게감 있는 말 중 하나이기도 합니다.

어릴 때는, 그냥 외할머니가 딸을 가장도라는 작은 섬에서 학교가 있는 육지까지 6년 동안 비바람 파도를 가르며 조각배에 딸을 태워 졸업시킨 사연이 세상에 알려져 대통령으로부터 '장한 어머니상'을 수상한 이력에 붙은 수식어이자 제목이라고만 생각했었습니다.

그러나 이제 내가 나이를 먹으면서 부모가 되어 세 아들을 키우는 가장이 되고 보니, 이 말은 부모가 자식을 사랑하는 수식어를 뛰어넘어 외할머니의 하나님을 향한 신앙의 고백이었음을 깨닫게 됩니다.

외할머니는 제가 어릴 때 어머니의 양육과 더불어 중요한 교육을 담당하시어 학창 시절의 공부 자세와 인성 및 영성에 지대한 영향을 주신 분입니다. 책상에 앉아 있으면 공부가 끝날 때까지 같은 방에서 또는 할머니 방에서 똑같은 시간을 공부하시면서 목표로 한 학습량을 자기 주도적으로 채울 수 있도록 유도하고, 올바른 인성을 갖는 것이 중요한 것임을 늘 강조하셨습니다.

한글을 성경으로 터득하시면서 새벽기도와 성경공부를 통해 묵상한 것을 저와 여러 번 나누셔서 현재의 저의 영성에 지대한 영향을 주시기도 했습니다.

한번은 제가 목사님 흉내(?)를 낸다고 "우리가 살아도 주를 위하여 살고 죽어도 주를 위하여 죽나니 그러므로 사나 죽으나 우리가 주의 것이로다 (롬 14:8)"을 나름대로 설교한 적이 있었는데 할머니가 마루 걸레질을 하다말고 제 설교(?)를 유심히 경청하시던 모습이 할머니 모습 중에 가장 명확하게 기억에 남습니다.

지금 제가 학생을 가르치는 직업을 갖게 된 것이 묘하게 그 기억과 중첩됩니다.

외할머니는 하나님의 부르심을 받고 이 세상에서 잠시 뒤에 다 같이 상봉할 장소로 이사하셨습니다.

그런데 제가 현재 하나님과 교통하며 동행하며 깊은 신앙을 가지게 된 것도 할머니의 소천 이후에 본격적으로 시작된 거라, 외할머니 믿음의 유산의 영향력은 계속 커지며 아직도 계속되고 있습니다.

이 세상에 계실 때 잘 이해가 되지 않던 외할머니의 모습을 이제는 신앙의 영성으로 충분히 이해하게 되었으니까요.

이제 아버지마저 하나님 품으로 돌아가신 후 어머니가 그 '모정의 뱃길'을 재해석하여 이 책에 담게 되었습니다. 할머니 관점에서 이야기가 만들어져 영화로, 음악으로, 글로, 그리고 방송으로 보도되고 기사화되었던 '모정의 뱃길'이 그분이 별세하신 후 딸의 입장에서 새롭게 재편되어 글로 쓰이게 되었습니다.

같은 사건이지만 '내리사랑'을 부어주는 쪽과 그 사랑을 내려받는 입장에서 어떻게 사랑이 해석될 수 있는지를 비교해 보는 것도 이 책의 재미와 큰 의미 있는 점이 될 것입니다. 그리고 그것이 인류 전체를 아우르는 하나님의 구속사적 사랑과 밀접하게 연결될 수 있다는 점에서 하나님의 사랑을 성경적으로 볼 수 있는 중요한 복음의 통로가 되리라 확신합니다.

저는 '모정의 뱃길'의 주인공의 손자이자 책 저자의 아들로서 머리말을 쓰게 되어 참 영광스럽고, 기쁜 마음을 감출 수 없습니다. '모정의 뱃길'에 관한 한 제삼자의 관점을 꾸준히 견지해 왔으나 이제 책의 머리말을 통해 어머니의 속 깊은 이야기를 들을 수 있어 참 좋습니다.

이 책이 이 시대를 살아가는 모든 부모와 자녀들이 하나님의 양육의 대리자로 살아갈 수 있는 계기가 되기를 소망합니다.

감사합니다.

대구캠퍼스에서
경북대학교 환경공학과 교수
김웅

"만남은 하나님의 선물이다"라는 말이 있습니다. 어떤 만남도 소중하지 않은 만남이 없습니다. 만남을 통해 인생을 배우고, 만남을 통해 세상을 알게 됩니다. 그럼 인생도 어느덧 시간이 흘러 과거를 추억할 만큼의 인생의 계단을 한참이나 오를 때에는, 어떤 만남은 그에게 힘이 되고 소망이 되기도 합니다.

저에게도 그런 만남이 있습니다. 정숙현 권사님과의 삶은 남다른 여정의 흔적이 있습니다. 그래서 감동이 되고 은혜가 됩니다. 자랑할 것이 많아 보여도 자랑하지 않는 조심스러운 겸손, 온 세상을 다 웃길 것 같은 활기찬 표현력이 있으면서도 언제라도 터질 것 같은 진심 어린 눈물, 그리고 곁에 있는 한 사람 한 사람을 소중히 여길 줄 아는 깊은 배려, 제가 권사님을 대할 때마다 느끼는 편안한 느낌표입니다.

이 책은 저자의 이런 삶과 여정을 담은 느낌표이자 쉼표와도 같은 책입니다. 어머니 고(故) 박승이 권사님의 '모정의 뱃길'로 소녀 정숙현의 삶의 항해가 시작되었습니다. 박승이 권사님이 저었던 노는 하나님께로 딸의 인생을 맡긴 어머니의 기도였습니다. 한 번의 노를 저을 때마다 하나님을 불렀고 노래했습니다. 사실 박승이 권사님 혼자만 노를 저은 것이 아니라, 하나님의 손이 그 노를 함께 붙잡아 주셨습니다. 모든 것이 하나님의 은혜라는 말은 이때 하는 말이 아닐까요? 하나님은 그 노만 붙잡아 주신 것이 아니라 어머니 박승이 권사님의 마음도 붙잡아 주셨습니다. 아마도 하나님이 그 마음을 붙잡지 않으셨다면 모정의 뱃길은 없었을 것입니다. 지금 생각해 보면 하나님의 뱃길이요, 노아의 방주였습니다. 그 은혜가 아니었다면 이 책도 나올 수 없었겠지요.

딸 정숙현 권사님도 삶의 노를 저어왔습니다. 노를 젓는 '엄마의 모습'을 생각하며 가정을 위해 기도하고 자녀를 위해 기도하고 교회를 위해 기도해 온 것을 누구보다도 저는 잘 알고 있습니다. 정숙현 권사님은 박승이 권사님을 꼭 닮았습니다. 딸이 어머니를 닮은 것이 그다지 신기한 일은 아니겠지만, 그만큼 두 모녀의 삶이 은혜롭다는 표현일 것입니다. 이제는 하나님을 끝없이 부르면서 인생의 멋진 마침표를 찍는 시간까지 열정을 다해 달려가는 저자를 기도로 응원합니다.

책의 추천사를 부탁받고 적잖은 감동도 있었지만 부담도 되었습니다. 본래 '추천사'라는 것이 정말이지 편안하게만 쓸 수 있는 것이 아님을 잘 알고 있습니다. '저자가 몸담은 교회의 담임목사 자격만으로 글을 쓴다면 너무 형식적이지 않을까?' '추천하고픈 마음의 정도만큼 미력한 필력이 제 역할을 다할 수 있을까?' 하지만 얼른 생각을 고쳐먹었습니다. 주님 주시는 마음을 담아 써 내려가는 것이 더 진심 어린 추천사가 되겠구나 하는 생각이 들었습니다.

독자들마다 인생의 항로가 있을 것입니다. 또 수많은 만남도 있을 것입니다. 이 책의 저자 정숙현 권사님과의 만남을 통해 감동과 도전을 넘어 삶의 항로가 새로워지길 간절히 소망합니다. 누구에게나 있을 눈물의 뱃길을 넘어서서, 축복의 항로가 시작되길 원합니다. 한 사람의 인생을 만나면서 흘리는 눈물은 결코 감상적인 눈물만은 아닐 것입니다. 저자와 만나셨고 저자에게 은혜를 베푸셨고 순간마다, 때마다 지키시고 보호하신 하나님의 손길을 독자들도 경험하게 될 것입니다. 부디 이 책을 읽는 모든 독자들의 삶 가운데서 제2의 박승이, 제2의 정숙현의 또 다른 축복의 뱃길이 시작되길 바라며 추천의 글을 마칩니다.

로뎀교회 담임목사
김진철

정숙현 작가님은 분홍색 동백꽃 같은 분이십니다.

분홍색 동백꽃의 꽃말은 "당신이 나를 아름답게 합니다."라는 뜻인데, 정숙현 작가님은 만나는 지인들을 행복하게 해 주고, 또 아름답게 빛나게 해 주는 은사가 있는 신비하고 완벽한 멋진 분입니다.

정숙현 작가님을 만난 지 30년이 넘었지만, 언제나 순수한 마음과 멋을 아시는 분, 그리고 선교의 동역자로 자매로 늘 동행하고 있습니다.

『모정의 뱃길』 추천합니다.

진솔한 정숙현 작가님의 삶을 나누는 책, 그 안에는 기쁨과 사랑, 인간승리를 책을 통하여 만나게 되실 것입니다.

정숙현 작가님의 『모정의 뱃길』 출판을 축하드립니다.

선교사
이종미

작가님을 통해 책 출판을 위한 요청을 받고서 부족함이 많은 제가 겁도 없이 덜컥 "네, 알겠습니다!"라고 한 순간부터 지금까지 노심초사의 시간이 이어졌습니다. 작가님의 글에 다가서면 다가설수록 태산과도 같은 거인을 마주 보고 서 있는 것 같아 나의 대답이 너무도 경솔했던 것을 후회하면서 지금까지 달려온 것이 기적이었다고 생각합니다. 이 책은 한마디로 정의하는 것이 무의미하지만, 굳이 할 수 있다면 "사랑의 흐름"이라고 생각했습니다. 태산과도 같은 거인이 있기까지 더 위대하신 어머니의 앞에서는 초라한 작은 동산으로 변모하는 모습, 그리고 이어지는 태산에서 자녀들과 손주들까지 흘러내리는 사랑의 흐름이 끊기지 않도록 하기 위해서 주옥과도 같은 카카오 스토리의 많은 글과 댓글들을 과감하게 배제하는 작업이 힘들었습니다. "모정의 뱃길" 따라 흘러온 사랑의 줄기가 흐르고 흘러 결국엔 "황금 연못"으로 변했다고 단언합니다. 출판을 담당하신 하움출판사에 진심으로 감사를 드립니다. 부족한 제가 이 책을 대하시는 독자님들께 바라기는 "사랑의 흐름"을 놓치지 마시고 잡아내시어서 독자님들 각각의 "사랑의 흐름"을 부모님과 자녀들에게 흘려보내시는 계기가 되기를 바랍니다.

삼마교회 담임목사

김용구

바다의 길, 어머니의 헌신

지금은 아무도 살지 않지만, 그 옛날 새벽안개가 걷히면 섬 아이들을 태운 나룻배를 묵묵히 배웅해 주었던 여수의 가장도! 작지만 아름다운 이 섬에서 태어난 정숙현 권사의 회고록 출간을 진심으로 축하합니다.

이곳에서 영근 한 헌신적인 어머니와 딸의 이야기는 마치 바닷속 진주같이 아름답고 영롱합니다.

육지 월호동 앞 불모섬 야도와 소경도 사이에 세 가구밖에 살지 않는 외딴섬 가장도에서 위대한 어머니 박승이는 남다른 열정과 정성으로 어린 딸을 훌륭하게 키워냈습니다. 6년 동안 하루도 쉬지 않고 노를 저어 딸을 육지의 학교로 보내 교육을 시켰던 것입니다. 그 모녀와 작은 나룻배에 닥친 고통과 시련들은 이루 말할 수가 없지만, 그 헌신적인 희생과 사랑은 여전히 여수 앞바다에서 반짝이면서 우리에게 끊임없이 일깨워 줍니다.

바다의 길은 육지와 다릅니다. 어떤 때는 잔잔한 호수와도 같지만, 또 어떤 때는 거센 파도가 일고 성난 폭풍우가 쳐 모든 것을 내동댕이치고 찢을 때가 있습니다. 이 바닷길을 어머니 박승이는 오로지 딸만을 위한 뱃사공이 되어 6년 동안 여수 남 초등학교를 오고 갔습니다. 그야말로 모정이 일궈낸 뱃길이었습니다.

이미 60여 년이라는 긴 세월이 흘렀음에도 그때의 기억은 마치 사진처럼 선명하게 남아있습니다. 정숙현 권사와의 인연을 생각하며 그 시절을 다시 기억하고자 합니다.

그 시절, '모정의 뱃길' 미담의 배경이 된 남초등학교는 정숙현 권사의 모교이자 그의 선배인 나의 모교이기도 합니다. 1962년 2월 10일, 여수시 국동 남초등학교의 졸업식장은 칼바람의 매서운 추위 속에서도 울음바다가 되었습니다. 졸업생들과 재학생들, 그리고 그의 학부모들과 교사들이 한곳에 모인 졸업식장에서 회색 스웨터에 까맣고 낡은 바지를 입은 젊은 부인, 35세의 박승이 여사가 단상에 올라 표창장을 받는 순간, 장내는 박수 소리로 떠나갈 듯했습니다.

집에 세 채밖에 없었던 섬, 가장도에는 학교가 없습니다. 제일 가까운 여수의 육지로 나가려 해도 반드시 배가 필요했던 외딴 환경이었습니다. 그러나 박승이 여사는 딸이 초등학교에 갈 나이가 되자 남편을 비롯한 모두의 반대를 무릅쓰고 육지의 학교에 몰래 입학시켰고, 그로부터 비가 오나 눈이 오나 매일 꼭두새벽에 일어나 20리나 되는 험한 물결을 가로지르며 손수 노를 저어 딸을 학교에 데려다주었습니다.

남편조차도 반대했던 딸의 입학에서, 박승이 여사는 오로지 자신의 힘으로 모든 것을 헤쳐 나갈 수밖에 없었습니다. 온종일 농사일과 살림으로 고되었음에도 모두가 깊게 잠든 밤 몰래 바닷가로 나와 말뚝에 배를 매어 두고 혼자 노 젓는 방법을 익혔고, 딸을 입학시킨 뒤에는 밭일을 하다가도 하교 시간이 되면 다시 노를 저어 딸을 데려왔으니 그 희생과 정성이 이루 말할 수가 없었습니다.

처음 얼마 동안은 딸도 울고 어머니도 많이 울었다고 합니다. 딸은 어머니를 떠나 낯선 육지에 홀로 남겨지는 것이 무서워 울었고, 어머니는 데리러 가는 길이 늦어지면 딸이 오래 기다릴까 애처로워 죽을힘을 다해 노를 저으며 울었습니다.

시계도 없는 섬에서 매일 시간에 맞춰 딸을 학교에 보내고 데려오는 일에 한 번도 어긋남이 없었으니 얼마나 많은 노력이 필요했을까요. 그럼에도 어머니는 딸을 공부시킬 수 있다는 희망에 그 모든 것을 감내할 수 있었습니다. 그렇게 6년을 하루같이 오간 뱃길은 무려 3만 4천 리. 이 사실이 알려지자 졸업식장은 그야말로 울음바다가 되었습니다.

4일 뒤 한국일보에 이 사실이 보도되자, 육영수 여사가 이 기사를 읽고 남부 지방으로 시찰을 떠나는 남편 박정희 의장에게 전남 여수의 박승이 여사를 만나 전해 달라며 편지를 건네었습니다. 이후 딸을 향한 어머니의 사랑과 교육에 대한 열정이 전국에 알려져 4월 3일 '장한 어머니상'을 수상하였고, '모정의 뱃길'이라는 강렬하고 따뜻한 미담은 전국적으로 큰 반향을 일으키며 많은 국민의 심금을 울렸습니다.

정숙현 권사는 여수에서 중고등학교를 졸업하고 서울에서 대학교를 졸업한 뒤 교육자로 많은 제자를 키우고 현재 가족과 행복한 시간을 보내고 있습니다. 또한 그 당시에 만들어진 '모정의 뱃길'의 영화와 노래들이 TV와 인터넷 등 여러 매체에 다시 회자되면서 어머니의 헌신과 열정이 널리 알려지고 있습니다.

어머니의 사랑과 정성을 기리고 여수와 함께한 교육을 널리 알리기 위해 힘쓰신 정숙현 권사님의 훌륭한 업적은 우리 모두에게 지금도 영감을 줍니다. 지금과 달리 어린 딸을 학교에 보내 교육시키는 게 결코 평범한 일이 아니었던 그 시절에 박승이 여사의 시대를 앞서간 뜨거운 교육열과 현명함은 지금도 많은 이들의 귀감이 되리라 확신합니다.

그리고 오늘 다시 나는 결코 잊을 수 없는, 시간과 함께 계속 영원히 회자될 이 어머니와 딸의 위대하고 아름다운 이야기가 책을 통해 다시 한번 나올 수 있음에 감사드립니다. 이 회고록으로 정숙현 권사의 못다 한 어머니와 삶의 이야기를 조금이라도 좀 더 풀어낼 수 있기를, 그리하여 많은 이들에게 힘과 용기를 널리 전할 수 있기를 기대합니다.

다시 한번 정숙현 권사님의 회고록 출간을 축하드리며, 이후로도 이 멋진 모녀의 이야기가 계속해서 이어지길 기대합니다.

사)모정의 뱃길 마도로스보존회 이사장

윤문칠

저도 토리토리 단원이 될 수 있을까요?

맑고 커다란 눈망울로 수줍은 소녀와 첫 만남 정숙현 작가님! 전설과도 같은 여수 앞바다 '모정의 뱃길' 실화의 주인공이시라는 것을 듣고서 얼마나 놀랐던지요. 그런 거인이 아무 거리낌 없이 예쁜 교복을 입고 노래와 춤으로 공연을 하며 많은 분에게 즐거움과 행복을 드리며 함께한 십여 년 웃음과 재치와 유머로 팀에 중심이 되신 정숙현(첫눈) 작가님. 이제 그 사랑과 희망을 독자 여러분과 공유하고 싶어 이 도서를 추천하는 영광의 자리에서 말씀드립니다. 이 책은 어려운 현실에 지치고 힘든 독자 여러분께 희망을 전달할 것이라 믿으며 추천해 드립니다. 위대한 사랑과 열정 감동과 기적을 선물할 것이라 믿어 의심치 않습니다.

토리토리 단장

홍석봉

2013년 이랬던 내 손자 소명인 어느새 초등학생이 되었고, 내 마음은 계절처럼 깊어 간다.

소명이가 자란 세월만큼 두 명의 동생을 얻어 행복한 할머니다.

슬프지 않은데 안으로 고여 오는 눈물은 내 손자 소명이가 이만큼 자랐다는 대견함 때문인가?

2018년 9월 26일을 추억하며

덥지도 춥지도 않은 참 좋은 계절!

우아하고 아름다운 우리 별장 뒷산, 오래된 밤나무에 주렁주렁 가득히 매달린 잘 익은 밤들이 마당으로 떨어져 수북이 쌓였다.

그 밤들을 주워 벽난로에서 구워 먹는 낭만! 집안 전체가 황토와 통나무로 누구나 처음 보는 순간 감탄사를 연발하는 참 잘 지어진 통나무집! 갖가지 야생화들이 아름다운 빛깔을 뽐내며 피어있는 드넓은 마당!

우리 대가족을 수용하기에 충분하고도 남는 넓고 큰, 이 집 한 칸 안에

모이면 우리 가족 모두가 하나로
뭉친다는 사실을 처음인 듯 발견
한 올 추석날의 기쁨과 행복^^

내가 어둠이었을 때도 당신은
빛이어서 나를 밝히는 빛의 노래,
그리스도의 광명! 가을이 깊어 가
는 우리 통나무집에 그리스도의
향기가 잘 익은 밤 열매로 열매
맺은 추석 명절!

나는 죄인이어도 당신이 사랑
이어서 또다시 나를 살게 만든 주
님 향한 힘찬 찬양이여! 나를 거
듭나게 하는 기도여!!!

사랑스러운걸~~♥ 2018년 9월 27일 오후 05:23 · ♥ 좋아요
울권사님 행복한 추석 보내셨네요~^^
소명이 소민이 소원이 마음것
뛰놀수 있어서 좋았겠어요~
멋진 통나무집에 아이들과 어른들의
웃음소리로 행복이 가득했겠어요.~^^

 박녕순 2022년 9월 26일 오전 09:29 · ♥ 좋아요
아름다운 추억이야기 멋지게지은 집에서 멋진 가족들과 행복이 듬뿍 묻어나는스토
리에 잠깐빠졌다갑니다!! 가을인가했더니 벌써 9월도 막바지로가고있군요! 춥지
도덥지도않은 이아름다운 계절 마냥행복하시기바랍니다!

▶ 2019년 12월 3일

<u>2014년 12월 3일을 추억하며</u>

소명아 태어나줘서 고마워♥

할머니 손자로 와줘서 고마워♥

우리 가족이 되어 줘서 고마워♥

새벽기도를 가려고 현관을 나서는데

으아😊 간밤에 눈이 내렸네!

우리 소명 군 생일을 축하해 주는 새하얀 눈이 우리 집 마당에 수북이 쌓

였네!!!

막내 장관이가 새로 구입해 준 폰 기능을 혼자 이것저것 만지며 익히느라 거의 밤을 새우고~

화천 사는 분께 갓김치를 보내기 위해 근처 우체국까지 낑낑대며 들고 가서 부치고 지금은 출근하는 전철이다.

내가 지금 스토리를 찾는 이유는 이제 나에게도 꽤나 많은 스토리 지인들이 생겼고 그분들과 오늘 읽고, 들은, 감동의 사연을 함께 공유하고 싶다.

으악!!! 복사해서 붙였는데 이것이 왜 따로따로 올라가 버린 겨??? ㅜㅜㅜㅜ

아공~ 나도 몰라. 여기까지가 내 수준이고 기준인 것을!!!
어~~? 됐네! 장하다 첫눈ㅋㅋㅋ

[아들 회사 게시판에 올라온 글]

2019년 12월 9일 오후 4시 30분경.

당팀의 김장관 매니저와 저는 고객사 비딩 문제로 본사 1층 후문 쪽에 내려가서 이야기를 하고 있었습니다.

김 매니저가 입찰 문제로 고객사 카운터 파트 팀장에게 전화를 하는 게 좋겠다는 의견에 따라 저는 고객사에 전화를 걸었고, 그때 갑자기 세브란스 빌딩과 신축건물 사이의 골목 쪽에서 비명소리가 들려왔습니다.

김장관 매니저는 사람들이 몰려있는 쪽을 봤고, 갑자기 후다닥 뛰어갔습니다.

저도 상황이 좀 이상하다는 생각이 들어, 고객사 팀장에게 바로 다시 전화하겠다고 말을 하고 전화를 끊은 후, 그쪽으로 이동했습니다.

거기에는 어떤 사람이 상반신에 불이 붙어서 땅에 쓰러지고 있었으며 저도 황급히 그쪽으로 뛰어갔습니다.

제가 뛰어가는 사이 김장관 매니저는 바로 입고 있던 회사 잠바를 벗어 불이 붙어서 쓰러진 사람에게 덮으며 불을 끄다가, 불길이 잡히지 않자 자신의 몸을 이용해 불붙은 사람의 몸에 덮으며 불을 껐습니다.

그 자리에는 저와 김 매니저 이외에 세브란스 빌딩 관리실 소속 사람으로 보이던 2명이 같이 있어 4명에서 불을 껐으며, 불이 쉽사리 꺼지지 않아 애를 쓰던 중, 그때 마침 누군가가 던져준 방수 재질의 큰 천막을 그 사람의 몸에 덮어 간신히 불을 끌 수 있었습니다.

불을 끄고 난 뒤, 곧바로 119로 신고를 하려고 하던 찰나, 누군가가 이미 119에 신고를 하여 불 끈 지 채 2분도 안 되어 구급차가 왔으며, 그분이 왜 불이 붙었는지에 대해서는 아직도 알지 못하고, 글을 쓰는 지금도 사실 실감이 나지 않지만, 불이 붙은 사람을 구하기 위해 한 치의 망설임도 없이 뛰어가던 김장관 매니저의 모습은 아직도 생생히 기억이 납니다.

불길에 휩싸인 사람을 구하기 위해 위험을 무릅쓰고 뛰어가서 한 사람의 목숨을 구한 김장관 매니저를 칭찬사원으로 추천하는 바입니다.

♡장하다 아들! 그러나 네 목숨도 소중함을 명심해라!!!♡

 한승아 2019년 12월 10일 오전 11:32 · ♥좋아요
대단하시네요~~
불길이 많이 위험하고 겁이 났을텐데 한생명을 위해 위험을 무릅쓰고 뛰어든 김장관님~~
그대를 영웅이라 하고 싶네요~.
그런 심성을 키워주신 어머님께 하나님의 영광을 돌립니다~~
아드님과 어머님 모두 장한일 하셨습니다~~

leeseohwan · 2019년 12월 10일 오후 01:19 · 💙 좋아요
장관 매니져가
누나 둘째 아들 장관이여~~.?
한치의 망설임 없이 자신에게 닥쳐올
리스크보다 아무 연고도 없는 사람을 위해 온몸을 던져 귀한 생명을 구한 조카가 넘
자랑 스럽습니다.역쉬 그엄니의 그 아들 이고만~^
사랑 합니다 숙혀니 누나~~~ㅎ

▶ 2019년 12월 27일

2019년을 보내면서…

"가정도 바닷바람 휘몰아쳐도 어머님 약한 팔에 노를 저었소. 6년을 하루같이 어린 딸 위해 사랑의 뱃길 3만 리, 눈물의 뱃길 3만 리. 장하신 우리 엄마, 그 은혜를 저는 압니다."

엄마! 먼 남쪽 엄마와 나의 바다 위에 나지막이 솟은 아름다운 섬 가정도… 집이라곤 단 세 채뿐인 작은 섬에 피어난, 딸을 향한 당신의 숭고한 교육열은 이 세상을 울렸지요. 이제는 '모정의 뱃길'의 장한 어머니로 기록되어 영원히 기억될 것입니다!

나는 모른다
물결 위에 일렁이는 그림자를
몇 억겁이 지난 후 이 파도 위에
엄마와 딸의 목소리 굽이칠까
살을 에는 엄마의 뱃길 따라

왜 오고 갔는지를

나는 모른다
깊고 더 깊은 곳에 남아 있거라
물보라가 그리는 한 장의 초상화
아, 나의 어머니 모정의 뱃길!

외동딸을 눈뜬장님으로 만들지 않겠다며 눈이 오나 비가 오나 가랑잎 같은 조각배에 딸을 태워 6년 세월을 육지 학교까지, 거센 파도를 헤쳐가며 공부시킨 나의 엄마!

이제 그 엄마는 내 곁에 없습니다. 내가 살아 숨 쉬는 동안 비가 오고, 눈이 오고, 바람이 불고, 낙엽이 지고, 꽃이 피고…
바뀌는 계절 따라 각각의 빛깔로 엄마를 생각하며 그리워할 것입니다.

하나님, 나의 주님이시여!
외동딸을 위해 불꽃 같은 믿음의 열정으로 주님을 섬겼던 엄마가 어느 날 한 잎 낙엽처럼 쓰러져 야윈 삶을 살다 평소 즐겨 부르셨던 찬송가 속에 한 방울 기쁨의 눈물 흘리시고 주님 곁으로 떠나던 날…

가정도 작은 섬 고향 집, 돌담을 딛고 하염없이 육지를 향하던 나의 시선이, 마당가 우물이, 해당화가 우거진 장독대와, 살구나무에 만들어진 그넷줄과 선창가에 묶인 조각배가 흡사 어제의 광경인 양 생생히 떠올랐습니다!

주님!

울 엄뉘 박승이 권사님 잘 있지요?

많이 사랑한다고 전해 주십시오….

 한승아 2020년 1월 3일 오전 09:52 · ❤ 좋아요
새로운 한해의 시작을 너무 분주하고 정신 없이 시작 하여 지금 보았네요~~
' 엄마'라는 위대한 이름이 부르고 생각 할수록 마음 아프고 눈가를 촉촉하거 합니다~~
열정적으로 사신 박승이 권사님 존경하고 그의 축복된 자녀 정숙현권사님의 열정도
사랑하고 존경합니다~~♡ ♡ ♡ ♡

 류명희 2020년 1월 2일 오후 11:03 · ❤ 좋아요
아름다운 옛추억과
어머님의사랑이 절절하네요~!!!
지금은 주님의품에서
편히 계시겠죠~~
새해엔 천복을 듬뿍 누리셔요~♡

▶ 2020년 1월 16일

청춘극장 공연을 마치고 출연진들과

▶ 2020년 2월 13일

꽃샘, 내 사랑하는 사람들아!

너희들은 어디서 내게 왔니?

내게 주어진 모든 날이

너희들로 인해 너무 아름다워

내게 주어진 모든 내일 들은

너희들로 인해 행복임을

고백하는 이 시간…

내가 누구인가

나는 너희들이 사랑하는
정숙현임을 새삼 발견하고
글씨마다 혼을 담아
스토리를 통해
너희들 있는 그곳으로 띄워 보낸다

바쁜 세상, 숨차게 쫓겨 살면서
시간을 쪼개 탄생을 축하해 준
사랑하는 사람아!
두 눈을 감고 조용히 불러보는
아름다운 사람들…

언젠가 선교지 꿈속에서 만나
정답게 춤을 추었던
그리운 나의 주님!
아직은 타오를 불꽃이 남아 있는
찬란한 황혼에
꽃샘은, 주님 안에서
나의 마지막 사랑이게 하소서!!!

▶ **2020년 2월 25일**

또다시 가슴 뭉클해지는 지난날 내 생일의 감동 이야기….

음력이 생일이라 다시 양력으로 계산을 해야 알 수 있는 조금은 번거로운 생일인데, 기억해 주는 스토리에 감사하며 계산해 보니 올해는 며칠 빠르게 지나갔구나~

코로나와의 전쟁 중에도 어김없이 봄을 재촉하는 비가 내리는 아침, 지인 여러분들의 삶을 지켜 보호해 줄 것을 기도하며 응원합니다!!!

2019년 2월 25일을 추억하며

2019년 1월 23일은 울 엄마가 천국으로 이사 가신 날로, 오늘이 32일째다. 내 자신조차 문득, 아니 어쩌면 까맣게 잊고 있었던 내가 태어난 날, 그 생일을 챙겨준 사람에 대한 감동을 스토리에 올려 본다.

잠은 오지 않고 엄마의 손때 묻은 성경책 갈피를 넘기다가 어린 시절 세 아이들 사진과 젊은 날의 내 사진을 보면서 잊고 살았던 날들 가운데, "숙현아~" 부르던 그 카랑카랑한 엄마 목소리가 들리는 듯 생생하다.

생일 축하는 내가 아닌 날 낳아준 엄마가 축하받고 대우받아야 마땅한 날, 삶과 죽음의 경계선에서 생명 탄생을 완성시킨 위대한 엄마에 대한 사랑과 감사를….

내 삶이 너무 바빠서 너무 여유가 없어서 우리는, 아니 나는 그 사실조차 까마득히 잊은 채 지금까지 살아왔다. 하지만 이젠 그렇게 고맙고 감사해야 할 엄마도 계시지 않아, 애써 기억하지 않으면 잊고 지나쳤을 내 생일….

무남독녀로 태어나 행여 불면 날아갈까 그야말로 금지옥엽으로 자랐지만, 결혼하고는 처음 받아보는 생일상!

　내가 바쁘고 서로가 바빠서 멀리 떨어져 사는 자식들에게조차 부담이 되는 어쩌면 귀찮은 날로 전락해 버렸을 이름인데 뜬금없는 생일 타령이라니….

　주님!
　몹시 슬프고 답답할 때면 어김없이 주님의 이름을 부르는 것만으로도 위로가 되고 위안을 얻었습니다. 하지만 지금은 너무 기뻐, 가슴이 먹먹해지고 숨이 차오르는 벅찬 감동과 감격을 주체할 길이 없어 그냥 주님의 이름을 또 부릅니다.

　나 자신조차 잊고 있는 생일을 기억하고 바쁜 시간, 미역국을 끓이고 오곡밥을 짓고 평소 좋아했던 각종 나물들로 반찬을 만들어 생일상을 차려 축하해 준 아름다운 사람! 아름다운 주님의 딸!
　그냥 눈물이 흐릅니다. 그 아이를 바라볼 수 없어서….
　감히 고맙고 감사하다고 쉽게 말할 수 없어서….
　그냥 주님께 기도할 뿐입니다.

　주님!
　앞으로 제가 서 있어야 하고 제가 가야 할 "브엘세바"는 어디인가요? 어제 받은 은혜와 그 아이를 향한 사랑으로 세월과 함께 떨어지는 추억의 기억들을 모아 주님께 바치는 기도의 삶이 되게 하소서!

　우리가 주님 안에서 하나 되는 이 행복을 쉽게 맹세하는 말로가 아니라 겸허하게 익어 가는 사랑의 삶으로 온 세상에 소리치게 하소서, 주님!

 녹우박화선 2019년 2월 25일 오후 10:46 · ♥ 좋아요
언니~
엄마 는 가셨지만
엄마가 심어신 기도는 영원히
뿌려져서 역사 하신다고
생각 합니다.
언니 글 읽어면서
나도 엄마 생각에 울면서
교회 갔었는데
어쩌면~~말씀이 언니 마음
그대로 였을까요?
언니~~~~~

▶ 2020년 3월 3일

<u>아빠와 아들 삼촌과 조카</u>

이랬던 아이들이 어느새 이만큼 자랐다.

타임머신을 타고 과거를 항해하는 이 기분~~~

스토리에 감사한다!

코로나로 인해 너도나도 가택연금을 당하고 있는 이 비상시국에 감기 하나 걸리지 않고 잘 먹고 잘 놀고 있는 아이들!

소명, 소민, 소원, 그리고 오늘로써 태어난 지 57일째가 되어가는 유일무이한 여동생 예담이!

신종 코로나바이러스로 인해 세계가 몸살을 앓고 있는 지금, 주님의 은혜 아니면 도저히 살 수 없음을 조용히 일러주고 계신 아버지여!

당신이 계시기에 공포와 불안 속에서도 희망을 꿈꾸며 매 순간의 삶 속에 주님과 동행하며 기쁨의 사순절이 되게 하소서!!!

2019년 3월 10일, 지난 추억 이야기를 그냥 보내기 서러워서 다시 내 스토리에 모신다^^♡

2019년 3월 10일을 추억하며
오늘은 특별한 날,
프리지어 꽃다발을
멀쩡한ㅋ 날 받은 날…

샛노오란 프리지어 꽃향기에
너를 향한 내 사랑의 열도를 실어
너 있는 그곳까지 날려 보내고 싶다

아무리 사랑하는 사이라지만
내가 감당하기 벅찬
너무나 큰 사랑의 출혈
무엇으로 표현할 수 있을까…

프리지어 꽃,
너는 이런 내 마음 알겠니?

네 노오란 꽃잎으로
설레는 내 가슴을
감싸 안아 주렴

너의 향기로 첫봄을 맞이하는
나의 꽃 심장이 너무도 감사하단다
프리지어꽃 같은 사람아!

영숙아!
너에게 나는, 나에게 너는,
비 오는 날…
눈 내리는 날…
바람 부는 날…

생각나는 사람으로
함께 얘기하고
따뜻한 차 한 잔 끓여 마시는
그런 사람이었음 좋겠다!

영숙아 너에게 나는,
누군가 준 고통과 근심,
한숨과 눈물을,
함께 나눌 수 있는 그런
사람이었음 좋겠다!

바쁜 세상,
숨차게 쫓겨 살면서
집으로, 편의점 사랑으로,
주님의 전으로,

발에 바퀴를 달고 달리는 사람아!

아무런 날도 아닌 평범한 날에
바쁜 틈 쪼개어
멀리까지 달려가
프리지어 꽃다발 사서
안겨준 사람아!

사랑한다는 말보다
더 애절한 말이 있을 줄
몰랐는데 너로 인해
그런 말이 있는 줄 알았다!

보고 싶다는 말보다
더 간절한 말이 있을 줄
몰랐는데 너로 인해
그런 말이 있는 줄 알았다!

너를 생각하며 쓴
내 평범한 언어들은
네 마음에 별이 되고
세상에서 가장 소중한
시가 되기를!!!

큰애 소명이와 통화를 했다. 기쁘다^^♡

오늘 어린이날인데 꼭 갖고 싶은 거 말하라 했더니 뭐라고 하는데, 낯선 신조어라ㅋ 당최 알아들을 수가 없지만 "아이고 사 주고 말고, 꼭 사 줄게." 약속하고 끊었다!

아들 며느리한테 전화해서 정확한 이름 알아봐야지ㅋ

화천에 있는 남편 님으로부터 전화가 왔다. 어린날 예담이도 혜택을ㅋ 받는 건가?

며칠 전 백일 지난 손녀, 예담이를 두고 묻는 말이다. 초등학교 들어가야 어린이지만 그래도 쬐께 성의 표시라도 해요ㅋㅋㅋㅋㅋㅋㅋㅋㅋ

엄마~

엄마~~

엄마아~~~~

▶ 2020년 6월 3일

2014년 6월 3일을 추억하며

쿠키(쿠키라는 과자를 잘 만들어 내가 붙여준 닉임ㅋ) 효진이 내 며늘아!

엄니 오늘 니가 사 준 옷 입고 노래지도자 과정 1학기 종강식에 갔다가 완쫀 스타가 되었구나^^

퇴직을 하고 미지에 대한 두려움과 설렘으로 주춤거리는 나에게 힘과 용기를

실어 준 가족들과 사랑하는 사람들…

젊음과 청춘을 뒤로하고 또 다른 꿈을 안고 달리고 있는 나의 인생 이모작!

노래지도자과니 이 옷차림이 가능한 것이고, 소명이 할머니고 소명 엄마 시어머니라서 더욱 돋보이는 패션인 것을^^

이런저런 자부심과 감사하는 마음, 자랑스러운 마음으로 오랜만에 스토리를 방문했구나^^ 😆

 국*옥 2020년 7월 3일 오후 08:03 · ♥ 좋아요   @ ⚑
권사님! 모델이 울고 가겠어요 완전 팻션모델 아무나 소화 못 시키죠 ㅎㅎ...♡ 넘 멋져요..♡

 전정숙 2월 15일 오후 11:35 · ♥ 좋아요
울언니 연예인보다 더 빛나셔요
멋진며느님과 사랑스러운 시엄니
정말멋져요 며느님쎈쓰 짱!!!

▶ **2020년 6월 15일**

돌이켜보니 어느새 7년 전, 설명 한 줄 없이 올려진 사진 석 장에서 많은 뜻, 많은 의미로 되짚어 보는 시간~

하나뿐인 태양이 코로나19로 몸살을 앓고 있는 지구를 향해 은총의 빛을 뿜고 있는 6월 하늘을 보면서~

주님! 다시 또 기도합니다. 고통과 인내와 기다림이었던 당신의 생애처럼 굽이치는 이 시련의 코로나 시대를 딛고 끝내는 일어서야 할 우리네 삶의 중심에 희망으로 빛나는 등대가 되십시오!

그리하여~ 이 땅에 자라나고 있는 수많은 소명 소민 소원 예담이들에게 자유와 정의와 평화의 매일이 되는 축복의 은총을 내려 주십시오!

우리가 죄인이어도 당신은 사랑이십니다! 우리가 어둠이어도 당신은 빛이십니다! 거룩하신 당신의 피조물이 더 이상 피폐하지 않게 코로나19를 종식해 주십시오!!!

▶ **2020년 7월 4일**

<u>2014년 7월 4일을 추억하며</u>
꽃보다 더 아름다운 날에
하늘의 태양도 우리를 위해

서늘하게 식어주던 날,
장미 숲 벤치에 앉아 도시 속의
도시를 떠난 공간에서
우린 한없이 웃고 재잘거렸지!

뒤뚱거리는 힘겨운 걸음,
부러운 듯 우리를 바라보며 지나던
어느 노부부의 시선에서
우린 서로에게 아직은 창창한
젊음이 있음을 감사했지!

함께할 수 있는 수단,
함께할 수 있는 방법,
함께할 수 있는 장소,
함께할 수 있는 시간,
함께하고 싶은 그리운 사람들이 있다면 할 수만 있다면…

우리,

열심히 만나자!

꽃보다 더 아름다운 날에~~~^^♡

첫째 소명이에 이어 둘째 소민이도 말씀을 외우는구나♡

끝이 보이지 않는 코로나19와 이제부턴 함께 가야 할 고달픈 인생길. 며느리인 엄마 교육이 빛을 발하고 있는 손자 소민이의 성경 외우는 모습이 내 혼에 뜨거운 불을 놓고 있다.

소민이가 말씀을 외우는 아기 천사여서 할머니는 어른 천사이고 싶다.

오늘의 우리도 내일의 우리도 모든 날의 우리를 매 순간 창조하시는 주님! 소민이의 목소리 따라 첫 그리움인 양 첫사랑을 회복하는 마음으로 이 시간, 감사의 주님을 부릅니다.

소명 소민 소원 예담

그리고 웅 효진 장관 미진~

얘들아

푸른 바다에 작은 발 담그고

푹푹 빠지는 모래알에 놀라며
소리 내어 까르르
모래알 웃음 웃는 얘들아

코로나19라는 생소한 이름이
우리 곁에 다가와
우리의 삶을 방해할지라도
결코 희망을 잃지 않는 것은
너희들이라는 미래가 있기 때문이지

너희들은
외로워 말고
괴로워 말고
슬프지 말고
아프지도 말아라

너희들은 항상 기뻐하고
꿈속에서도 즐거워해라
너희들만이라도 사람의 말
하늘에 아뢰고
하늘의 말 사람에게 전하며
너희들에게 펼쳐질 이 세상
하늘의 빛으로
꽃의 향기로 한 생을 살아라

주님!
부를수록 눈물이 흐르는 이름!
그 이름만이 저 애들의 삶에
초롱초롱 빛나는 별이 되게 하소서!

▶ 2020년 8월 28일

누군가를 사랑한다면
얼마나 깊이 사랑할 수 있을까
누군가를 기다린다면
얼마나 오래 기다릴 수 있을까…

사랑하기 때문에
사랑하는 것이 아니라
사랑할 수밖에 없기 때문에
나는 너를 사랑한다

추억이란
어쩜 드라이플라워 같은 것
생화처럼 향기는 없어도
마음속에 액자처럼 걸려 있는 것,

본래의 빛깔과 향기는 사라졌어도
꽃잎이 시들어 땅에 떨어진

초라한 최후를 자초하지 않고도
우리들의 아름다웠던 시간들을
떠나보낼 수 있는 것,

길다면 한없이 길고
짧다면 한없이 짧은
인생의 여정 가운데
그 많고 많은 인연 중

같은 슬픔, 같은 기쁨,
같은 향기를 지니면서 살 수 있음이
얼마나 큰 축복이며 은혜인가!

불과 2년 전인 로뎀 강변에서
아들과 함께 공연했던
버스킹 전도 사진을 영상으로
묶어 보내준 어여쁜 아이야
어찌 너를 사랑하지 않을 수 있으랴

사람과 사람이
가까이해선 안 되는
코로나19라는 초유의 시대
눈물겹도록 그리운 추억들을
소환시켜 준 너를 축복하며
사랑한다^^♡

<u>2017년 8월 30일을 추억하며</u>
티켓 퐁당, 아 황당했던 순간이여!

다시 또 태양과 그늘이 아쉬워지는 계절, 석양에 걸리는 태양을 바라보면서 한여름 뜨거운 불볕처럼 타올랐던 설렘의 미국행을 마치고, 오랜만에 스토리 지인들께 인사드리는 이 정갈한 시간을 감사합니다.

끝없이 광활하게 펼쳐진 모하비 사막을 달리면서 지금까지 살아온 날보다 앞으로 살아갈 날이 더 짧은 인생의 길목에서 많은 걸 느끼고 생각하게 해 준 여행이었습니다.

로스앤젤레스에서 샌버나디노 산맥 지대를 지나 캘리포니아주 모하비 사막을 달려, 바스토를 거쳐 애리조나 최초의 금광 지역이고 미 최초의 대륙 횡단 도로로 유명한 66선상의 오트맨.
교과서를 통해서만 알았던 콜로라도의 아름다운 휴양지인 네바다주 라플린에 도착해 긴 여정의 짐을 풀었습니다.
그리고 다음 날에 있었던 황당한 사건 하나를 소개할까 합니다.

콜로라도강을 유람하는 티켓을 끊고 줄을 서 기다리던 중 실수로 티켓을 강물에 떨어뜨려 버렸습니다.
(성질이 급한 우리 손자 소명 소민 할아버지가 나는 무섭다ㅠ)

설명할 엄두도 못 내겠지만 설명할 틈도 없고 무조건 티켓 파는 사무실을 향해 달렸습니다. 막상 그렇게 헐떡이며 달려왔지만 영어가 안되는 나는 당황했습니다.

무슨 일이냐고 엄청 친절히도 씨부렁거리는 직원을 향해 두 눈만 껌벅거리며 주변을 두리번거리던 순간, 물고기가 헤엄치고 있는 어항이 딱 눈에 띄었습니다!

나는 서슴없이 검지손가락을 어항 속 물에 퐁당 담그면서 했던 다급한, 아니 거의 애원에 가까운 영어 한마디!

"우쥬 헬 미! 티켓 퐁당! 티켓 퐁당!"

그러고 보니 17년 전, 짧은 영어 단어 한마디도 통하지 않았던 카자흐스탄 선교지가 생각납니다ㅜㅜ

기름기 많은 현지 음식을 먹지 못해 죽을 맛으로 어느 집에 초대되어 가는 길, 삶은 계란에 소금만 찍어 먹어도 살 것 같아 가게에 들러 계란을 찾았지만 눈에 띄지를 않았습니다.

어떻게 해서라도 내 뜻을 전해야 할 텐데 생각하며 고심하다, 신기해하며 멀뚱멀뚱 쳐다보는 주인에게 다가가 "꼬, 꼬, 꼬, 꼬끼요! 푸드득 슝~"

중요한 건 "푸드득 슝~" 할 땐 두 손으로 날갯짓을 하다가 오른손으로 뒤를 가리키며 슝~~

(결과는 콜로라도 티켓 분실도 선교지 달걀 사건도 모두 확실한 전달과 공감을 얻어 통과)

ㅋㅋㅋㅋㅋㅋㅋ

구경을 했는지 말았는지 뚜렷한 감동도 못 느끼고 중식을 위해 들어간 식당, 먹는 둥 마는 둥 한 아침에 먹은 햄버거가 소화가 안 된 건지 긴장이 풀린 건지, 자꾸 방귀가 나와 나는 소리가 크지 않게 엄청 신경을 써서 적당한 간격으로 두 번을 내보냈습니다.

바로 그때, 옆좌석 비슷한 뒷좌석에 앉아 있던 덩치가 엄청 큰 멕시코 남성이 자신의 코를 막고 나를 툭 치면서 하는 말,
"완 타임 오케이~ 투 타임 오케이~ 쓰리 타임 노!"

이건 웃기는 차원이 아닌 완쫀 쪽팔리고 골 때리는 순간으로, 요상해지던 우리 집 남자의 표정을 지금도 잊을 수가 없습니다ㅠㅠ
ㅋㅋㅋㅋㅋㅋㅋㅋㅋㅋㅋㅋㅋ

4백여 명의 예술인들이 산다는 아름다운 예술인 마을, 트롤리를 타고 성십자가 성당에서 세도나 전체를 조망하고 오크크릭캐년을 따라 신비의 바위군이 모인 슬라이드 록 주립공원을 관람했습니다.

여행은 그 나름의 특색과 아름다움으로 눈부시게 가슴 설레는 감동을 줍니다. 하지만 이젠 나이 탓일까, 아니면 서로가 서로의 눈치를 보면서도 끝까지 함께 붙어 다녀야 할 상대의 탓일까….
장관을 이루는 절경을 두고도 사진 한 장 찍을 맘이 생기지 않았습니다. 그렇게 3박 4일을 함께한 사람들과 돌아오는 길, 나는 기어코 또 일을 저질렀습니다.

그러나 이 일은 이번 여행의 꽃이었고 내 남은 인생의 영원히 남을

알파와 오메가 즉, 처음과 끝이었습니다!!!

관광을 마치고 돌아오는 길. 좌석이 여유가 있다는 것도 둘러보며 알게 되었고 우리 집 남자는 맨 뒷좌석 나는 맨 앞에 서로 편하게 자리를 잡고 앉았습니다.

졸다… 자다… 창밖을 보다… 다시 사막 길을 4시간 이상을 달려야 하는 지루함… 1시간 후엔 그리던 각자의 집으로 돌아가게 된다는 가이드의 마지막 멘트가 흘러나왔습니다.

그 순간 나는 재빨리 가이드를 손짓으로 불렀습니다.
"제가 꼭 한마디 하고 싶은데요."
"아이고, 그러시죠. 감사합니다."
흔쾌히 승낙하면서 마이크를 건네주었습니다.

"여러분, 저는 서울에서 온 정숙현입니다. 3박 4일이란 결코 짧지 않은 시간을 함께했던 대한민국을 모국으로 둔 사랑하는 여러분! 멀고 먼 이국 땅 미국으로 이민 와서 30~50년을 땀 흘리며 온갖 고생으로 살아오신 여러분의 통곡의 역사를 들었습니다.

이렇게 만나게 되어 감사하고, 세도나 관광을 올 수 있는 풍요한 여러분들의 삶을 감사합니다. 나는 비록 한국으로 돌아가지만 여기 남아 계실 여러분 한 분 한 분의 건강한 삶을 위해 기도하겠습니다."

"사람이 마음으로 계획할지라도 그 길을 인도하시는 이는 오직 여호와시니라."

여기저기서 흐느끼며 아멘! 아멘! 하는 소리가 들렸습니다.

나는 잠시 숨을 고르고 격해진 감정을 다스리며 즉석에서 가사를 붙인 올드랭사인으로 차 안은 온통 눈물바다를 이루었습니다.

"그리움은 콜로라도의 강물 되어 흐르고

재를 넘는 석양빛은 저만치 홀로 섰네

푸른 날의 젊은 꿈은 어느새 다 시들고

돌아갈 수 없는 그리움 가슴을 적시는가."

이제 나는 확실히 알 것 같습니다!

1년 전부터 계획하고 준비한 키르기스스탄 선교를 포기하고 미국행을 택하게 하신 주님의 뜻이 무엇이었는지를~

"사람의 걸음은 여호와로 말미암나니 사람이 어찌 자기의 길을 알 수 있으랴."

 녹우박화선 2017년 8월 31일 오전 08:02 · 💙 좋아요
읽고 또 읽으며 혼자 웃는 바보가 되었답니다.
어쩌면 생각의 표현을 이렇게 옮길수가
있을까?
언니~~지금모습 그대로
세월 맞으며 ㅋ 세상 사람들과 다른 언니의
정신세계 난~~~알아요!! ~~서태지 버젼 ♡♡
언니~~
사람이 마음으로 계획 할지라도 그 길을 인도 ~~가슴에 새깁니다♡♡

정현Yu 2017년 9월 2일 오후 03:47 · ♥ 좋아요
선생님~ 눈을 뗄수없는 필력에 감탄하며, 감동하며.
무엇보다 선생님의 솔직한 아름다움이 제 마음마져 설레게 하네요~ 역쉬~ 언제나
선생님과의 추억은 제 인생의 든든한 활력과 행복을 준답니다~^^

 국*옥 2020년 8월 30일 오후 02:21 · ♥ 좋아요
권사님! 도대체 어디서 나온 지혜세요? 코메디 연예인 끼?...♡ 글을 읽으며 완전 빵
~ 터졌어요 ㅋㅋ...♡ 암튼 감사합니다. 주일 날 많이 웃게 해 줘서요 하나님께 받은
은혜까지 두배가 넘네요...♡ 권사님 서부영화 셋트장에서 찍은 사진은 권사님이 배
우 같아요 ㅎㅎ...♡ 멋져요...♡

류명회 2020년 8월 30일 오후 10:09 · ♥ 좋아요
사모님~
멋지시네요^^
뜻깊은 여행에
아름다운 모습도
보기좋아요~~^^

▶ 2020년 9월 1일

이랬던 소명이가 어느새 지금은 초등학교
2학년!

코로나19 속에서도 하늘은 높아 가고 마음
은 깊어 간다.

우리 집 화단 꽃이 진 자리마다 열매를 맺

어 행복한 봉숭아,

슬프진 않지만 고여 오는 눈물은 손자를 향한 그리움인가?

세월이 흘러 더욱 소중한 시간들, 추억을 소환시켜 준 카스여 감사하노라~~~

▶ 2020년 9월 2일

으하하핫~~

아무리 생각해도 웃음이 난다. 기뻐서만은 아닌 것 같고 살아온 인생을 뒤돌아보면서 느끼는 만감이 교차되는 웃음인가? 왔다 갔다 하는 낚싯줄도 아닌데 그냥 로드 캐스팅이라 이름 지어 볼까?

아직 나는 할 일이 많고 세상을 조금 살아본 것 같은데 열 스물 서른 마흔 쉰~~~ 손가락으로 나이를 세어보니 아 언제 이렇게 많이 먹었나? 자식을 낳은 자식들이 없었다면 믿어지지 않을 너무 많이 흘러간 세월~ 너희들이 내 나이쯤이면 너희들이 살아갈 세상은, 어떤 모습으로 변화되어 있을까?

지금의 나의 꿈, 나의 희망이 조금 더 먼 훗날엔 어떤 의미로 남을까? 그때쯤 나는 또 무엇을 사랑하게 될까?

스승의 날, 제자들이 찾아와 직접 심어 놓고 간 갖가지 빛깔의 아름다운 장미꽃 향기를 그때 가서도 난 기억할 수 있을까?

- 새벽이 슬픈 날에

▶ **2020년 9월 3일**

태풍 마이삭이 오늘 우리 곁을 떠나는가 했더니, 곧장 뒤를 이어 더 큰 태풍으로 하이선이 온다는 슬픈 소식이다.

감기 정도로 가볍게 알았던 코로나19가 끝을 알 수 없는 둥지를 틀고 떠날 생각조차 모르는 기막힌 초유의 재난 시대를 지금 우리는 살고 있다. 그럼에도 시간은 고장도 없이 흘러 물빛 같은 가을을 내비친 그 서늘함에 우리 며느리 쿠키(내가 부르는 닉네임)를 향한 내 사랑의 열도를 식힌다.

택배 상자를 받았다. 워낙 택배가 자주 들락거리는 터라 별생각 없이 무심코 열었다 상자 가득 담겨져 쏟아지는 이름 모를 과자들 ~~~

큰 며느님 쿠키가 보낸 거다. 나는 순간 멍을 때리다 문자를 보냈다.

"쿠키야 이게 다 뭐니?"

"네, 예전에 좋아하시던 매운맛 난나콘이 있길래 주문하다가 이것저것 묶음 배송했어요."

문자를 주고받고도 할 말을 잃었지만 설명을 듣고 나니 더 할 말을 잃었다. 언제 먹었는지 이름이 무엇인지 처음 보고 처음 듣는 것 같은 기억조차 없는 난나콘ㅋㅋ

주님! 불같은 뜨거움으로 한여름을 태우던 우리 집 뜨락의 핀 봉숭아꽃 같은 심장이 사랑으로 띕니다.
주님! 아이 셋 건사하기도 힘들 텐데요~

 한승아 2020년 9월 4일 오전 08:55 · ♥ 좋아요
우와 ~~^^
대단하네요~~
남자 아이 셋 키우려연 한정신 나가야 한다는데 홀로계신 시 어머님 까지 배려하고 ~^^
보내면서도 얼마나 고민하고 선택 하였을까요~~♡♡
평소에 어머님 말씀 하나 행동하나 하나 유심히 살피고 기억 하여서 배달 된 선물이니 더욱더 갑지네요~
이렇게 이쁘고 장한 며느리 사랑 받으시는 권사님~~
마이 부럽습니다~
우리 딸 아들도 소명엄마에게 보내서 특훈 받아야 할것 같아요~~

이쁜 며느리가 더 이쁜 일만 하네요~~
서로 사랑하는 맘이 많이 느껴 져서 오늘 행복 합니다~~

▶ 2020년 9월 8일

'벌써'란 말은 나이가 든다는 뜻이라고 어느 지인이 말해 주었다.
그 말을 듣고 보니 가슴에 와닿는 말인 것 같아 벌써라는 단어를 오늘은 피해 가 볼까ㅋ

아직 혼자서는 위태위태~ 탁자를 붙들고 작렬하는 뒤태의 매력을 발산시키고 서 있는 내 손자 소명이의 모습을 보노라니 이젠 나이가 아닌 그리움^^♡

처음 시작한 카스가 너무 신기해 죽자 살자 배워 서툴지만 지인들께 나의 근황을 알렸던, 아 그리운 시절이여~~

▶ 2020년 9월 22일

2014년 9월 22일을 추억하며

이름 모를 풀벌레들의 합창 때문인가. 뚜렷한 이유 없이 잠 못 이룬 채 동이 트고 말았다. 가장 작은 들꽃들의 웃음소리까지도 들을 수 있는 계절, 꽃이 죽어서 키워낸 열매, 주님이 죽어서 살려낸 나….

"엄마 이번 여름 방학 때 저랑 함께 선교 여행 갑시다."

포항공대에 있는 큰아들의 이 감동의 말 한마디에 속아(?) 그냥 좋아 떠났던 선교지 카자흐스탄! 그 험난한 고난 길이 나를 묶었고 올해로 14년째 지난 8월,

변함없이 선교지를 다녀왔다.

새로운 문화를 받아들이고 있는

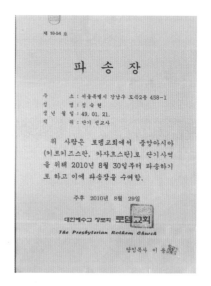

선교지는 14년 전 해왔던 사역만으로는 만족되지 않는 부담 같은 욕심이 있어 우리를 기다리는 칸트 주민들을 위해 새로운 것을 보여주기 위한 계획을 세워 준비했다.

그 야심 찬 과정 중에 사랑하는 막내아들을 잡을 뻔했던 사건!

작은 불꽃이 일어나는 사이로 장미꽃이 나오는 마술을 익혀 엄마인 나한테 가르쳐 주려던 과정에서 제품 불량으로 인해 온몸에 화상을 입고 병원에 입원한 끔찍한 사건이다.

"주님! 왜 이런 일이???"
하지만 많은 사람의 기도와 사랑으로 우려했던 얼굴과 머리, 가슴과 배의 상처는 흉터 없이 치유되었다. 그리고 어느 순간, 이것은 선교를 방해하려는 사탄의 계략이란 확신이 들었다!

어느 해보다 더욱 무장된 각오로 키르기스스탄 선교지 도착 날 아침!
동행한 큰아이한테 한국에서 걸려 온 전화!
올해 최고 우수 논문상에 선정되었으니 시상식에 참석하라는 상상도 하지 못한 영광의 소식! 그 시상식 날짜는 사역을 마치고 돌아가는 바로 그다음 날이었다.

우리의 생각과 계획만으로는 이룰 수 없는 절대권자의 능력!

화상 입은 막내아들의 쾌유를 위해 눈물로 기도했던 많은 사람과 이 은혜의 체험을 공유하고 싶어 스토리에 올린다.

사랑하는 나의 막내아들아!

지난여름 엄마로 인해 참 많이 고생했다. 고난은 숨겨 놓은 하나님의 축복임을 믿고 기도하면서 더욱 말끔한 얼굴로 회복시켜 준 하나님의 손길에 감사하면서, 내 아들 막내 김장관 사랑한다!!!

주님!

이 모양 저 모양으로 역사하시며 지상명령, 사마리아 땅끝까지~

복음 전도의 사명을 주신 주님의 사랑을 감사합니다. 이 땅의 삶은 잠시 다녀가는 나그네 인생임을 깨닫고, 주신 인생 낭비하지 않고 그동안 받은 사랑 이웃을 위해 실천하며 기쁨과 사랑과 화평의 아름다운 흔적을 남기게 하시니 감사합니다!

국*옥 2020년 9월 23일 오후 07:05 · ♥ 1 · 좋아요
어머나 권사님! 얼마나 놀라셨어요? 그 귀한 막내 아들로 인해...♡ 이미 오래 전 일이어도 현재처럼 가슴이 뭉클한데요 하나님의 놀라운 섭리에 사탄이 손들었네요 더 더욱 감사함은 막내 아드님 장관이의 화상 흉터가 말끔 하다는데에 측량 할 수 없는 하나님의 능력과 사랑을 느끼며 감사와 영광을 올려 드립니다. 그리고 축하드립다 모두...♡

 열방이주께돌아올때 2021년 10월 11일 오전 12:45 · ♥ 좋아요
첫눈님은 믿음도 생기신것처럼 예쁘시네요!~~
귀한아드님은 건강해지셨는지요!~~👍👍👍
화상이 무척 위험하다고 요양보호사교육에서 배웠어요.
균이 몸안으로 돌아다니기때문에 화상전문병원으로 가서 치료받아야 한다고....
주님이 죽음으로 살려주신 귀한 아드님이시니 더 건강축복주시리라 믿습니다!~~
🙏🙏🙏

2014년 10월 7일을 추억하며
불혹의 아들에게

새벽부터 밤까지~ 늘 바쁘게 생활하느라 학교에서 부모님과 함께하는 학부형 모임에도 참석하지 못했다.

강의 준비, 시험문제 출제, 행정감사 준비 등등… 반복되는 매일의 삶은 이미 습관이고 일상이지만 날마다 치러야 하는 전쟁이기도 했지!

밤늦게 들어와 눈길 한번 주고받지 못하고 잠든 모습만 바라보며 숨차게 달려온 날들. 알림장을 보고 숙제와 준비물을 확인하며 책가방을 챙겨주었던 그 어리디어린 아이는 길가에 핀 볼품없는 작은 민들레꽃까지도 소중히 여길 줄 아는 곱고 착한 소년으로 잘 자라주었지!

유난히도 "어부바"로 "둥가둥가" 했던 사랑은 성장과 더불어 과거란 추억 속으로 까마득히 묻혀져 갔고, 인생은 짧고 세월은 흘러 어느새 오늘 마흔한 번째 생일!

결혼도 했고, 아이도 낳았고, 나는 해묵은 살림살이를 정리하는 할머니가 되어 아들 며느리 손자들을 위해 기도해야 할 나의 행복한 짐들^^

그러나 이 땅을 떠나는 순간까지 너는 내게 저 사진 속 아이로 영원히 남아 있겠지~~~

아들! 마흔한 번째 생일을 축하한다! 진심으로~♡^^

 사랑스러운걸~~♥ 2014년 10월 7일 오전 01:15 · ♥ 좋아요
아낌 없이 주는 나무가 생각나네요~
사랑으로 기도로 키우신 웅이 집사님~ 그래서 저에게 믿음의 본이 되는....
그리스도의 향기가 듬뿍나는 귀한 웅이 집사님~ 생일 진심으로
축하드려요~!!!
그리고 축복 합니다~~^^
권사님~!! 감사해요.
웅이집사님 같이 멋진 지휘자님께 찬양도 배우고
믿음도 배우게 해주셔서~~

 홍명화(☆복받는 걸☆) 2014년 10월 7일 오전 09:12 · ♥ 좋아요
첫눈—훌륭한 아드님 키워내신 권사님 노고에 치하드리며
곧고 바른 신실한 믿음으로 잘 성장한 삼남매와 믿음좋고 예쁜 며느리와 귀요미손
자까지 축복받으신 권사님 가정 부럽습니다 ~~~

 ??으냐의 풀스토리 2014년 10월 7일 오전 12:53 · ♥ 좋아요
권사님의 참으로 전쟁같은 치열한 삶속에서 길가의 민들레까지도 소중히여길 마음
을 자식들에게 나눠주셨을 중심 깊은 사랑이 ~~
딸로 아내로 며느리로 직장인으로 그리고 어머니로 자리를 굳건히 지켜내신 권사님
의 자리가 너무나 아름답습니다 ~~~
웅집사님 생일 축하드려요~~~
권사님의 기도와 사랑으로 키우는 중심깊은 사랑도 축하받으실만 하세요♡♡

 양미은 2014년 10월 8일 오후 09:26 · ♥ 좋아요
선생님!
길가 민들레조차 귀하게 여기는 아드님의 고운 심성 선생님의 사랑이라 느껴봅니다
훌륭한 아드님을 두신 선생님 행복하시면서 정말 좋으시겠어요~^^

<u>2014년 10월 11일을 추억하며</u>
인생을 정리하다!

아무리 버려도 버려지지 않는 것, 내가 살아온 삶의 흔적들이다.
여섯 식구라는 결코 적지 않은 인원이 이사도 한 적 없이 30년을 한 지붕 아래서 살다, 어느새 다 결혼이란 새로운 둥지를 찾아 부모 곁을 떠났다!

처음엔 우선 보이는 것들에서 시작, 몇 해가 지나도 단 한 번 입지도, 사용하지도, 심지어는 전혀 눈길조차 갈 수 없는 곳에 박혀 있었던 것들로 범위가 넓혀지다 보니, 버려야 할 짐들은 어느 집 이삿짐이 무색할 정도로 산더미다!
언제 덮었는지도 모를 이불에서부터 각종 주방용 그릇 냄비를 비롯해 가전제품, 공기청정기, 컴퓨터, 선풍기 비디오 등등~

해마다 떠나는 직원 연수, 학생들과 함께 가는 봄가을 소풍, 때마다 유행 따라 새로운 옷으로, 챙 넓은 모자에서 정장, 베레모까지~
곱게 모셔두었던 핸드백, 각종 액세서리 등, 교편생활 32년 동안 모여진 나의 흔적을 정리하는 일이 어찌 단순 물건뿐이랴~~

내 젊은 날은 청춘의 새벽빛 속에서 행복한 시간들만을 꿈꾸었고, 인생의 계획서엔 내 꿈과 희망과 행복은 은행에 가서 언제든 찾을 수 있는 보증수표와 같은 것이었다!
찬란했던 내 인생의 저무는 황혼, 살아온 모든 날의 소중한 흔적이지만 이젠 쓸모없고 남은 인생에 대한 계획 중, 최상의 선택이 주변을 정리하는 일임을 슬프지만 나는 느낀다!

▶ 2020년 10월 12일

누가 탄생시켰을까 그런 명답을!
어느 나이가 되면 배운 자 못 배운 자 다 똑같아진다고….

이 나이를 살아 보니 경험이 지식이 되고 지혜가 되어 버려야 할 것들 담아야 할 것들이 선명하게 구분된다.
세상에서 가장 비싼 가격으로 먹은 게 나이였던 것을 살아 보니 깨달았다. 나는 젊음을 살아보아서 젊음을 알지만, 노인을 직접 경험하지 못한 젊은이들이 쉽게 하는 말, "난 저렇게 늙지 않겠다."
나도 젊었을 땐 그랬으니까….

늙어 보니 앞서간 노인 모습이 내 모습이요, 엄마 모습이 바로 나 자신의 모습이었음을 쓸쓸히 되짚어 보는 시간….

나이를 먹는 만큼 열정은 식었겠지만, 늙어감과 죽음에 관한 다채로운 준비 과정이, 백수가 과로사한다는 말이 딱 어울리는 바쁘고 분주한 내 삶은 높고 푸른 가을하늘조차 올려다볼 틈이 없다!

이제는 말할 수 있는 이야기들…

나는 지금까지 무엇을 목적으로 살아왔을까?

계절 탓일까… 나이 탓일까…. 걸어온 길을 뒤돌아보는 시간들이 잦아진다.

시작은 화려했지만, 그 어느 것 하나 끝까지 이루지 못한 희나리 같은 나의 미완성의 세월을 이 가을 노래하고 싶다.

당시 한 도시가, 아니 전국이 들썩이는 삼엄한 경호 속에 박정희 전 대통령을 만났던 일, 미스 지방대회 출전으로 인생을 종칠 뻔했던 일, 방송국 성우로 활동하며 탤런트와 영화 동녘의 빛 배우 모집에 주연으로 합격은 했지만 이런저런 사연으로 포기해 버린 일….

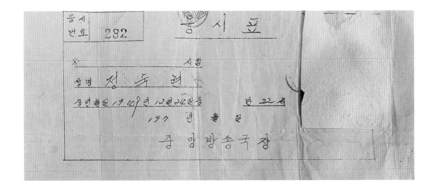

흡사 폭풍 같았던 20대를 그렇게 보내고, 잡지사 수습기자가 되어 새싹회 윤석중 대표를 취재하다 눈앞에서 빌딩 무너지는 특종을 쫓는 기자 정신의 교육을 받고 돌아오면서 멀고 험한 기자의 길을 고뇌했던 일….

그랬었는데…

내게 장학금을 주었고, 그 고마움을 결코 잊진 않았지만 유신을 반대하다 긴급조치 9호 위반으로 채 펼쳐보지도 못한 꿈은 무너졌고 가정은 풍비박산이 될 뻔했던 일!

세월은 흘러 안정된 교편생활로 평범하게 살아가나 싶었는데….

영랑의 '5월 어느 날 그 하루 무덥던 날' 중식 후 오후 시간, 학생들도 선생도 졸음은 쏟아지고 열린 창문으로 스며드는 아카시아 꽃향기.

아~~~

"쌤~ 오늘 그냥 야외 학습으로~~"

"그럴까~?"

이렇게 제자와 스승은 꿍냥꿍냥~

보기 드문 의견일치로 수업을 쌩~ 까고ㅋ 쥐도 새도 모르게(후에 세상이 다 알게 되었지만ㅠ) 교실을 빠져나와 아름다운 남산 꽃길로 고고~~~

그런데 하필 가는 날이 장날이라 했던가, 서울시 비상 감사 출동! 삐삐도 폰도 없었던 시절, 우리만의 명분인 야외 학습을 마치고 룰루랄라~ 결과는 시말서에… 징계에…

　학생 게시판엔 좋음, 나쁨, 멋지다, 개념 없다, 입맛대로 도배가 되었다!

　평생을 함께 사셨던 엄마, 딸 하나 키우는 게 열 아들보다 더 힘들다며 서럽게 우시던 울 엄마가 보고 싶다ㅠㅠ

　살아 있는 동안 나는 과정이란 계속의 길을 걸을 것이고, 먼 훗날이 아닌 가까운 어느 날 이 모든 과정이 만들어진 진짜 이야기를 마주하기 위해 오늘도 나는, 주어진 하루하루를 열심히 산다!

　결과가 아닌 과정으로 어디를 향하든 어디에 머무르든 살아 낸다면 의미가 없는 오늘은 없으리라~

　비록 정년퇴직은 했지만 내 인생의 정년은 없다!

　1막일 뿐, 시니어 인생 2모작이 기다린다….

 캔디 1월 28일 오전 12:12 · 🖤 1 · 좋아요
첫눈
정 정말 파란의 삶이었군요.
숙 숙명이라 해야할까요?
현 현재의 정숙현을 빚은 너울의 시간이었음을..

숙현언니
지나온 인생여정에 숙연해집니다.

 詩人 朴春圭 2020년 11월 4일 오전 03:44 · 좋아요
인생2모작 꽃길이었으면

 蚕岩 韓秉珍 2020년 11월 5일 오후 06:29 · 좋아요
그시절 교복입은 여학생들이 그립네요.
선생님 쌀쌀한 목요일 밤 좋은글 잘 감상했습니다 오늘밤도 쌀쌀한 날씨에 건강유의하시고 코로나19 감염 조심하시고 편안한 밤 보내십시오 ♡♡

2020년, 11월 첫째 날 지금 비가 내린다.

봄, 여름, 가을, 겨울, 4계절의 변화를 우리 집 작은 정원을 통해 맞이하고 보냈던 바쁜 날들의 소박한 행복….

만남보다 이별을 먼저 배운 텃새 같은 작은 새 한 마리, 여름 내내 둥지를 틀고 살다 날씨가 싸늘해지자 영 보이질 않는다. 다음 해 여름 오면 우리 집 나뭇가지를 다시 찾아오려나?

작은 욕심도 인제 그만 내려놓으라고 창문을 향해 곱게 지저귀던 어여쁜 새….

새벽부터 쏟아지는 빗줄기가 빗금을 그으며 내게 전하는 말, 진정 아름다운 삶이란 떨어져 내리는 아픔을 끝까지 견뎌내는 겸손이라고 내게 조용히 속삭인다….

하루하루 야위어 가는 초록이 이젠 눈도 보이지 않고 귀도 들리지 않지만, 늙음이 느껴지지 않는 크고 맑은 눈망울은 여전히 예쁘고 사랑스럽다.

저 멀리서부터 걸어오는 가족들의 발자국 소리 집 앞을 오고 가는 수많은 차의 클랙슨과 우리 차의 클랙슨 소리를 기막히게 구분해 내던 초록이….

그 초록이는 이제 나의 보살핌 없이는 아무것도 혼자선 할 수 없다.

지난날 우리 온 가족들의 기쁨이 되었고 행복이 되어 주었던 초록이, 세월은 흘러 함께 했던 가족들은 결혼이란 각자의 삶의 길로 떠났으니, 이젠 남아 있는 내가 네 눈이 되고 발이 되어 너를 보살펴 줄게.

때론 고달프고 힘들어도 나도 너도, 그때와 지금, 젊음과 늙음이 다름을 슬프지만 느끼고 견디면서, 너는 나에게… 나는 너에게…. 우리 서로를 감싸는 기쁨이 되자.

바람이 불어도 창문은 열어두자.
낙엽 같은 옛 사연일랑 다만 기억으로 고히 간직하자.
삶이란 무엇인가?
누군가 내게 묻는다면 나는 이렇게 대답하련다.
사랑했던 이들과의 이별이라고….

▶ 2020년 11월 7일

코로나19 이젠 짜증이 날 뿐, 더 이상 공포스럽지 않고 싶다!
처연함과 장엄미를 느끼게 하는 창조주가 허락하신 대자연의 아름다움, 그중에서도 더욱 빛나는 늦가을 단풍 든 낙엽송과 보랏빛 가을꽃들은 바람에 흩날리며 이제 떠날 채비를 한다.

너무 바쁘게 흘러가는 세월, 눈 부신 태양은 열기를 잃었지만, 뜨거운 여름날의 흔적을 생각하면서 계절이 가는 건지 내가 계절을 안고 세월을 사는 건지….

무엇이 중요하고 소중한지 생각할 여유도 없이, 길가에 수북이 쌓이는 빛바랜 낙엽 사이로 스산한 바람이 불어오면 풍요롭고 아름다웠던
가을을 배웅하고 겨울을 마중할 채비를 한다.

"내려놓아라, 다 내려놓아라, 모두 다 내려놓아라. 그러면 편안해지리라."

언제부터인가 나보다는 자식들과 손자 손녀 걱정으로 인해 잠 못 이뤘다.

한두 방울 빗방울이 떨어질 땐 젖을까 봐 피하지만, 아예 온몸이 흠뻑 젖어버리면 젖은 채로 빗속을 뛰어다니며 놀았던 어린 시절이 있었다. 이처럼 비에 젖어버리면 비를 두려워하지 않듯, 희망에 젖으면 미래가 두렵지 않고 일에 젖으면 일이 두렵지 않고, 삶에 젖으면 삶이 두렵지 않듯 코로나에 젖어 코로나19가 주는 두려움을 이젠 내려놓아 볼까?

두려움이 있다는 것은 그 일에 완전 올인하지 않았다는 증거이니, 무엇이든 그 일에 올인한다면 마음은 훨씬 편하고 지금의 억압된 삶에서 자유로워지지 않을까?

상식적으로 말이 되는 소린지 아닌지 구분도 안 되는 혼돈의 날,

소명, 소민, 소원, 예담이 할머니가.

▶ 2020년 11월 10일

언제 들어도 가슴 뭉클한 감동과 교훈을 주는 가시고기 이야기.

지구상에서 가장 부성애가 강하다는 가시고기가 문득 생각나는 잠 못 이루는 시간, 수컷이 죽을힘을 다해 만든 둥지로 들어가 산란을 마친 암컷은 곧장 둥지를 떠나 버린다.

그때부터 수컷은 단 한 순간도 둥지를 떠나지 않고 먹이 사냥도 중단한 채 둥지 곁을 지킨다.

수컷 가시고기는 알을 보호하기 위해 위장막을 만들고 산소공급을 위해 둥지 앞에서 쉴 새 없이 지느러미를 움직여 부채질을 한다.

알을 노린 적이 침범할 때는 등 가시를 세우고 무섭게 방어한다.

15일 동안 아무것도 먹지 못한 가시고기는 최후의 순간, 새끼들이 모여 있는 둥지로 있는 힘을 다해 다가가 자신의 몸을 먹이로 내놓는다.

갓 부화되어 나온 새끼들이 먹이를 찾을 줄 모르기 때문에, 가시고기 아빠는 극심한 고통을 참아내면서 자신의 살을 새끼들이 쪼아 먹고 성장할 수 있도록 맡기고 마지막 뼈만 남아 서서히 죽어가며 눈을 감는다.

어쩌면 인간 세계보다 더 치열한 생존경쟁에서 인간보다 더 진한 자식 사랑의 부성애를 보여주는 가시고기처럼, 우리도 자식을 위해 할 수 있는 일이 무엇인지 슬프고도 아름다운 감동의 가시고기 이야기를 다시 한번 묵상해 보는 가을의 끝자락이여, 이젠 아듀~

▶ 2020년 11월 19일

아, 우리 소명이~

나 때는(또 꼰대 라떼가 연상 되는 문구ㅋ) 상상조차 할 수 없었던 요즘의 교육 현장 놀랍고도 신기하다!

신이 존재하느냐 마느냐가 아닌, 성경은 주님이 계심을 선포하는 것이라고 문득 대구 경북대 모 교수님이 하신 말씀이 생각난다!

생명의 샘에서 물을 긷듯이 성경은 주님이 계심을 선포한 것이라고 말한 그 책으로 진리를 긷는다!

주님의 말씀을 떠 마시며 그 말씀을 양식으로 삼는 소명이의 매일이
    굽이치는 기쁨의 강이 되고, 어둡고 팍팍한 코로나19 시대에 빛과 물이
솟게 하는 단 하나의 생명책으로 세상을 밝히는 소명이가 되기를!

배와 그물조차 버리고 주님을 따라나선 제자들처럼 사랑의 순명만이 승리할 수 있는 소명이가 되기를!

♥내가 지극히 사랑하는 스토리 지인 님들 응원해 주셔서 감사합니다. 늘 좋은 삶의 모습으로 보답하겠습니다♥

▶ **2020년 11월 20일**

[KNUES 관현악단 - Sound of music]

내 손자 소명아~
한민족의 한과 흥이 고스란히 담긴 아리랑을 고사리 어린 손들이 모여 애절함과 흥겨움, 빠름과 느림을 모두 느낀 감동의 무대에 내 손자 소명이

가 함께하고 있는 기쁨!(violin 부문)

어느새 이만큼 컸을까?

내가 이만큼 늙어졌으니 세월도 흐를 만큼 흘렀겠지만, 결코 흘러간 세월에 대한 슬픔이 아닌, 자랑스럽게 커버린 소명이에 대한 감동이 그냥 눈물 되어 흐른다.

주님!

부를수록 가슴 먹먹해지는 이름, 당신의 그 이름만이 언제나 저의 희망임을 고백합니다. 당신께 드릴 황금과 유향과 몰약을 준비한 동방의 세 현자들처럼, 황금과 유향과 몰약은 아닐지라도 믿음과 소망과 사랑의 예물을 드립니다.

하늘의 별처럼 높진 않아도 이름있는 별처럼 반짝이진 않아도 밝고 착하고 건강하게! 소명이의 일과표에 언제나 주님을 첫 자리에 두고 살아가는 삶이 될 수 있도록 소명이의 매일을 축복하신 주님, 감사합니다!

 국*옥 2020년 11월 20일 오후 05:50 · ♥ 좋아요
어머나~ 소명이가 악기도? WO~ 하나님의 특별한 달란트가 또 하나 UP? 아유 예쁘고 멋져라...♡ 악기는 목소리 성대와 같은거라 이 다음에 하나님께 마음 껏 찬양 올려 드릴 수 있습니다...♡ 소명이 화이팅~ 👍 권사님! 감사의 눈물 많이 흘리세요 그 눈물은 은혜의 감동이니까요...♡ 축하드립니다...♡ 그리고 소명이가 하나님께 크게 쓰임 받도록 기도하겠습니다...♡ 사랑합니다...♡

가을을 사랑하고 가을을 예찬하는 스토리.

지인님들의 글과 영상으로 인해 외로워할 틈도 없이 풍요롭고 은혜로웠던 지난가을이었음을 감사합니다!

종종 내게 남은 시간이 얼마나 될까? 궁금해질 때가 있습니다.

하루는 길지만 일주일은 짧고, 하지만 이젠 하루도 짧고 일주일도 눈 깜짝할 사이, 한 달이나 일 년은 그보다 더 짧게 느껴집니다!

앙상한 뼈마디만 남은 가지에 애처롭게 붙어있는 몇 장 남은 저 잎새들은 누구를 부르는 손짓인가…. 회색빛 하늘 아래 고목처럼 서 있는 나는 누구를 기다리는가….

사랑하는 스토리님들! 주어진 각자의 자리에서 삶의 모습들은 다를지라도 우리가 사라지는 목적지는 같습니다.

만산을 홍엽으로 만든 주옥같은 여러 님들의 아름다운 시와 사진이 없었다면 어찌 이 가을을 예찬할 수 있었으리오!

첫눈을 기쁘게도 하고 슬프게도 하고 격려도 하고 응원도 하는 님들로 인해, 나 첫눈은 삶의 원동력을 얻었습니다!

보일 듯 말 듯 저만치 사라지는 가을 끝자락에 대고 목청껏 소리높여 외쳐 보고 싶은 말, 정직한 절망이 희망의 시작이듯이 2021년 가을 우리 다시 만나 아모르 파티를 열자고….

서영만 2020년 11월 28일 오전 04:17 · ♥ 좋아요
고운글 보내주신 첫눈님에게

오래 머물러 아름답고 훈훈하기보다
떠남이 더 익숙한 만추의 주말입니다.

그리하여 더 서럽고 애잔하고
안타까운 계절이고요.

연보랏빛 들국화도 저리 바래어 가고
아름다운 단풍도 빛바랜 낙엽되어
시나브로 떨어져 내립니다.

앙상한 겨울나무의 스산한 모습이
찾아오기 전에 이 가을 잘 누리면 좋겠습니다.

연초에 계획하고 다짐하고 꿈꾸었던 희망들이 두어 달 남겨놓은 현시점에서 뒤돌아
볼 때, 허무한 마음에 또 한 번 자신에게 실망하는 계절이 가을이기도 합니다.

그렇지만 낙심하진 말아요.

아직 두어 달 남았으니 유종의 미를 거둘 수 있도록 최선을 다하는 자세를 갖는 것이
더 현명한 일이겠습니다.

만추의 주말 평안하소서
入冬의 주말 평안하소서
ㅋㅋ

▶ 2020년 12월 11일

나뭇잎 구르는 소리에도 까르르~ 환호했던 여고 시절, 문예지에 실린
내 시의 첫 소절이 다시 또 생각나는 계절이다.

"바람이 불어도 창문은 열어 두자

낙엽 같은 옛 사연일랑 다만

기억으로 고이 간직하자"

엄마가 매일 찾으셨던 집 옆 까치공원, 몇 개 붙어있는 낙엽을 본다.

가을은 한 해의 끝자락이지만 인생의 끝자락도 보여 어느 때부터인가 마음을 뒤숭숭하게 하는 계절이다.

나이 탓이겠지… 특별히 지치고 힘든 일이 없는데 그냥 힘이 든다.

가끔 오늘처럼 엄마가 계셨던 노인정도 가 보고 놀이터도 가 본다.

외로움이 느껴질 때면 좋아하는 노래도 흥얼거려 보고 해지는 창가를 바라보며 행여 잊혀 버릴지도 모르는 그리운 옛 이름들도 불러본다.

동요와 가곡에서 시작해 유행가와 찬송가까지 시리즈로 부르고 나면, 감정 소모가 컸는지 아무 생각도 나지 않고 몸이 지친다.

차라리 좋다!

올해는 왜 눈도 오지 않을까? 가끔 뉴스에서 눈 소식을 듣지만 나는 아직 눈을 본 적이 없다.

내 닉이 첫눈이라서 그런가 그냥 첫눈이 그립다. 눈 내리는 뽀얀 하늘과 그 끝없는 그리움이 너무 좋아서, 아직 나에게 소녀 감성이 남아 있기는 하는 건가^^♡

꿈을 담는 도곡동 생각쟁이 첫눈

▶ 2020년 12월 13일

첫눈을 기다렸는데….

첫눈이 내린 이른 아침, 아무도 밟지 않은 눈밭에 첫발을 내딛던 어린 시절의 그 설레던 기억…. 그러나 금세 익숙해지면 언제 그랬을까 어지럽게 발자국을 남기며 뛰어 돌아다녔지…

익숙함과 편안함에 한없이 길들여진 지금 조심스레 첫 눈밭을 내딛던 설렘으로 지금 대문 밖을 나왔다.

잘 잤느냐고, 너도 눈이 내려 기쁘냐고, 내년에도 또 잎을 피우고 꽃을 피울 거냐고, 우리 집 정원에 묵묵히 서 있는 늙은 나무에게 묻는다.

첫눈, 넌 어쩜 이제 왔니? 너도 코로나19 그 괴물이 싫어? 찐 팬들이 기다릴 줄 뻔히 알면서 강림하고 싶지 않았었니?

기다리다 지친 날들 속 오늘, 극적인 우리의 만남!

선택하지 않은 이별은 내 안에 소중한 것들을 다 빼앗아 가버렸는데 그 텅 빈 속에 늦게라도 와 줘서 고마워^^

첫눈을 볼 수 없어 실종된 겨울인가 싶었는데, 기다린 내게 잊혀진 겨울이 아니라서 고마워^^

이제 나는 행복한 한 마리 겨울새가 되어 첫눈, 너의 맑고 고운 포근함에 둥지를 틀고 오래오래 깨고 싶지 않은 하얀 겨울 여행을 떠나고 싶다^^

이른 아침부터 첫눈 소식을 힘차게^^ 알려준 막내아들, 그리고 이종미 목사님 국정옥 권사님. 첫눈의 기쁨을 함께해 주셔서 더욱 감사한 주일입니다^^♡

너 나, 할 것 없이 모두가 떠나버린 가을 끝을 붙들고 시도 때도 없이 낙엽 타령하는 게 지겨워서일까, 어제 첫눈이 내렸다.

그 덕분에 겨울이 겨울다워져서 감사한 마음이고 추위에 딱 어울리는 따뜻한 엄마와 딸의 감동 이야기를 공유한다.

시장통 작은 분식점에서 찐빵과 만두를 만들어 파는 어머니가 있었다. 어느 일요일 오후, 아침부터 꾸물꾸물하던 하늘에서 후두둑 비가 떨어지기 시작했다. 소나기였다.

그런데 한 시간이 가고 두 시간이 가도 그치기는커녕 빗발이 점점 더 굵어지자 어머니는 서둘러 가게를 정리한 뒤 큰길로 나와 우산 두 개를 샀다.

그 길로 딸이 다니는 미술학원으로 달려간 어머니는 학원 문을 열려다 말고 깜짝 놀라 자신의 옷차림을 살펴봤다.

작업복에 낡은 슬리퍼, 앞치마엔 밀가루 반죽이 덕지덕지 묻어 있었다.

안 그래도 감수성 예민한 여고생 딸이 상처를 입을까 걱정된 어머니는 건물 아래층에서 학원이 끝나기를 기다렸다. 한참을 서성대던 어머니가 문득 3층 학원 창가를 올려다봤을 때, 마침 아래쪽의 어머니를 내려다보고 있던 딸과 눈이 마주쳤다.

어머니는 반갑게 손짓을 했지만 딸은 못 본 척 얼른 몸을 숨겼다가 다시 삐죽 고개를 내밀고, 숨겼다가 얼굴을 내밀곤 할 뿐, 초라한 엄마가 기다리는 걸 원치 않는 것 같았다. 슬픔에 잠긴 어머니는 고개를 숙인 채 그냥 돌아섰다.

그로부터 한 달 뒤, 어머니는 딸의 미술학원에서 학생들 작품을 전시한다는 초대장을 받았다. 딸이 부끄러워할 것만 같아 한나절을 망설이던 어머니는 다 늦은 저녁에야 이웃집에 잠시 가게를 맡긴 뒤 부랴부랴 딸의 미술학원으로 갔다.

"끝나버렸으면 어쩌나."

다행히 전시장 문은 열려 있었다. 벽에 가득 걸린 그림들을 하나하나 훑어보던 어머니는 한 그림 앞에서 그만 가슴이 덜컹 내려앉았다.

'세상에서 가장 아름다운 모습'이란 제목으로 비 내리던 날의 우산과 밀가루 반죽이 허옇게 묻은 앞치마 그리고 낡은 신발.... 그림 속엔 어머니가 학원 앞에서 딸을 기다리던 날의 초라한 모습이 고스란히 들어있었다. 그날 딸은 창문 뒤에 숨어서 우산을 들고 서 있는 어머니의 모습을 화폭에 담고 가슴에 담았던 것이다.

어느새 어머니 곁으로 다가온 딸이 곁에서 환하게 웃고 있었다. 모녀는 그 그림을 오래오래 바라보았다. 세상에서 가장 행복한 모습으로~~

사랑하는 카스 지인님들! 날씨가 많이 춥습니다. 감기 조심, 코로나 조심으로 활기찬 월요일 되십시오!^^♡

▶ 2020년 12월 18일

오드리 헵번, 아름다움, 그 이상의 가치를 가진 그녀의 일생!

내가 가장 좋아했던 배우이고 가장 좋아했던 영화 로마의 휴일, 줄거리 동영상을 지인이 보내왔다! 이 짧은 영상만으로 영화를 보신 분들은 충분히 전후 줄거리를 기억해 내리라 생각한다!

시대가 변해도 변치 않는 아름다움! 흑백필름의 모습뿐이지만 현시대를 살아가는 젊은이들에게도 그렇게 낯설지만은 않은 이름이다!

오드리 헵번, 그레고리 펙, 주연의 로마의 휴일은 로마를 배경으로 고리 타분하고 반복되는 일상에서 탈출, 너무나 아름다운 사랑의 로맨스 영화로 아들이랑 딸이랑 집에서 설렘으로 함께 보았던 다시 보고 싶은 영화다!

어른뿐만이 아니라 초등학교 2학년 우리 큰손자 소명이에게도 사랑이라는 것이 있나 보다ㅋ
"엄마, 나도 빨리 결혼하고 싶어."
며칠 전 대구에 사는 큰며느리와 통화에서 이 말을 듣고 놀랍기도 대견스럽기도^^♡

▶ 2020년 12월 21일

일상에서의 공포를 느끼다….
세상에 살다 살다 별짓을 다 하는 폰을 고발한다.
글을 쓰는데 폰이 저 혼자 톡톡거리며 똑같은 숫자를 찍어내는데 딱 뭔가가 씌운 느낌, 혼자 거의 공포를 겪었다!

폰이 혼자 벌벌거리며 찍어낸 문제의 공포 숫자.

2 · 2‥22222 · 2222 · 2222 · 2‥22 · 22 · 2222 · 222222
지워지지도 않고, 써지지도 않는, 내 의지와는 전혀 상관없이 폰 화면이 부들부들 떨리면서 같은 자리에서 같은 숫자만이 정교하게 찍혀 올라가는데 정말 숨이 멎을뻔한 두려움 비슷한 당황스러움이었다!

폰이 갑자기 이상이 생길 땐 일단 전원을 꺼버리란 기사를 읽은 기억이 어렴풋이 떠올라 얼른 폰을 끄고 다시 켰다. 정상이 되었지만 왜 이런 현상이 일어났는지???

가까운 미래에, 현재 각 가정에서 사용하는 전자제품들이 어떤 형태로든 이런 식의 반란을 일으킨다면 우리의 일상은 어떻게 변할까?
여기까지 생각이 미치자 정말 SF 영화 속 로봇의 진화, 로봇들의 반란이 끔찍한 공포로 다가온다!

폰 때문에 달려도, 너~무 세게 달려와 버린 풍부한 나의 상상력이 너무나도 오두방정스럽구나ㅋㅋ 으하하하핫~~~

▶ 2020년 12월 24일

2020년 12월 24일.
쿠팡의 새벽 배송, 그런 게 있다는 말은 들어봤지만 처음 경험이다. 대문 앞에 놓여 있는 커다란 선물상자, 지금 시각 새벽 1시 30분! 창문을 열고 기다리던 첫눈을 바라보는 순결한 설렘.
사랑아, 예쁜 아이야. 매일 통화를 하면서도 새로이 샘솟는 그리움으로 이 시간 네가 가장 보고 싶다.

"몇 개는 품절이라 빠졌어요. 호떡이랑 볶음밥은 냉동실에 보관하세요."

문자를 받고도 답장을 안 했다. 고맙다는 전화도 안 했다. 쏟아지는 눈물을 혼자 삼키느라~ 성탄절이 와도 새해가 와도 함께 만나 찬양을 부를 수 없는, 어둠의 날들…

그래서 가장 정직한 시를 쓰고 가장 뜨거운 기도를 드린다. 내가 어둠이 어도 빛으로 오는 사랑아.

고맙다는 말, 사랑한다는 말 필요 없어 내 손목을 잡고 가는 눈부신 사랑아. 겨울에도 돋아나는 내 가슴 속 푸른 잔디 위에 노란 민들레 한 송이로 피어 웃고 있는 사랑아.

잘 먹을게… 그리고 건강하게 오래오래 내 곁에 있을게^^♡

<u>(오전)</u>

세상에 이렇게도 조용한 12월 24일이 있었던가!

크리스마스(Christ-Mas)는 말 그대로 그리스도의 날이다. 인류를 죄에서 구원하기 위해 '세상의 빛'으로 오신 예수님 탄생의 날이다!

코로나로 인해 지금까지와는 전혀 다른 분위기가 되었지만, 아이들에겐 산타가 선물 주는 날, 어른들에겐 온갖 모임의 이름을 다 갖다 붙여 술 마시고 노래하고 흥청거리는 그런 날이 아닌, 인류를 죄에서 구원하기 위해 '세상의 빛'으로 오신 날이다!

주님!

이젠 이마를 마주 댈 순 없지만 은혜의 촛불 밝혀 들고 겸허한 마음 모아 그 빛 둘레에서 하나 되게 하소서!

엄마 믿음의 대를 이어 여기까지 왔다고 외쳐버리기엔 너무도 감사한

60년의 이야기, 오늘의 내가 존재하는 어제의 이야기.

주께서 원하시는 만큼 빛과 향기가 되지 못한 죄를 고백합니다.

소중한 스토리 믿음의 지인들과 함께 하나 되는 빛의 외길, 그 길에서 진정 소리 내어 외칠 것은 주님의 크신 사랑과 은혜뿐.

새로이 고여 오는 감사의 마음 받쳐 든 이 시간, 당신께 받은 빛이 꺼짐 없이 우리 안에 타오르게 하소서.

말보다 깊은 기도로 그 빛 둘레에서 하나 되게 하소서.

▶ 2020년 12월 25일

사랑하는 스토리님들에게

1997년 IMF 전후 많은 기업인이 직장을 잃고 힘들어했을 당시 만들어진 카페가 있습니다.

"4~50대여 용기를", 이름하여 "용기네" 카페!

지금 그 세대는 70~80대가 될 것입니다.

그 당시 대한민국 최고의 카페로 서로에게 힘이 되었고 위로가 되었던 참 고마운 소통의 공간이었지요.

가물한 기억으로 설립자는 대구 분으로 닉은 '벌떼들'?

혹시 스토리님들 중 "용기네" 카페에 계셨던 분들을 찾고 싶네요.

제 닉은 그때도 지금도 첫눈입니다^^

 김장관 2020년 12월 26일 오후 03:38 · ♥ 좋아요
찾고싶으신 분들 모두 찾으셔서 기쁨이 충만하기를 간절히 기대합니다.

국*옥 2020년 12월 26일 오전 06:40 · ♥ 좋아요

그 때나 지금이나 넘 멋져요 ㅎㅎ...♡ 권사님은 받은 복 받은 달란트가 넘 많아 나눌 것도 많을 것 같습니다 부러워요...♡ 헌데 유감이네요 전 그 "용기네" 카페의 회원이 아니라서...♡ 하지만 많이들 모이길 두손 모아 고개는 숙여 볼게요...♡ 저희도 그 때쯤 남편의 회사 중소기업이 와르르 흑흑...♡ 새삼 울컥하네요 이른 아침인데...?^^ 좋은 친구 많이 만나세요 이왕이면 하나님 자녀로...♡ 사랑합니다...🙏

▶ 2020년 12월 27일

오늘은 2020년 마지막 주일, 2천 년 전 화산재에 덮였던 폼페이는 5만여 명이 살던 작은 도시다!

"비세비우스 산"의 대 폭발이 있기 전 화산재가 조금씩 뿜어져 나오는 며칠 동안 노예와 가난한 시민들은 서둘러 피난을 떠났다.

파묻힌 2천여 명은 귀족들과 돈 많은 상인들로 돈과 권력, 명예로 배부른 사람들은 마지막까지 자기의 저택을 지키려다가 결국 모든 것을 잃어버렸다.

태풍에 뿌리가 뽑히는 것은 큰 나무이지 잡초가 아니다!

자신이 일등이라고 생각한다면 먼저 이것을 기억해야 한다. 우리는 모두 지구별에 놀러 온 여행객들이라는 사실을~

이곳에서 여행 끝내는 날 우린 먼 길을 떠나야 한다.

여행이 즐겁기 위해선 첫째 짐이 가볍고, 둘째 동행자가 좋아야 하고, 셋째 돌아갈 집이 있어야 한다.

이 세상 모든 것들은 여기 사는 동안 잠시 빌리는 것, 여행 간 호텔에서

의 치약 같은 것, 우리는 죽는 줄을 알아야 올바르게 살 수 있다!

세상에는 없는 게 3가지가 있다!
1. 정답이 없다.
2. 비밀이 없다.
3. 공짜가 없다.

죽음에 대해 분명히 알고 있는 3가지가 있다!
1. 분명히 죽는다.
2. 나 혼자서 죽는다.
3. 아무것도 가지고 갈 수 없다.

죽음에 대해 분명 모르고 있는 3가지가 있다!
1. 언제 죽을지 모른다.
2. 어디서 죽을지 모른다.
3. 어떻게 죽을지 모른다.

그래서 항상 준비하고 있어야 한다.
모든 사람이 낳는 방법은 거의 비슷하지만, 죽는 방법은 천차만별, 인간의 평가는 태어나는 것보다 죽는 것으로 결정된다.
언제나 서로 사랑하고 배려하며, 주어진 삶이 다할 때까지 의무를 다하며 살자!

정의를 위해 행동했던 고귀한 삶의 마하트마 간디! 수많은 명언들 중 인생을 살면서 조심해야 할 것들을 그는 다음과 같이 말했다.

생각을 조심하자, 그것은 말이 되기 때문이다.
말을 조심하자, 그것은 행동이 되기 때문이다.
행동을 조심하자, 그것은 습관이 되기 때문이다.
습관을 조심하자, 그것은 인격이 되기 때문이다.
인격을 조심하자, 그것은 인생이 되기 때문이다.

그러나, 2020년은 코로나19라는 괴생명체로 인해 사람이 사람을 만나선 안 되는, 일상을 저당 잡힌 초유의 사태로 흡사 살얼음판을 딛고 서 있는 공포의 한해였다!

인격을 노래한 간디의 가르침은 공염불이 되었고 입 닥치고 행동도 접고 오직 살아남기 위해 어느 누구도 믿을 수 없고 믿어서도 안 되는 홀로만의 시간을 갖는 것이었다.

주님!
모든 것이 낯설고 생소한, 그야말로 어처구니없었던 지난 1년을 뒤돌아보면서 카스를 통해 맺게 된 인연들에게 진 사랑의 빚 또한 사랑으로밖엔 갚을 도리가 없음을 고백합니다.

보내고 맞이하는 세월의 길목, 말보다는 깊은 기도로 주님께 감사하는 은혜의 빛 둘레에서 더욱 하나 되어 소통할 수 있는 2021년 새해, 스토리 지인들이 되게 하소서!

예수님의 이름으로 기도합니다^^♡

▶ 2020년 12월 31일

2020년. 3초, 2초, 1초, 땡! 하는 요란스러운 카운트다운이 초를 세며 시작한 지가 엊그제 같은데 어느새 12월의 끝이다!

잠깐 스치며 흘러온 한해, 사람이 두렵고 불편했던 코로나19 세월은 저만치 가지만, 아무것도 해결되지 않은 채 더 무서운 슈퍼 바이러스가 온다는 공포의 소식뿐….

2021년을 어떻게 맞이할까?

장구한 세월이 경고한다! 자연을 배신한 역습의 시작, 지금까지는 지역 간 인종 간 전쟁의 역사였다면 이제부터는 바이러스와 인류의 전쟁이 시작되었음을….

인간은 집단 위험에 빠졌고 더 강한 변종 바이러스로 위험성은 높아지고 인류 재앙은 빠른 속도로 오고 있건만 문명의 방어는 미온적이며 허술하다!

첨단을 자랑하는 과학으로도 아직은 잡을 수 없는 현재의 상황과 수준, 이 또한 지나갈까?

아, 생을 위한 환경은 날로 힘이 드는데 미래를 이어갈 젊은이들은 어찌해야 하는가?

오 주님!

"어두울 때 퍼지는 전염병과 밝을 때 닥쳐오는 재앙을 두려워하지 아니하리로다."

주께서 주신 이 말씀 붙들고 인자와 성실을 기억하여 다시금 간구의 자리로 나아갑니다. 전염병에서도 두려워하지 않는 새로운 한 해를 펼치소서! 예수님의 이름으로 기도합니다.

▶ 2021년 1월 5일

🐥🐥 예담이의 첫돌 🐥🐥

묵은해를 보내고 새해를 맞이한 세상은 새로운 희망과 설렘으로 가득차 있을 때 막내아들이 늦게 낳은, 막내 손녀 예담이가 많은 이들의 애타는 기도 속에 힘겹게 태어났다!

그리고 얼마 지나지 않아 코로나19라는 초유의 비상시국을 맞아야 했다! 일상을 빼앗겨 버린 시간은 고장도 없이 흐르고 흘러 계절이 한 바퀴를 돌아서 어느새 오늘 첫돌이다!

처음 만났을 때 안아보는 것조차 조심스럽던 작디작은 꼬물이가 특별한 하나님의 사랑과 도우심, 그리고 아빠 엄마의 헌신적인 사랑과 정성으로 튼튼하게 잘 자라고 있음을 감사할 뿐이다!

잠 잘때 외엔 잠시도 가만있지 않은 예담이~ 눈에 띄는 모든 것들, 만져보고, 눌러보고, 흔들어보고 결국은 던져버리는 거침없이 활발한 호기심 많은 건강한 모습을, 아침 저녁으로 영상과 사진, 설명까지 덧붙여 보내주

는 정성에 못 보고도 본 것처럼 생생한데~

1월 7일, 오늘이 첫돌! 그러나 만날 수도 없고 만나서도 안 되는~

주님!

절절히 뉘우칠 줄 모르는 무딘 마음, 믿음의 불꽃이 활활 타오르지 못하는 냉랭한 마음, 그렇다 할지라도… 이제 그만 노여움을 푸시고 이 땅에서 코로나19, 종식시켜 주십시오! 너무 아픕니다! 너무 힘이 듭니다!

이 글을 읽는 사랑하는 지인님들! 우리 손녀 예담이 쓸쓸히 보내야 하는 첫돌, 많이 축하해 주시고 축복해 주세요^^♡

▶ 2021년 1월 9일

절제_ 나의 경쟁 상대는 누구인가?

학교 퇴직 후, 가족들의 응원과 스스로의 열정으로 인생 이모작의 화려한 꿈을 안고 노래지도자 과정도 수료하고 바리스타 자격증도 취득해서 재직 때보다 더 바쁘게 살았다.

그러다 코로나19라는 괴물 시대를 맞아 모든 일상은 저당 잡혔고, 꿈에서나 그려보았던 집콕의 주인이 되었다!

그러던 어느 날, 운동은 필수라면서 대구 아들 며느리가 각각 운동기구인 실내 자전거와 러닝머신을 보내왔다! 활동하던 엄마와 시어머니 건강을 생각해서 선물한 감동의 정성을 생각해서라도 운동을 해야겠는데 영 실천이 안 된다!

성령의 열매 9가지 중 가장 실천하기 힘든 것은 무엇인가? 어렵고 힘들지만 살아가는 데 꼭 필요한 것은 무엇인가?

처음엔 다리 근육이 아파 터져 버릴 것 같았고 러닝머신에서 내려오는 순간 속이 메스껍고 눈앞이 어질어질~ 그냥 주저앉아 버리기도 했다. 이런 순간이면 나에게 내가 말을 걸어 본다.

"어제 했으니까 오늘은 하지 말자."

"오늘 했으니까 내일은 하지 말자."

"다음에 하자."

"이 정도면 충분해." 하는 속삭임이다.

이런 유혹에 운동을 포기해 버리고 싶을 때도 있었고, 애들에게서 안부 전화가 오면 "응, 오늘도 운동 많이 했어." 하는 능청스레 거짓말을 해 놓고 곰곰이 생각해 봤다.

이래선 안 된다!!!

99도까지 열심히 온도를 올려놓아도 마지막 1도를 넘기지 못하면 물은 영원히 끓지 않는다! 물이 끓는 건 마지막 1도, 포기하고 싶은 바로 그 1분을 참아내는 것이다! 이 힘든 순간을 참고 넘겨야 몸짱도 만들고 원하는 근육과 건강한 내일을 보장받을 수 있다!

마지막 1도의 한계를 버티지 못하면 물이 끓느냐 끓지 않느냐 하는 것처럼, 내가 건강한 노후로 살다 갈 것이냐 요양원에 누웠다 갈 것이냐 하는 아주 큰 차이다! 열심히 노력해 놓고 가끔의 유혹에 흔들린다면 모든 것은 제로가 된다!

이 세상에 경쟁 상대는 바로 나!
먹고 싶은 거 모조리 먹고, 가고 싶은 곳 다 가고, 만나고 싶은 사람 다 만나고, 하고 싶은 거 다 하는 게 노후 인생이 아니란 걸 깨닫기까지 그리 많은 시간이 걸리지 않았다!

내가 극복하고 이겨내야 할 대상은 바로 나!
"이기기를 다투는 자마다 모든 일에 절제하나니 저희는 썩을 면류관을 얻고자 하되 우리는 썩지 아니할 것을 얻고자 하노라."

그렇습니다! 나 자신을 통제하는 절제는 가장 힘들지만 승리의 면류관을 쓰기 위해서는 반드시 필요합니다!
이런 자신과의 싸움의 결과, 지금은 매일 하루 두 시간, 운동량을 채우는 베테랑이ㅋ 되었음을 스토리 지인님들께 자랑처럼 고백하면서 행복한 오후 되십시오^^♡

▶ **2021년 1월 10일**

강남제일병원장 최낙원 박사의 눈물의 감동 이야기.
포항 살고 있는 아들 장모님이 카톡으로 보내왔습니다. 잠깐 짬을 내어 읽어 보세요.

　60년대 겨울, 서울 인왕산 자락엔 세 칸 초가집들이 다닥다닥 붙어 가난에 찌든 사람들이 그날그날 목숨을 이어가고 있었다.
　이 빈촌 어귀에 길갓집 툇마루 앞에 찜솥을 걸어 놓고 만두를 쪄서 파는 조그만 가게가 있었는데 쪄낸 만두는 솥뚜껑 위에 얹어 둔다.

　만두소 만들고 만두피 빚고 손님에게 만두 파는 모든 일을 혼자서 다 하는 만둣가게 주인 이름은 순덕 아지매!

　입동이 지나자 날씨는 싸늘한데 하루도 빠짐없이 어린 남매는 보따리를 들고 만둣가게 앞을 지나가다 추위에 곱은 손을 솥뚜껑 위에서 녹여 가곤 했다.
　어느 날 순덕 아지매가 부엌에서 만두소와 피를 장만해 나갔더니 어린 남매는 이미 떠나서 골목길 끝자락을 돌고 있었다.

　얼핏 솥뚜껑 위에 놓여 있던 만두 하나가 없어진 것 같았다. 애들이 만두를 훔쳐 먹은 것 같아 혼을 내려고 쫓아 갔다.
　그때 골목길을 막 쫓아 오르는데 울음소리가 들렸다. 바로 그 남매였다. 흐느끼며 울던 누나의 목소리가 들렸다.
　“나는 도둑놈 동생을 둔 적이 없다. 이제부터 누나라 부르지도 말아라.”
　예닐곱 살쯤 되는 남동생이 울며 말했다.
　“누나야 내가 잘못했어. 다시는 안 그럴게.”
　담 옆에 몸을 숨기고 이 광경을 목격한 순덕 아지매는 남매를 달랠까 하다가 더 무안해할 것 같아 그냥 가게로 돌아왔다.

다음날도 보따리를 든 남매가 골목을 내려와 만둣가게 앞에서 걸음을 멈추더니 누나가 동전 한 닢을 툇마루에 놓으며 말했다.

"어제 아주머니가 안 계셔서 외상으로 만두 한 개 가지고 갔구먼요."

어느 날 저녁나절 보따리를 들고 올라가던 남매가 손을 안 녹이고 그냥 지나치길래 순덕 아지매는 남매를 불렀다.

"얘들아, 속 터진 만두는 팔 수가 없으니 우리 셋이 먹자꾸나."

누나가 살짝 미소를 지어 보이며 "고맙습니다만 집에 가서 저녁을 먹을래요." 하고는 남동생의 손을 끌고 올라가면서 "얻어먹는 버릇 들면 진짜 거지 돼. 알았니?"

어린 동생을 달래는 나지막한 목소리가 찬바람에 실려 순덕 아지매 귀에 들렸다.

어느 날 보따리를 또 들고 내려가는 남매에게 물었다.

"그 보따리는 무엇이며 어디 가는 거냐?"

누나인 여자아이는 땅만 보고 걷다가 "할머니 심부름요." 메마른 한마디만 남겼다.

더욱 궁금해진 순덕 아지매는 이리저리 물어서 그 남매의 사정을 알아냈다. 얼마 전 이곳 서촌으로 거의 봉사에 가까운 할머니와 어린 남매 세 식구가 이곳으로 이사와 궁핍하게 산다는 것이었다.

할머니는 바느질 솜씨가 워낙 좋아 종로통 포목점에서 바느질거리를 맡기면 어린 남매가 타박타박 걸어서 자하문을 지나 종로통까지 바느질 보따리를 들고 오간다는 것이다.

남매의 아버지가 죽고 바로 이듬해 어머니도 유복자인 동생을 낳다가 그만 이승을 하직했다는 것. 응달진 인왕산 자락 빈촌에 매서운 겨울이 찾아왔다.

남동생이 만두 하나 훔친 이후로도 남매는 여전히 만둣가게 앞을 오가며 다니지만 솥뚜껑에 손을 녹이는 일도 없이 고개를 돌리며 외면하고 지나다니고 있었다.

"너희 엄마 이름 봉임이지, 신봉임 맞지?"

어느 날 순덕 아지매가 가게 앞을 지나가는 남매를 잡고 물었다.

깜짝 놀란 남매가 발걸음 멈추고 쳐다보았다.

"아이고, 봉임이 아들딸을 이렇게 만나다니 천지신명님 고맙습니다."

남매를 꼭 껴안은 아지매 눈에 눈물이 흘렀다.

"너희 엄마와 나는 어릴 때 둘도 없는 친구였단다. 우리 집은 찢어지게 가난했고 너희 집은 잘살아 인정 많은 너희 엄마는 우리 집에 쌀도 콩도 한 자루씩 갖다주었단다."

그날 이후 남매는 저녁나절 올라갈 때는 꼭 만둣가게에 들려서 속 터진 만두를 먹고 순덕 아지매가 싸 주는 만두를 들고 할머니께 가져다드렸다.

순덕 아지매는 동사무소에 가서 호적부를 뒤져 남매의 죽은 어머니 이름이 신봉임이라는 것을 알아냈고 그 이후로 만두를 빚을 때는 꼭 몇 개는 아예 만두피를 일부러 찢어 놓았다.

그리고 30여 년이 지난 어느 날, 만둣가게 앞에 고급 승용차 한 대가 서고 중년 신사가 내렸다. 신사는 가게 안에서 꾸부리고 만두를 빚는 노파의 손을 덥석 잡고 눈물을 흘렸다.

"누구이신가요?"

"어르신 친구 봉임이 아들입니다."

만둣집 노파는 그때서야 옛날 그 남매를 기억하고 두 사람은 말없이 흐느끼고 있었다. 그가 바로 서울대 의대를 졸업하고 미국 명문대 유학까지 다녀와 병원 원장이 된 봉임의 아들 최낙원 강남제일병원 원장이다!

사랑하는 스토리 지인님들!

희망찬 새해를 맞이하여 주님이 부어주시는 복 많이 받으시고 스토리 지인님들과도 함께 나누시고…

새 마음과 새 영과 새 다짐과 새 목표로 활기찬 2021년이 되시길 소망합니다!

  - 도곡동에서 첫눈^^♡

▶ 2021년 1월 13일

명인의 두 번째 이야기

1964년, 종신형을 선고받고 고도 로벤섬 감옥에 투옥된 사람이 있었다. 감옥은 다리를 뻗고 누울 수조차 없이 좁았고 찌그러진 양동이 하나를 변기로 감방 구석에 던져 넣어 주었다.

면회와 편지는 6개월에 한 번 정도 허락되었고, 간수들은 걸핏하면 그를 끌어다가 고문하고 짓밟고 폭력을 가했다. 인간으로서의 품격과 지위는 상실되었고 견딜 수 없는 모욕과 고통은 말로 표현할 수가 없었다.

그가 감옥에 끌려간 후, 그의 아내와 자녀들은 살던 집을 빼앗기고 흑인들이 모여 사는 변두리 땅으로 쫓겨났다. 감옥살이 4年 되던 해, 어머니가 돌아가셨고 그 이듬해 큰아들이 교통사고로 세상을 떠났다.

세월이 흘러 14년이 되던 해에 큰딸이 결혼을 해서 아기를 데리고 할아버지에게 면회를 왔다. 그리고 딸은 이렇게 말했다.

"아버지, 아기 이름을 지어주세요."

아버지는 말없이 땟물이 찌들은 윗주머니에서 꼬깃꼬깃 구겨진 종잇조각 하나를 꺼내어 딸에게 건네주었다.

딸은 그 종이에 쓰인 글자를 보고는 눈물을 쏟았다. 거기엔 이렇게 적혀 있었다.

"아즈위(희망)"

1964년에서 1990년까지 44세에 억울한 옥살이를 시작, 무려 27년을 감옥에서 보내고 71세에 풀려났다! 그는 바로 남아공 흑백 분리 정책을 철폐하고 남아공 최초의 흑인 대통령으로 자기를 박해한 정적들을 용서하고 인간의 고고한 삶의 방식을 보여준, 넬슨 만델라 대통령이다!

그 오랜 절망의 세월을 어떻게 견디어 낼 수 있었을까?

그는 이렇게 대답하였다.

"나는 위대한 변화가 반드시 일어나리라는 아즈위 순간을 단 한 번도 포기한 적이 없습니다."

기독교적 참사랑을 몸소 실천하고 떠나간 그의 추모 물결에는 종교 국적 피부색이 문제되지 않았다!

세계 언론은 그의 죽음을 하나같이 애도하고 추모하면서 1면 머리기사에 다음과 같이 보도했다!

「만델라 긴 투쟁을 끝내고 이제 하나님 안에서 참 자유를 얻었다!」

사랑의 주님!

보스는 사람들에게 겁을 주지만 리더는 사람들에게 희망을 줍니다. 우리는 서로에게 희망을 주고 진정한 리더로서 하나님께 영광 돌리는 삶을 살게 하십시오!

<u>2014년 1월 14일을 추억하며</u>
그가 원했기에 나는
허락했을 뿐입니다

그 흔한 짧은 외출 같은
이별 한 번도 없이
우린 한평생을 지겹게도
함께했습니다
그 수많은 날들~~~
서로를 지극히 사랑하면서도
우린 서로에게 사랑한다고
말하지 않았습니다

때론 그 사랑이 아팠고
때론 귀찮고 힘들어
깊은 한숨도 뿜어 보았습니다
그가 없는 나의 생애는
존재할 수조차 없는
절대적 대상임을 알면서도
사랑한다 말 대신
짜증도 부렸습니다

엄마~~

당신의 이름을 불러 봅니다
당신은 특별한 교육열로
세상의 귀감이 되었고
폭풍우와 눈보라 속
갈라지고 부르튼 손
마디마디의 억셈에서
일편단심 외동딸을 향한
온갖 희생과
사랑을 보았습니다
그러나 지금 나는 당신께
아무것도 드릴 게 없습니다

초롱한 눈빛을 빛내던
어린 소녀는 이런 엄마의
엄청난 사랑을 받으며 성장,
이젠 세 아이의 엄마가 되었고
할머니도 되었습니다

보릿고개를 겪었던 힘들고
가난했던 시절,
대학까지 졸업시켰던
엄마의 지독한 교육열이
무엇을 뜻하는지
감히 그 무엇에도
비유하기조차 송구한

내 엄마의 사랑!

나는 안다
하늘이 얼마나 높고
바다가 얼마나 깊은지를
그러나 그 하늘과 그
바다에도 비교할 수 없는
외동딸을 향한 엄마의 사랑을

나는 모른다
물결 위에 일렁이는 그림자를
몇억 겹이 지난 후
이 파도 위에도 한오라기
주름살이 굽이칠까
말씀이 들릴까
살을 에는
어머니의 뱃길 따라
왜 오고 갔는지를

나는 모른다
깊고 또 깊은 곳에
남아 있거라
물보라가 그리는 한 장의 초상화
아! 나의 어머니!
모정의 뱃길!!!

그 엄마를 오늘

떠나보냈습니다

요양원이란 낯선 이름의

시설에 내 엄마를

맡겨 버렸습니다

쏟아지는 눈물과 통곡은

후회도 아쉬움도 아닌

그리움입니다

오늘 밤 내 이름을

부르다 부르다 지쳐

깊은 잠이라도

들었으면 좋으련만~~

엄마~ 엄마~ 엄마~~~

사랑스러운걸~~♥

- 김장관, 구경희, 이규화 님 외 9명과 함께

 B trainer 2021년 1월 15일 오전 08:09 · 💙 1 · 좋아요
출중한 선생님이 있기까지는 참 좋으신 어머님이 계셔서였군요. 세상에서 가장 좋으면서도 위대한 존재는 엄마인 것 같아요 가슴 뭉클한 글 감사합니다~~

 이규화 2014년 1월 15일 오전 09:36 · 💙 좋아요
첫눈 어제도 오늘도 선생님의 깊은속이 얼마나 에이실까. 헤아릴수 없는 마음에 내 마음도아리네요!
하지만 현실은 현실 마음굳게 다잡고 자주 찾아 뵈면서 더 깊은 사랑과 효도 하시면 되요!
그래도 엄마가 계시다는 것이 얼마나 좋을까요!
나는 스물 한살에 엄마가 돌아 가셨어요!
제일 부러운 사람은 친정엄마 있는사람 이예요!
고로 선생님이 제일 부러워요!
기운내시고

민*** 2014년 1월 14일 오전 08:39 · ♥ 좋아요

첫눈 우리엄마가 쓰러지셨을때가 생각나
목이 메이네요...권사님은 오래도록 대화..아니 잔소리라두 들으셨으니 큰 축복이셨습니다......
키우던 강아지도 떠나보내고 그리 아파하셨는데 오죽이나 아프실런지...
힘내세요...

사랑스러운걸~~♥ 2014년 1월 14일 오전 08:46 · ♥ 1 · 좋아요

권사님.......권사님......
내가 어떻게 권사님의 그아픔을
위로 할수있겠어요. 그심정을 어떻게 이해한다고 할수있겠어요. 그냥 같이 아파합니다. 힘내세요.......
울권사님.... 그리움에 또 울고
계시겠네... 권사님도 어머니....가족들이 걱정합니다. 힘내세요.
그냥 힘내라는 말만하네요.

▶ 2021년 1월 19일

"감동스러운 날엔 그리움도 죄가 되나니."

내게는 청잣빛 하늘만큼이나 맑고 깨끗한 어여쁜 사람이 있다.
날마다 꽃향기처럼 날아와 내 가슴에 앉아 드는 사람이 있다!
옷깃에 닿기엔 너무 먼 거리지만 살며시 다가와 가슴 깊숙이 머무는 내 입김 같은 사람이 있다!

오늘 그 사람으로부터 눈 쌓인 영하의 계절에 프리지어 꽃다발을 택배로 선물 받았다!
화분에 심겨 있어도 이보다 더 싱싱할 순 없는, 꽃잎 하나 구기지 않고 배달된 프리지어를 보면서, 수박 참외는 여름에만 볼 수 있는 시대의 사람으로 가장 빠른 건 전보였던 시절을 기억하는 사람으로 놀랍고도 경이로

운 문명의 변화에 할 말을 잃었고, 그저 감탄과 감동과 감사뿐!

언제부터인지 마음 한쪽을 깊게 도려내어 날마다 심장처럼 끌어안고 사는 사람!

그 사람은 충분히 사랑해서 좋은 사람이고 가슴에 담아두고 세월이 흘러도 보석처럼 더욱 빛나는 하나님의 사람~

그 사람을 오늘 나는 다시 또 프리지어꽃 향과 함께 가슴에 담는다!

사랑해서 좋은 사람을 한 번 더 내 안에 담는다~~

주님!

부족한 제가 아무 이유도 없는 멀쩡한 날에 이런 화려한 꽃다발을 받아도 될까요? 이런 일이 있을 때면 닦아야 할 유리창이 많은 듯, 기도가 바빠지는 저를 용서하십시오!

2021년, 우선 작은 일부터 사랑으로 다짐하는 마음의 수첩에 주님의 승인을 받고 싶습니다, 주님!

▶ 2021년 1월 22일 (오전)

오늘 하루, 감사한 일이 있었나요?

세계적인 대문호 '셰익스피어'가 점심식사를 하기 위해 한 식당에 들어갔다. 그때 안에서 음식을 나르던 소년이 셰익스피어를 보면서 계속 싱글벙글 웃었다.

"너는 무엇이 그렇게 좋아서 싱글벙글하느냐?"고 소년에게 묻자, "이 식당에서 음식 나르게 된 것이 감사해서 그렇습니다."라고 대답했다.

"아니, 음식 나르는 것이 뭐가 그렇게 감사하냐?"고 하자, "음식을 나르므로 선생님 같은 귀한 분을 대접할 수 있게 되어서요."라고 대답했다.

세상에는 세 종류의 사람이 있다.

첫째, 기쁜 일이 있어도 감사할 줄 모르는 사람,

둘째, 기쁜 일 있을 때만 감사하는 사람,

셋째, 역경 중에서도 여전히 감사하는 사람이다!

참 신기하게도 스토리를 하면서 가만히 보면 받기만 하는 사람,

묻는 말에만 답장하는 사람,

묻는 말에도 답장 안 하는 사람,

서로 주고받으며 교감하는 사람.

톡이나 카스 댓글에 성의 있는 문자를 보내는 사람은 시간이 많아서? 그렇지 않다! 그 마음엔 기본적으로 상대를 존중할 줄 아는 감사의 마음이 있기 때문이다!

가만히 생각해 보면 우리에게 감사할 조건이 없는 것이 아니라, 애시당초 감사할 마음이 없는 것이 아닌가 하는 생각이 든다!

감사는 마음에 담아두는 게 아니라 표현되어야 한다! 표현될 때 비로소, 기쁨이 있고 사랑이 있고 행복이 있고 감사가 함께할 것이다!

며칠 전, 멀쩡한 날에 프리지어를 선물 받은 감동이 생생한데 오늘 난 또, 난꽃 화분을 선물 받았다!

기쁠 때엔 너무 티 나지 않게 감탄사를 아껴둔다. 슬플 때도 너무 티 나지 않게 눈물을 아껴 둔다. 난향에 도취되고 "하나님 심부름만 하였을 뿐입니다."라는 그 마음에 도취되어 오늘 난 정신 없는 하루다!

엄마가 가신 지 2주년, 오늘이 그날인 것을 난 애써 잊고 있다! 모든 가족도~ 엄마의 뜻이고 엄마의 명령이기에~

그런데 오늘, 나조차 잊고 있는 엄마를 스토리를 통해 상기시켜 주는 사람들이 있고 사연들이 있어 나를 감동케 했다.

엄마가, 이 땅에 남겨 놓고 간 특별한 사랑과 특별한 교육열은 그를 기억하는 이들을 통해 또다시 화려한 등불이 되려 한다!

주님! 주님 향한 나의 기도가 그대로 한 편의 시가 되고 주님 안에 숨 쉬는 나의 매일이 천상을 향한 아름다운 노래 되게 하소서!

때로는 아까운 말도 용기 있게 버려서 더욱 초롱초롱 빛나는 한 편의 시 같은 아름다운 기도로 살게 하소서!

모정의 뱃길을 탄생시킨 엄마의 교육열이 역사에 길이 빛나는 이름이게 하소서!

뽀샵하지 않은 자연 그대로의 사진을 보면 어느 정도 상대방 인품을 짐작할 수 있다!

봄날처럼 따뜻한 오늘, 따뜻한 사람을 만나 많은 이야기를 나누었다!

거부 반응이 전혀 느껴지지 않는 마음은 흡사 오랜 세월을 두고 알아 왔던 사람처럼 편하다! 나보다 모정의 뱃길을 더 잘 알고 엄마를 기억해 주는 사람~

올곧고 바른 공직생활의 정직함이 목소리를 통해 충분히 전해져오는 소소한 이야기들의 유쾌함과 위대한 교육열을 감동하여 나를 더 감동시켜 준, '모정의 뱃길' 팬이라고 이름하자!

문득 내 마음이 할 수 있는 일, 그것이 무엇일까를 생각해 본다.

인생을 엮어 가는 것, 행복을 찾는 것, 사람을 다듬어 가는 것, 그리움이나 설렘, 모두가 마음이 하는 일이다!

일상의 삶도, 또 다른 도약을 꿈꾸며 나아가는 것도, 잘못된 것을 깨닫지 못하는 것도, 배려하고 베푸는 것도, 모두가 마음이 하는 일이다!

옳고 그름을 판단하는 것도, 잘못을 깨닫는 것도, 깨닫지 못하는 것도, 그것을 행하는 것도, 삶을 방관하는 사이 변하는 것도, 모두가 마음이 하는 일이다!

이런 많은 능력이 주어진 내 마음을 잘 다듬고 잘 가꾸어서 끝이 보이지 않는 이 암울한 코로나19 시대, 그래도 희망과 행복으로 가는 길을 마음으로 엮어 가는 오늘이고 싶다!

이 글을 읽는 진정한 나의 지인 팬들에게 하루를 마감하는 행복하고 편안한 휴식의 시간 되시길 기도합니다! 많이 사랑합니다^^♡

▶ 2021년 1월 26일

나는 매일 죽고 매일 산다!

활동을 하는 사람에겐 일하며 움직이는 자체가 운동이라 그다지 필요성을 느끼지 않아도 무방하겠지만, 코로나19로 활동이 정지된 나에겐 가장 절실하고 절박한 게 운동이다!

운동기구를 마련했지만 10분을 버티지 못하고 허리, 다리야를 외쳐댔던 날들, 어느 날 무심코 사진을 넘기다 휠체어를 타고 있는 엄마 모습을 보게 되었다!
무쇠 팔, 무쇠 다리로 최고의 건강을 자랑하셨던 엄마가…

건강은 건강할 때 지켜야 한다! 너도 알고, 나도 알고, 우리 모두가 알고 있는 명언이다! 하지만 그게 무슨 소용, 구슬이 서 말이라도 꿰어야 보배다!
살면서 가장 하기 싫은 게 운동이고 하고 나면 가장 행복한 게 또한 운동이다! 오늘도 나는 하루 일과 시작 전, 1시간 30분 정도의 운동을 끝마쳤다! 무언가 다 이뤘다는 성취감에 콧노래 휘파람이 절로 나온다!

반면 많고 많은 이런저런 일을 끝마쳤어도 운동을 안 한 날은 아무것도 한 게 없는 것처럼 허전하고 찜찜하다! 그래서 오늘도 나는 싫어서 매일 죽고, 싫은 걸 해내서 매일 산다!

노력은 싫어하는 걸 더 많이 하는 능력이고 기회는 모두에게 주어지지만 실천하고 노력하는 사람에게 돌아간다는 평범한 진리가 오늘도 나를 살린다!

스토리님들! 오후 시간도 행복하세요^^♡

▶ 2021년 1월 27일

"또 하루 멀어져 간다
머물러 있는 청춘인 줄 알았는데
조금씩 잊혀져 간다.
머물러 있는 사랑인 줄 알았는데
또 하루 멀어져 간다.
매일 이별하며 살고 있구나."

아무리 시대가 변했다 할지라도 '서른 즈음'은 아닌 것 같다.
'예순 즈음'이 저 가사와 딱 어울릴 것 같다는 내 생각~ㅋ
쓸데없는 생각 이제 그만, 옳은 생각, 좋은 생각을 정리해 보자!

두 사람이 싸워 상대가 나를 이겼다 해서 상대가 옳은 것일까? 내가 상대를 이겼다 해서 내가 옳은 것일까?
두 사람 모두 옳을 수 있고, 두 사람 모두 틀릴 수 있다.
공정하게 판단할 수 있는 사람은 없다!
나에게 찬성하는 사람이 판단하면 그는 나를 찬성하는 것일 뿐, 공정하

다고 할 수는 없잖은가~

　둘 다 반대하는 사람의 판단은 둘 다를 반대하는 것이니 더욱더 공정하다 할 수 없겠지! 우리 모두 서로가 옳고 그른 것조차 모르는데 어떻게 시비에 의존하겠는가!

　첫눈아, 참 좋은 네 생각에 박수를~^^♡

▶ 2021년 1월 28일

　초등학교 2학년, 우리 큰손자 소명이의 간결한 시 한 편을 소개합니다.
　이런저런 여러 분야에서 탁월한 감동의 순간들이 있었지만, 오늘만큼은 받은 감동을 사랑하는 스토리 지인님들과 함께 나누고 싶습니다!

　어느새 이만큼 자라서 생각하고 느낀 것을 글로 표현할 수 있는 아이로 성장했는지 그냥 눈물이 납니다.

♥엄마표 라면 따뜻한 국물
오동통통한 면발 맛있는 국물

후루룩 냠냠 후루룩 냠냠
후후 불어 냠냠 먹는 세계 최고의 맛
정신없이 먹다 보니 바닥이 보여♥

오늘 하루도 수고 많으셨습니다.

편안하고 행복한 휴식의 시간 되십시오^^♡

▶ 2021년 2월 2일

코로나19가 세상을 덮쳐버린 시대, 가장 큰 비극은 학교 현장이 아닐까?

초등학교 2학년 소명이, 어린이집 소민이, 아직은 엄마 껌딱지 4살 소원이 큰애 손자들이다. 소명 소민이는 학교에서, 어린이집에서, 친구들과 마음껏 뛰놀고 웃어야 할 나이에 모니터 앞에서 온라인 수업하느라 진지하다!

이런 낯선 모습을 보면서 나는 마음이 아픈데, 애들에게 현 상황을 잘 적응 시키고 있는 며느리가 고맙고 감사하다! 맞벌이가 아닌 것도 감사하고 애들 셋에 올인하는 것도 감사하다!

사회 구성원 각자가 겪고 있는 코로나19 피해는 자신이 처한 사회적 물리적 환경에 따라 다르고, 가난할수록 피해는 클 것이다! 제대로 된 돌봄이 없이 끊긴 급식에 끼니를 걱정해야 하는 상황에서 기초학력을 논하는 건 어쩌면 사치다!

인천 라면 형제 비극이 그렇고, 정상적인 교육이 시작되면 코로나 신입생 중에 기초학력을 갖지 못한 학생은 진행되는 교육을 따라가지 못해 학력 격차가 더 벌어질 것이다!

곧 신입생 입학이 있고 새 학년으로 올라가는 3월이다. 코로나19는 앞으로도 계속 학교는 원격수업으로 이어질 수 있다고 위협하며 버티고 있다! 작년에는 처음이라 모르고 당했지만 올해도 똑같이 당한다면 그것은 무능이다!

대책의 최우선 순위는 지금의 사회 구조에 어떤 책임도 없는 취약계층의 어린이여야 한다! 사회는, 우리 어른들은, 미래를 위해서 낙오 아동 방지법, 모든 학생 성공법까지는 아니어도 무엇인가를 해야 한다!

그 무엇이 무엇인가를 고민하고 하루속히 실천해야 한다!

움직이지 않으면 쉽게 노화된다!

인간 수명이 얼마나 되는가 하는 논의는 예로부터 있어 왔다.

성경 창세기엔 수명이 120세로 나온다. 현대 의학자들도 비슷하게 125세까지로 보고 있는 것 같다.

통계청은 현재 65세를 넘은 사람의 평균 수명이 91세라고 발표한 것을 보면, 인생 칠십은 옛말이고 인생 백 세 시대가 온 것만은 분명해 보인다!

요즘은 인생 백 년 사계절 설을 이야기하는 사람들이 많다. 25세까지가 봄, 50세까지가 여름, 75세까지가 가을, 100세까지가 겨울이란다!

그렇다면 70세는 단풍이 가장 아름다운 만추가 되는 것이고 80세는 초겨울에 접어든 셈이다. 동양에서와 같은 회갑 개념이 없는 서양에서는 대체로 노인의 기준을 75세로 본다!

65세~75세는 활동적 은퇴기로 사회 활동하기에 충분한 연령이란 뜻이다. 그러나 이러한 육체적 연령보다 더 중요한 것은 정신적인 젊음일 것이다!

유대계 미국 시인 '사무엘 울만'은 "청춘이란 인생의 어떤 기간이 아니라 마음의 상태를 말한다."고 노래했다.

나이를 더해가는 것만으로 사람은 늙지 않는다!

이상과 열정을 잃어버릴 때 비로소 늙는다!

세계 제일의 테너 '플라시도 도밍고'는 현재 79세로, 이제 쉴 때가 되지 않았느냐는 기자의 질문에 "쉬면 늙는다. 바쁜 마음은 바로 건강한 마음"이라며 젊음을 과시했다!

정신과 의사들은 말한다.

"마음이 청춘이면 몸도 청춘이 된다."

"이 나이에 무슨…."이라는 소극적인 생각은 절대 금물이다! 노령에도 뇌세포는 증식한다!

여기에 내가 덧붙이고 싶은 말은 열심히 운동하고 책을 읽고 메모하고 글을 쓴다면 나이에서 오는 늙음은 큰 문제가 되지 않을 것이다!

삶과 죽음은 마음대로 할 수 없겠지만 일할 수 있고, 남에게 도움을 줄 수 있을 때까지 살 수 있다면 감사한 인생이지 않을까….

도곡동에서 첫눈^^♡

▶ **2021년 2월 13일**

내 마음속에 있는 진정한 나는 누구인가?

며느리? 시어머니? 엄마?

인원이 많고 적음을 떠나 멀리 있는 가족들이 모여 특별한 날을 기념하
며 음식을 나누는 건 결코 쉬운 일은 아니다!
명절 기간의 대장정을 마치고 "이젠 내 누님같이 생긴 꽃으로" 돌아와
스토리 지인들께 소식 전하는 이 정갈한 시간을 감사한다…^^♡

또 하루가 밝았구나 했는데 어느새 또 하루가 어두워져 가고 있다.
이제는 점점 더 점점… 그동안 살아왔던 인생이, 만났던 인연들이, 점점
더 피곤해졌고 이젠 무겁다는 생각까지 든다!
그들은 변함없이 연락을 해오고 찾아도 오지만, 그 옛날처럼 존재만으
로 기쁨이 되고 행복이 되진 않는다!

특별한 이유는 없지만 만남을 줄이고 싶고 여기저기 단체 카톡방도 귀
찮고 번거롭다! 만남이 무거워졌을 때 에너지가 방전되었을 때, 나만의 자
유함으로 채울 수 있는 삶의 진정한 의미를 터득한 나 자신에게 응원의 박
수를 보낸다!

코로나19가 끝나도 예전의 삶으로 돌아갈 수 없겠지만, 나 역시 예전의
나로 돌아가고 싶은 맘 없다^^♡

 정해란 2021년 2월 13일 오후 11:07 · ♥ 좋아요
명절 대장정!
에고 수고 많으셨습니다^^
저도 마찬가지네요~
만남을 모두 미루니 카톡도 시들해져 적극적인 참여 아닌 최소화!
거리두기 철저히 지키다보니 맞게된 코로나 증후군인가 봐요ㅎㅎ
그래도 새해 축복 가득 받으셔서 더 건강하게 원하는대로 이루시길
바랍니다^^

희망과 행복을 말하다 보면 문득, 잿빛 울타리를 벗어난 내가 장미정원에서 열린 파티 속 주인공이 된다!

겨자씨만큼 작은 사랑이 점점 자라나 온 세상을 뒤덮는 걸 보았는가!
슬픔 위로 작은 기쁨이 자라나 도도한 기쁨의 강물이 되는 걸 보았는가!
절망 위로 작은 희망이 자라나 울창한 희망의 숲을 이루는 걸 보았는가!

일흔이 넘은 지금의 나에게 가장 하기 싫은 일을 하고 난 후 누리는 성취의 기쁨과 행복, 그것은 운동이다!
살면서 가장 하기 싫은 게 운동이고 하고 나면 가장 행복한 게 또한 운동이다! 오늘도 가장 하기 싫지만 반드시 해야 하는 운동을 끝냈으니 온 세상을 다 얻은 기분에 취해 있다!

처음엔 10분을 버티기 힘들었던 러닝머신이 이젠 1시간을 훌쩍 뛰어넘어 100분! 오두방정을 떨며 어렵게 30분을 채웠던 날에서 지금은 여유 있게 감은 눈을 균형을 잡기 위해 가끔씩 떠 보는 것으로 무아지경 속에 나를 편히 모신다!
속도는 6.0! 처음엔 균형조차 잡기 힘들었던 빛의 속도로, 10초를 걷기가 힘들었지만 이젠 1시간 40분, 빠른 걸음 정도다!

☆ 운동을 해야 하는 이유 ☆
몸이 건강해진다!
오롯이 나만을 위한 시간이다!

즐겁고 행복한 에너지가 생긴다!

살고 싶어진다!

내가 살고 있음을 느낄 수 있다!

호흡으로! 땀으로! 열정으로!

사랑하는 스토리, 나의 지인 여러분!

한 주가 시작되는 월요일, 오늘도 건강 조심하시고 활기찬 하루 되십시오^^♡

▶ 2021년 2월 24일

노을 진 산책길, 이름 모를 꽃들의 소망을 듣고 보금자리 찾아드는 새들의 사랑을 보고 느려지는 발걸음 따라 행복하라 한다!

내가 그리도 좋아하는 청잣빛 하늘이 그리워지는 날, 까마득한 옛날이 그리운 것은 그냥 모두가 아름답기 때문이리라.

세월이란 호수에서 가라앉은 기억이 떠오르는 건, 조각조각으로 모자이크된 추억들이 아직은 죽지 않고 살아 있기 때문이리라.

불면 날아갈까~~ 외동딸을 위해 아버지가 만들어 준 방패연을 날리던 구름도 쫓겨가던 작디작은 꽃섬마을 소녀.

남국민학교가 다시 보고파지면 멀리서 나를 그리워했다는, 내가 너무 무심했던 그 애가 그리워진다.

지금은 어디서 어떻게 늙어가고 있는지~~~

지금 빠른 KTX를 타고 내 고향 그곳에 가고 싶다.

그래서 모든 게 그리움인 오늘은 이젠 걸음 느려진 그 애가 좁고 작아 보이는 텅 빈 운동장에서 나를 기다리고 있을 것만 같은.

아! 다시는 올 수 없는 그리운 날들아~~~

▶ 2021년 3월 4일

네가 있어 나는 행복하다! 거의 매일 나를 향해 안부를 묻는 너는 오늘을 꿈꾸게 하는 아침이다! 주님 안에서 맺어진 이 사랑은 퇴색되지 않을 눈부신 햇살!

성경에 나오는 여자들 모두가 ○○라고 궤변을 늘어놓는 자의 기사를 읽고 분노하다 잠까지 설쳐버린 내 이야기의 공감하며 나를 토닥여 주는 너는, 참으로 아름다운 주님의 사람!

생각해 보면 이런저런 이유야 있겠지만 살아가면서 그냥 그리운 사람이 있다! 별 소식이 없지만 마음 한편에 자리한 항상 보고픈 사람!

좀 뜨음하여 그립다 싶으면 잘 지내느냐고 안부가 오고, 매일이 똑같은 반복의 연속인 줄 알면서도 안부가 궁금한, 그게 너라서 참 행복하다!

설렘이 있고 애틋한 관계는 아닐지라도 그리움 하나쯤 가슴에 심어두고 싶은 사람, 그 사람이 너라서 참 좋다!

새벽 배송으로 배달된 올해의 생일상은 12첩 반상!
감동과 감사의 사랑, 기도로 보답한다!

▶ 2021년 3월 11일

스토리 지인 여러분! 안녕하세요, 첫눈 정숙현입니다!
눈 닿는 모든 곳에 스며드는 봄을 느끼고 계신지요^^

　제 카스에 많은 분이 방문해 주시고 제 주변의 다양한 이야기와 추억들을 함께 공감해 주셔서 감사합니다!
　그러나 제가 모르는 사이에 제 사진들과 글들을 허락도 구하지 않고 퍼가는 분들이 있음을 요근래 알게 되었습니다!

　스토리의 특성 중 하나가 범용성과 넓은 개방성임을 알지만, 개인의 사진과 글을 무단으로 퍼 가서 본인의 것인 양 본인의 카스에 올리는 것은 다른 문제라고 생각합니다!
　엄연한 무단도용이며 아울러 사생활 침해인 범죄의 문제로 당하는 사람 입장에서는 꽤나 불쾌한 일이기도 합니다!

　저와 일면식도 없는 분들이 제 사진과 글들을 퍼 가서 본인과 관계있는 것처럼 본인 카스에 올려놓는다는 건 상식적으로 잘 이해되지 않고, 이해하고 싶지 않습니다!
　제 글과 사진들을 무단으로 퍼 가서 본인 카스에 올리신 분들은 내려주셨으면 좋겠고, 향후 제 허락을 구하지 않고 퍼 가는 일도 없었으면 합니다!

우리 모두 나이를 먹을 만큼 먹은 성인이고, 지성인들입니다! 타인에게 곤란함과 불쾌감을 주는 행동을 지양한다면 모두가 더 즐겁고 행복한 소통을 할 수 있지 않겠습니까!

서울 첫눈 정숙현 올림

▶ 2021년 3월 15일

1977년 음력 2월 3일, 그때는 많이 추웠지만 봄의 전령사인 매화꽃 향기 타고 힘찬 울음으로 내 품에 찾아온 딸!
45년의 세월, 갖가지 빛깔과 모양의 삶의 이야기들… 예쁜 추억으로 돌돌 말아 시집간 딸 생일을 맞는 오늘이다!

겨울 산 멀리 보내고 힘차게 달려온 햇살도 숨찬지, 우리 집 담장가 그늘에서 잠시 시린 눈 머무는 아침!
고달프고 힘겨웠던 나의 세월은 이제 모두가 지난 옛이야기…
인생 황혼빛 정상의 하산길에서 초록 날들의 고뇌를 벗어버릴 때 더 큰 사랑과 평안을 잉태하는 바람의 날개 되어 잊혀지고…
보내지 못하면 내가 떠나는 놀라운 기술도 배웠다!

우리 딸, 생일 축하해~~~^^♡

"범사에 기한이 있고 천하만사가 다 때가 있나니."
서울, 지금 비가 내린다!
지구를 강타한 괴생명체로 인해 더욱 조용히 지나고 있는 사순절!
문득 '키에르케고르의 들오리'가 생각나는 아침이다!

지중해 해변에 살던 들오리 떼가 추운 지역을 향해 한참을 날다 어느 마을을 지나
게 되었다!
그중 한 마리가 아래를 보니 아름다운 집 뜰에 집오리들이 옹기종기 모여 모이를
먹는 모습을 보고 잠시 쉬려는 생각으로 그들이 있는 집 뜰에 내려앉았다!

들오리는 융숭한 대접을 받으며 며칠을 신나게 놀며 지내다 문득 이래서는 안 된다
는 생각이 들어 다시 날아오르려고 날개를 퍼덕거렸지만, 살이 쪄서 날 수가 없었다!
"에이 내일 날아가지, 뭐."

들오리는 '내일, 내일' 하다 그렇게 몇 달이 지나갔다!
어느 날 하늘에 들오리 떼들이 아름다운 수를 놓으며 날아가는 모습을 보고 정신
이 번쩍 난 들오리는 날아오르려고 발버둥 쳐봤지만 영영 날아오를 수가 없었다!

"범사에 기한이 있고 천하만사가 다 때가 있나니."
"오늘은 쉬고 내일 하자!"

오늘 해야 할 일을 내일로 미루면 내일 할 일이 두 배가 되고, 원래 내일
하려고 했던 일은 또 다음날로 미루는 악순환이 된다! 내가 지금 미루고

있는 일은 무엇인가? 결심했던 것 중 혹시 미루고 있는 것은 없는가?

미루는 습관이 생기면, 더 나은 내일은 나에게 없다! 변화를 꿈꾸면서도 그 자리에 머무는 것은 과거의 습관에서 벗어나지 않기 때문이다! 익숙함과 편안함과 안일함, 귀차니즘에 머물러 있기 때문이다!

세상 모든 것 중 가장 길되 동시에 가장 짧고, 가장 빠르되 가장 느리며, 가장 가볍게 여기되 가장 아까워하며, 그것이 없으면 아무것도 이루어지지 않는 것은 무엇일까?

그것은 바로 '시간'이다!

게으름의 옛 습관인 편안함과 익숙함과 안일함에서 벗어나 지금 해야 할 일을 미루지 말자!

주님! 행여 저도 모르는 사이, 게으름 때문에 허락하신 소중한 시간들을 헛되이 낭비했는지요. 있다면 제 안에 있는 게으름의 요소들을 철저히 제거할 수 있도록 도와주십시오! 예수님의 이름으로 기도합니다!

▶ 2021년 4월 8일

오늘 아침 지인으로부터 뜻밖의 문자를 받았다!

"정숙현 권사님, 제자가 더 훌륭한 사람을 발견하셨나유?"

갑작스러운 질문에 조금은 당황스러웠지만, 때마침 떠오르는 이름이 있어 자신 있게 "물론입니다."라고 대답했다!

그러다 보니 까맣게 잊고 있었던 교육론이 문득 생각나는 순간이다!

"수요가 많으면 가격이 올라가고 수요가 적으면 가격이 내려간다."

경제원론에 나오는 이론이니 틀릴 리가 없다!

"오른편 뺨을 때리거든 왼뺨을 내놓아라."

이 역시 성경에 나오는 말씀이니 대부분의 사람들이 진리로 받아들인다!

"교육의 질은 교원의 질을 능가하지 못한다."

교사라면 교사 양성 과정에서 귀가 아프도록 듣는 얘기다! 교육을 말하는 사람들이라면 하나같이 금과 옥으로 믿고 있는 말이기도 하다!

말의 성찬, 말 잔치 시대다! 선거를 앞두고 나오는 구호들, 금방 좋은 세상이 될 것 같다! 말로 천 냥 빚을 갚기도 하지만 말이 이데올로기가 되어 멀쩡한 사람을 바보 만들기도 한다! 위의 말도 액면대로 믿어도 좋을까?

신약성서 산상보훈에 나오는 "악을 악으로 갚지 말고 선으로 갚으라"는 비유적인 가르침으로 오른뺨을 때려 놓고도 분이 풀리지 못하는 사람에게 같이 뺨을 때리는 똑같은 사람이 되지 말고, 왼뺨까지 맞아줘서 회개하도록 만들라는 성인다운 가르침이다!

그런데 만약 왼뺨도 맞아줬는데 가해자가 전혀 뉘우치지 않고 다시 이쪽, 저쪽 뺨을 때린다면 계속 맞고 있어야 하나?

도덕도 양심도 다 무너진 사회에서 일방적 희생을 강요한다는 아가페적 사랑은 현실성도 없고 공정성도 없다!

위대한 분들의 가르침을 욕보이자고 한 말이 아니다! 교육의 질은 교원의 질을 능가하지 못한다는 말은 맞는 말이다! 위의 사례와 같이 원론적으로는 맞는 말이지만 전부 옳은 말이 아닌 이유, 왜 그럴까?

교실로 들어가 보자! 우리나라 교실에는 교과서라는 성서가 있다!

교실에서 교사의 자율권이 어느 정도 인정되는가? 진도를 나가기 전에 세상 사는 얘기를 5분이라도 넘기면, "선생님, 공부합시다."라는 서슬 퍼런 질타가 쏟아진다!

아무리 위대한 철학과 세상을 통찰하는 안목을 가진 교사라도 우리나라 교실에는 그 능력을 발휘할 여백이 없다는 것이다!

뿐만 아니라 교과서 뒤에는 교육과정이라는 괴물이 버티고 있어 1년간 수업일수는 며칠이어야 하는 과정이 있다!

물론 교과서 외에는 교사가 만든 교재라도 들고 들어가면 징계를 당하기 마련이다!

교육은 그 자체가 사회적 과정이다! 학부모들로부터 우수교사와 무능교사로 분류하면 교원의 전문성 신장에 기여할 수 있을까? 학생의 학업성취도라는 결과물로 교원의 자질을 가리겠다는 의도는 성공할 수 없다!

수업을 형식적이고 기술적인 차원에서 평가 서열을 매긴다는 것은 교직사회를 황폐화할 뿐 아니라 교육은 없고 학업성취도 경쟁만 부추기게 된다!

평가로 교육의 질을 향상시키겠다는 발상도 그렇거니와 교원 평가제는 교육 평가제가 아니라 노동정책의 일환이라는 사실을 간과해서는 안 된다! 교원 평가제는 결과적으로 그 피해가 학부모와 학생들에게 돌아가게 될 것이다!

사랑하는 스토리님들! 오늘도 행복한 날 되십시오^^♡

까마득히 먼 옛날, 나는 무남독녀 외동딸로 태어나 금지옥엽 집안일 한 번 해본 적 없이 9남매의 둘째지만 첫째나 다름없는 며느리가 되었다!

하루는 퇴근하고 돌아오자 깨를 씻어 물 빼났으니 연탄아궁이 열고 프라이팬에 깨를 볶으라 하셨다!

나는 볶는 건 당연히 기름을 두른다고 믿고 부뚜막에 있는 콩기름을 달구어진 프라이팬에 붓고 깨를 쏟았다!

연탄불 화력이 세지고 깨를 뒤적일 틈도 없이 쉬익쉬익~ 소리가 나더니 순식간에 부엌이 연기로 가득, 깨는 프라이팬에 새까맣게 달라붙어 몽땅 타 버렸다!

그야말로 말발로는 누구에게도 져 본 적 없으신 우리 시어머님, "아이고, 세상에나! 세상에나! 썩을, 호랭이가 물어가네~" 하시며 발만 동동 구르셨다ㅋㅋㅋㅋㅋㅋ

처음부터 꽉 잡아놓지 않으면 나중에 큰일이라도 난다고 생각하셨던지 생트집도 잡고 일부러 모욕도 주셨다!

그럴 때마다 나는 그냥 시어머니 발밑으로 내려갔다!

"친정에서 그런 것도 안 배워 왔냐! 외동딸이면 다냐, 시집을 왔으면

살림도 할 줄 알아야지!"라며 트집을 잡았지만, 그때마다 "저는 친정에선 진짜 배운 게 없어 죄송해요. 그냥 어머니께 배울 테니 자꾸 가르쳐 주세요ㅠ"

또 한번은 "그런 것도 모르면서 대학까지 나왔다고 하냐!"라고 모욕을 줬지만, 나는 생글생글 웃으며 "요즘 대학 나왔다고 해 봐야 옛날 국민학

교 나온 것만도 못 해요, 어머니!"

매사에 이런 식이니 우리 시어머니, "아이고 찔러도 피 한 방울 안 나니 내가 두 손 다 들었다!"

무슨 말대꾸라도 해야 큰소리를 치실 텐데, 그저 시어머니 발밑으로 기어들어 가는 게 내가 하는 일이라 불안하고 피곤한 것은 오히려 시어머니 쪽이셨나 보다!

어느 날, "아가, 내가 니 형편 잘 알았응께 혼자 계신 느그 친정엄마 오시라 해라. 늘그막에 친구처럼 함께 살랑께."

"어머니, 정말이세요!"

나는 그 순간 이게 꿈인가 생신가 '홀어머니 두고 시집가는 날'의 슬픈 노랫말이 생각나는, 오매불망 그리워했던 친정엄마와 떨어져서 산 지 1년 만에 한 지붕 밑에 함께 사는 가족이 되었다!

나는 더 이상 살림 못 한다는 구박 같은 거 받지 않고 편하게 직장만 다녔고, 엄마는 딸 대신 알뜰살뜰 집안일을 다 하셨다!

처음엔 내 팔자, 니 팔자, 사돈과 오돈을 찾으며 티격태격도 하셨지만 12년을 자매처럼, 친구처럼, 천하에 둘 없을 동거로 그렇게 가족이 되어 사시다 이제는 두 분 모두 타계하셨다!

어머님 감사합니다!

"아이고 호랭이가 물어 갈~"

며느리 이젠 깨도 잘 볶고 이것저것 반찬도 잘 만들 줄 알지만, 그 많던 가족들은 모두 또 다른 가족을 이루어 떠났습니다!

저는 여기저기, 이 사람, 저 사람, 어찌나 챙겨주는 이들이 많은지 그조차 별로 할 일이 없습니다!

어머님! 어느새 세월이 흘러 직장을 퇴직하고 인생 이모작으로 바쁜 날들을 보내다 지금은 코로나19로 집에만 있습니다!

언젠가 내 며느리 효진이가 필히 한복을 입었으면 좋을 교회 행사가 있었을 때 애기인 소명이 때문에 망설이는 눈치라 "소명이는 내가 볼 테니 니는 걱정 말고 그날 한복 입어라." 했더니 "아이고, 과연 엄뉘가 소명일 볼 수 있을까요?ㅋ"

내 시어머님이 날라리 며느리인 정숙현이를 사랑하여 나의 친정엄마랑 함께 사셨듯이, 시엄뉘를 날라리로 보는 당돌한 내 맏며느리인 효진이가 저도 이쁘고 기특해요.

며느리 5명 중, 가장 부족한 저를 이뻐해 주신 양순남 시어머님, 그때도 지금도 많이 사랑합니다!

박승이 울 엄마랑 잘 계시죠^^ 오늘은 특히 더 보고 싶습니다!

이다음 천상에서 다시 만나요~~

▶ 2021년 4월 28일

<u>나는 건강한 이웃으로 사랑의 실천자이고 싶다!^^♡</u>

가끔 또는 수시로 일어나는 주차 문제지만 이번만큼은 아주 오래오래 기억에 남을 것 같다!

집을 지을 당시만 해도 따로 주차장이 그닥 필요 없는, 거주자 우선 주차장이면 족했다! 하지만 차가 늘어나고 주차 공간은 턱없이 부족했고 때마침 '녹색 주차 마을 시범지역'으로 담장 허물기 사업의 앞장서서 조성된 우리 집 전용 주차장 이야기다!

그날도 외출을 하고 돌아왔는데 여느 때처럼 외부 차량이 나의 전용 주차장에 세워져 있었다! 전화를 할까 말까 망설이다 편하게 볼일 보라는 배려에서 약간 남은 공간에 바짝 붙여 주차시키고 전화번호를 남겨 놓고 집으로 들어왔다!

얼마의 시간이 흐른 뒤, 전화가 울려 "여보세요." 하는 순간, 다짜고짜 "이봐요! 차를 이따구로 대면 어떡해욧! 빨리 차 빼욧!"

나는 감히 화낼 엄두도, 상대를 배려하는 참 괜찮은ㅋ 나의 존재를 알릴 틈도 없어 부랴부랴 신발을 구겨 신고 나갔다!

아니나 다를까, 예쁘장하게 생긴 젊은 그녀는 팔짱을 끼고 본인 벤츠에 거만스레 기대고 서서, "아줌마, 이렇게 차를 대면 안 되는 거 아녜요?" 한다!

나는 이 정도의 답변은 해야겠다 싶어 "아이고 미안해요, 이건 우리 집이고 거긴 이 베르나의 전용 주차장입니다."

정중히 한마디 했더니 그때서야 당황한 기색으로 "죄송합니다."는 한마디를 남기고 황급히 떠나갔다!

그 당시 그녀의 입장에선 감히 벤츠 Top 5 곁에다 베르나를 세운 나는 경우도 상식도 없는 지극히 몰상식한 사람이었으리라~

베르나는 이탈리아어로 '청춘, 열정'을 의미한다!

비록 그런 청춘은 아니지만 그런 열정과 최고의 만족으로 지금까지 잘 타고 다닌다! 사랑하는 사위가 선물한 차라서 더욱 아끼고 사랑하면서~~

자칫 큰 싸움으로 이어질 수도 있는 상황인데 옳고 그름을 떠나 누가 더 강한 사람인가?

남아선호사상이란 문화적 관습이 지배적이던 시절, 무남독녀로 태어나 부모님의 가정교육과 사랑을 받으며 아버지로부터 배운 특별한 범절과 마음속 깊이 뿌리 내린 인간에 대한 사랑과 배려의 결과다!

우리는 상대방보다 하나 더 알고 둘을 참을 수 있는 지혜로 대립이라는 그 고되고 힘든 입장을 벗어 버린다면 나 아닌 타인으로 인해 괴로워하며 상처를 받는 일도 주는 일도 없으리라!

자신만만하게 버티고 섰던 큰 나무들이 강풍에 쓰러지는 일은 있으나 흐느적거리는 수양버들 가지는 미친 바람을 이겨낸다!

정서, 정서하지만 정서란 별 게 아니라 모진 바람을 이겨내는 부드럽고 예절 바른 마음이다!

어린이는 동심으로 돌아가고, 어른은 양심으로 돌아가고, 교사는 교사답게, 학생은 학생답게, 윗사람은 윗사람답게, 아랫사람은 아랫사람답게, 이 '답게'를 '답게' 지켜 전인교육, 평생교육의 밑바탕으로 삼아 예절 바른 건강한 이웃들로 살자!

5월 첫날, 비가 내린다!

아침에 일어나 천장을 보면서 문득 오늘을 살아갈 일이 그냥 힘겹다는 생각을 했다!

창밖 오래된 정원수에 텃새처럼 날아와 앉아 아침 인사 하는 자유로운 새 한 마리, 유난히 슬퍼 보인다!

아직은 더 살 수 있는 창창한 나이, 갑작스러운 뇌수술을 받고 삶의 끈을 놓게 된 딸 시어머니의 슬픈 소식이 이 시간 나를 많이 힘들게 한다!

전화가 올 때마다 "지아 어머니 언제 함께 식사 좀 합시다." 바쁘다는 핑계로 번번이 거절했던 지난날이 왜 이리 후회되고 죄스러운 마음인지….

13년 결혼 후 처음인 바깥사돈과의 통화, "어째 이런 일이~~" 외엔 별다른 말이 없었어도 사돈 오돈을 떠나 비슷한 또래의 나이에 일어날 수 있는 모든 상황이 공감되는 탓일까, 그냥 서로가 울먹이고 있었다!

중환자실에 누워있는 사람, 곧 몸을 떠날 영혼, 그것을 무심하게 지켜보고만 있어야 하는 창밖의 가족들!

떠나는 마음, 보내는 마음들이 정말 저 새처럼 자유로울 수 있을까 하는 낯선 생각이 문득 뇌리를 스친다!

어떤 창살로 만들어진 작은 틀 안에서 긴 세월 조용히 갇혀 있는 또 다른 새가 보였고 그 새가 바로 나 자신임을 깨닫고 있는 슬픈 5월의 첫날이다!

2014년 5월 5일을 추억하며

파로호가 바라보이는 절경의 자연환경과 두 번째 어린이날을 맞은 우리
집 보물 소명 어린이. 웃음소리 가득한 '학교 종과 풍금이 있는 집'

이보다 더 행복할 수 있으랴!

 홍명화(☆복받는 걸☆) 2022년 5월 5일 오전 06:20 · ♥ 2 · 좋아요
소명아
로뎀교회에서 20여년전 소명이 할머니와 아빠를 처음 만났어
그후 소명이 아빠가 대학을 졸업하고 박사학위를 받고 결혼을 하고 소명이가 태어나
고 자라서 걷고 재롱부리는 모습을 보았고 너가
5살 무렵 이 할머니는 대구로 이사왔단다
너네가족들도 같은 시기에 대구로
이사왔었지?
많은 시간이 흘러 이제 소명인 초등학생이 되어 악기연주도 잘하고 성실하게 성장하
여 두동생의 형아가 된 소식을 숙현할머니를 통해 듣고 있어
지금까지 잘 자라왔듯이 앞으로도 늘 건강하고 당당하게 자라기를 바라며 또한 하나
님의 귀한 자녀로 성장하여 사회에서 꼭 필요한 인재로 커 가기를 기도할게 의젓한
소명아 화이팅!

 이규화 2022년 5월 5일 오전 06:25 · ♥ 1 · 좋아요
파란 호수와 예쁜집.모래사장에서 천연스런 모습으로 해맑게웃는
모습이 할머니의 사랑 인것 같네요
온가족의 믿음과 하나님의 사랑으로 밝고 곧게 잘자라기를 축복합니다!

▶ 2021년 5월 10일

사돈을 떠나보낸 슬픔 중에 맞이한 어버이날!
서울시에서 특집으로 꾸며진 무대에 초청되어 마음껏 슬픔을 날리고 왔다!

공연이 끝나고 토리 일행들과 처음 가본 잘 조성된 각종 문화공간이 마련된 '돈의문 박물관 마을'.
도시 한복판에 이런 곳이 있는 줄 나만 모르고 살았나 보다~~

▶ 2021년 5월 16일

퇴직한 지 15년, 졸업 연도가 각각인 제자들이 미리 약속한 시간에 다녀갔다! 해마다 맞이하는 스승의 날, 잊지 않고 찾아 주는 제자들이 고맙다!

주님! 그들과 함께했던 지난 세월을 돌이켜 봅니다!
힘차게, 힘차게 날려 보내기 위해 새들을 키웠습니다!
당신께서 저희를 사랑하듯 저도 그렇게 그들을 사랑했습니다!

그들이 있어 내가 존재했기에 세상을 올곧게 보는 눈을 갖게 했고, 그들이 저 멀리, 사회란 곳으로 날아가고 난 뒤, 비어 있는 풍경을 바라보다 그 풍경을 지우고 다시 채우는 일로 평생을 살았습니다!

열정을 다해 지식과 기술을 나누어 주었고, 기꺼이 도와주었고, 가르침을 통해 선을 추구하게 했습니다!

사상을 전하고 예를 가르칠 때, 삶에 대한 성실함으로 진리에 순종하게 했습니다!

당신의 이름으로 그들에게 빛과 희망, 인생의 목적을 줄 수 있는 사명이 제게 주어졌음을, 당신께서 은총을 내려주시지 않았으면 결코 이들을 당신께로 인도할 수 없었음을, 그때도 지금도 당신께서 제 곁에
계셨음을 감사하는 시간!

어제 만난 그들이 당신의 소리를 듣고 있음을 고백할 때, 흥부와 놀부 바가지 켜듯, 이 박 저 박 다 켜보아 어떤 게 옳은 박인지 겉은 아무리 두드려도 알 수 없는 오늘날 교육 방향에서 저는 틀림없이 흥부네 박을 켠 스승이 되었음을, 다시 한번 감사합니다, 주님!

▶ 2021년 5월 20일

같은 동네에 살고 있는 어느 할아버지에게 만날 때마다 "할아버지, 안녕하세요? 오늘도 건강하세요."라며 인사성 밝은 청년이 있었다!

그 청년은 늘 무뚝뚝하고 말 없는 할아버지에게 인사를 받거나 말거나 한결같은 인사를 하며 길을 오고 갔다!

그러다 어느 날부터인가 할아버지가 보이지 않아 궁금도 했지만, 대문을 열고 물어볼 수도 없는 일이고 그날도 집에 돌아와 쉬고 있는데, 웬 낯선 남자가 청년을 찾아왔다! 이런저런 말을 나누다 어르신을 아느냐고 물었다!

그래서 자세하게는 모르고 그저 오고 가는 길에 뵙게 되면 인사만 하고 다닌 정도였다고 대답했다!

그 외에 이것저것 할아버지 인상착의 등에 대해 물어 그냥 아는 대로만 대답을 했더니, 낯선 남자는 고개를 끄덕이며 "확실하군요."라고 말했다!

어안이 벙벙해진 청년, 대체 무슨 일이냐고 물었다! 할아버지가 그 연세에 무슨 잘못을 저지를 것 같지는 않고....

그러자 낯선 남자는 자기는 변호사고 그 어르신 장례가 엊그제 있었다는 것이다! 장례를 지낸 후 개봉한 유언장을 보니 이런저런 젊은이를 찾아 얼마를 상속하라는 유언이 있어 알아본 결과 바로 지금 젊은이라는 것을 확인하게 되었다는 얘기였다!

기본적인 사람을 존중할 줄 아는 착한 이 청년의 인사성 하나로 무뚝뚝한 할아버지의 마지막 길이 기쁘고 행복했으니 이 얼마나 아름다운 일인가!

특히 하나님을 믿는 사람이라면 기본적으로 주변 사람들 마음을 편안하게 해 줄 만한 하늘의 평화를 이미 소유한 사람들이다!

나로 인해 내 주변의 사람들이 기쁨과 위로를 얻는다면 그것은 주 안에서 적극적으로 감당할 만한 덕목이 아닐는지?

바라기는 주님과 맺은 소중한 믿음의 인연을 통해 받는 신령한 복을 성경 속 인물 빌레몬처럼, 또는 인사성 밝은 이 청년처럼 이웃에 나누어 줄 수 있는 저와 여러분이 되시길 주님의 이름으로 소망합니다^^♡

▶ 2021년 5월 24일

어몽어스 물통

서울 할머니가 어몽어스 물통과 어몽어스 우산을 보내주셨다.

내가 시편 23편을 다 외웠기 때문이다.

형 소명이 뒤를 이어 둘째인 소민이도 믿음 좋은 엄마의(내 며느리) 특별한 교육열로 말씀을 외운 것!

오늘 며느리가 카톡으로 보내온 걸 스토리에 올립니다!
첫눈을 사랑하는 찐 팬님들께 자랑하고 싶고 축하받고 싶네요^^

▶ 2021년 5월 29일

지나버린 세월이 유독 그리운 날에~
그땐 지금의 신춘문예와 비슷한 지방대회나 전국남녀고교 글짓기 대회가 활발했었다! 오하이오 주최 글짓기 대회도 기억난다!

파도
부딪쳐 몸부림치고
성을 내고 밀려간다

깊은 가슴속은
크낙한 아우성

영겁을
이토록 출렁여도
다 못한 그리움

신문에 기재된 글을 읽고 전국에서 쏟아져 들어오는 이름하여 fan

letter! 그렇게 시작해서 만난 사람이 거의 동갑내기 지금의 남편이다!

마음으로 날마다 이혼했고ㅋ 날마다 재결합ㅋ 하면서 살아온 날들, 돌아보니 엊그제처럼 생생한데 계산도 쉽지 않은 멀고도 긴 세월~~~

지금은, 파로호가 보이는 화천에 아름답고 우아한 가족 별장의 집을 지어 퇴직 후, 시와 사진을 즐기는 지인들과 서울집을 오가며 직접 씨 뿌려 가꾼 무공해 양식으로 그 누구보다도 건강하고 행복한 황혼 인생을 살고 있다!

덕분에 나는 그 사람 말마따나 오복을ㅋ 타고난 여인으로 서울집을 지키며 퇴직 후 인생 이모작으로 시작한 노래와 색소폰, 그리고 바리스타로 봉사를 하다 지금은 코로나로 인해 잠시 활동을 접고 카스를 통해 찐 팬 여러분들과 이렇게 소통하며 지낸다!

우리가 살아가고 있는 길엔 몸이 가는 길이 있고 마음이 가는 길이 있다! 몸이 가는 길은 걸을수록 지치지만 마음이 가는 길은 멈출 때 지친다!

몸이 가는 길은 직진만 있지만 마음이 가는 길은 돌아서 갈 수도 있고 쉬었다 갈 수도 있으니 앞으론 몸보다 마음이 먼저 가는 길을 만들고 싶다!

초록의 젊음은 다 어디로 가고 너무도 빠르게 지나버린 시간들, 흐르는 세월에 휘감겨서 앞만 보고 열심히 살아온 날들의 끝이, 오늘 하루 남은 5월의 마지막 날 그 열정의 온도를 내려놓아야 하는 더욱 가슴 시리게 다가오는 젊은 날의 그리움들이여….

<u>2021년 5월의 마지막 날이다!</u>

산다는 것,

어디 맘 같으랴

어젯밤,

비바람에 흩어졌던 그리움이

떨어져 땅에 뒹구는

장미꽃처럼 내려앉았다!

하나님 섬기는 믿음의 딸로

내리 아들 셋을 낳아

말씀 중심으로 키우는 내 며느리!

5월의 물오른 나무처럼

주님 향한 싱싱한 사랑을

1호, 2호, 3호~

아이들 셋 가슴 속에 심어 주었지!

말을 아낀 기도의 지혜로

은총을 향해 깨어 있는

지고한 믿음과 겸허한 기도 속

내 며느리의 교육이

오늘 내 큰손자 소명이를 통해

확인하는 아름답게 빛나는

하늘의 축복이여!

▶ 2021년 6월 2일

아, 어느새 7년이 흘러갔구나~

아쉬워서, 그리워서, 7년 전 스토리를 다시 공유하는데 까닭 모를 슬픔이 왈칵 배어 온다!

기억 밖에 묻혀 버린 얼굴들… 기억 내에 아직 머물고 있는 얼굴들…

어쩌면 벌써 이 세상 사람이 아닐 수도 있고, 이런저런 이유와 사연으로 카스를 떠나고, 내 곁을 떠나버린 사람들의 이름과 닉이 생각난다!

하지만 떠나버린 어제의 사람보다 오늘 소통하는 팬들이 더욱 소중한 그리움이 되는 것은 아직 내겐 남아 있는 젊음이 있어 또 다른 미래를 꿈꾸는 나는, 항상 미래지향적인, 현재진행형이기 때문이다!

사랑하는 여러분! 행복한 6월 되십시오~~^^♥

▶ 2021년 6월 6일

<u>오늘은 현충일!</u>

조국 위해 산화하신 님에게 저 붉고 붉은 장미꽃 한 송이 꺾어 바치는 아침, 6월의 하늘이 높고 푸른 것은 국군 용사들의 뜨거운 나라 사랑 때문입니다!

지금 우리 집 담장을 휘감아 돌고 있는 저 붉은 장미 꽃잎이 더욱 선명하게 붉어 보이는 것은 님의 모습이 그리움 되어 가슴에 남아 있기 때문입니다!

개마고원 구름에 가려 흙 속으로 묻혀버린 백골이여!
아직도 어느 잡목 아래 뿌리를 의지하고
비 오는 날이면 서럽게 운다는 무명의 호국 영령들이여!
이름은 어디에 있고 백골은 어디에 계십니까?

그날의 비극과 의미는 동토의 가슴에 묻힌 지 66년!
이제는 햇볕 따뜻한 양지에 돌이 되어 계신 임이시여
그 고귀한 희생 영원히, 민족의 가슴에 살아 숨 쉬리라!

도곡동 첫눈 정숙현 올림

▶ 2021년 6월 8일

오, 우리 막내아들 내외의 분신, 고명딸 예담이~
아들만 내리 삼 형제를 낳은 큰며느리 다음으로 막내며느리가 낳은 딸 예담이~
코로나로 인해 돌도 백일도 모두 패스된 어리둥절 시간 속에서 어느새 이만큼 자랐을 꼬나~~

"내가 너를 복 중에 짓기 전에 너를 알았고 네가 태어나오기 전에 너를 구별하였느니라."

사촌 오빠 소명이, 소민이, 소원이의 단 하나밖에 없는 동생 예담아!
그 오빠들과 함께 너를 사랑하며 축복하노라~~^^♡

도곡동 첫눈 할머니 정숙현

2014년 6월 24일을 추억하며

매실 수난 스토리~

산딸기 크기 정도의 작은 무공해 산 매실을 지인이 보내왔다.

뭘 어떻게 해야 할지 이리 저리 궁리를 하다 일단 냉장고에 넣어 놨다.

얼어버릴지, 맛이 변해 버릴지 걱정이다.

하여 잠을 포기하고 일어난 시간이 새벽 5시! 매실장아찌를 담기 위해선 씨를 분리해야 할 텐데, 이 작업이 만만하고 쉬운 일이 아니다.

납작한 돌멩이를 준비해 놓고 망치로 두들기다 보니 산산조각이 났고, 시간이 흘러 시행착오를 겪고 나서야 힘의 강도를 조절할 수 있었지만, 이미 내 왼쪽 엄지 검지 손가락은 망치로 스치고 맞아서 시퍼런 멍이 들어 욱신거렸다.

그렇게 두들겨는 놨지만 씨를 분리시키는 일은 양쪽 손가락의 힘이 절대 필요했고 완전히 익은 열매가 아니라서 씨가 쉽게 똑 떨어지는 게 아니었다.

으아~ 지금이 대체 몇 시인고? 이 시간까지~

머리털 나고 처음 만들어보는 매실장아찌!

아이고~ 허리야~ 다리야~ 손가락이야~

내 매실 올마나 맛이 있을꼬나!!!

맛이야 있건 없건 지인도 주고 사랑하는 사람들도 주고 나도 아끼며 먹고~

오! 오! 이 풍요한 여름날이여!

 조씨네 감농장 2021년 7월 9일 오후 07:34 · ♥ 좋아요
얼마나 힘드셨을지 압니다~
10여년전 집사람을 도와준다고 나섰다가 혼쭐이 났습니다.
그일이 있은 뒤로는 매실이 무서워서
주변 사람들에게 따서 가져가라고 하지요^^*

 이순희 2021년 7월 3일 오후 12:38 · ♥ 좋아요
매실에 소금을 살짝 뿌려뒀다 물끼뺀 후 방망이로 톡, 치면 씨가 쏙, 쏙 잘 빠집니다.
생매실을 깼으니 손이 얼마나 아팠겠어요.
저도 옛날엔 생매실을 칼로 잘라서 매실장아찌를 담근 적 있었지요. 손가락 끝은 물
집 잡히고 어찌나 아프든지요~.

▶ 2021년 6월 25일

스토리 지인님들! 오랜만에 첫눈 인사드립니다!

행복한 가정을 원하지만 황혼 이혼과 졸혼이 늘어가고 있는 문제가 어제오늘의 이야기는 아니지만, 그 비법을 그 유명한^^ 성경에서 한번 찾아보고자 합니다!

딸아이가 엄마에게 물었다.

"엄마~ 결혼이 뭐야?"

갑작스러운 질문에 잠시 당황하던 엄마는 이렇게 대답했다!

"음~ 결혼이란 서로 너무나 사랑하는 여자와 남자가 가정을 이뤄서 서로 아껴주고 이해하며 행복을 만들어 가는 거야."

그러자 아이가 다시 물었다!

"어~ 그렇구나~ 그럼 엄마 아빠는 언제 결혼해?"ㅋㅋㅋㅋㅋ

"아내들이여 자기 남편에게 복종하기를 주께 하듯 하라~ 남편들아 아내 사랑하기를 그리스도께서 교회를 사랑하시고 그 교회를 위하여 자신을 주심같이 하라~ 자기 아내를 사랑하는 자는 자기를 사랑하는 것이라."

어느 날 전혀 다른 환경에서 자란 타인이 만나서 뜨겁게 사랑하여 한 가정을 갖게 된다! 그러나 결혼 후 뜨거웠던 사랑은 어느 순간 사라지고 점점 서로에게 무디어져 그냥 가족으로~ 아이들의 엄마로~ 돈을 벌어다 주는 사람으로 살아가면서 정말 소중한 것이 무엇인지를 잊고 살아간다!
많은 감동을 주었던 미국에 사는 어느 한국인 부부의 아름다운 이야기를 소개한다!

남편은 26살 운동선수로 재능은 있지만 아직 군대도 다녀오지 않은 상태였고, 경기 실적도 안 좋았고 팔꿈치 수술을 받는 등 모든 생활이 힘든 상황이었다!

아이를 포함해 네 식구가 월급 백만 원으로 같은 팀의 세 선수랑 함께 월세로 살았다! 아내가 고생하는 것을 더 이상 보기 힘들었던 남편은 결국 아내에게 한국으로 돌아가자고 말했다!
그러자 아내는 단호한 얼굴로 이렇게 대답했다!

"나랑 애들 신경 쓰지 말고, 당신이 하고 싶은 일 하면서 처음 가졌던 꿈을 이루세요. 여기에 꿈을 이루려고 왔잖아요 가족이 방해가 되면 우리만 한국으로 갈 테니 절대 꿈을 포기하지 마세요!"

당시 아내는 건강도 안 좋은 상태로 한쪽 눈이 안 보이기 시작했고 시력을 잃을 수도 있을 거라는 진단을 받았다!

하지만 그녀는 남편의 꿈을 지지했고, 꼭 꿈을 이룰 것이라 강력하게 믿었고, 그리고 그 믿음은 곧 현실이 되었다!

이 이야기의 남자 주인공은 '텍사스 레인저스'에서 활약하다 최근 'SSG 랜더스팀'에서 뛰고 있는 '추신수 선수'다!

이 부부 이야기를 들은 후, 남편과 아내는 일반적으로 이런 생각을 하게 된다!

아내, "저런 남편을 만나면 누구든 최고로 내조할 수 있죠! 천 억을 벌어오는 남편인데, 뭘 못 하겠어요!"

남편, "저런 부인을 만나야 성공할 수 있죠. 평범한 추신수를 저렇게 위대한 선수로 만든 건 순전히 내조 잘한 아내를 만난 덕분인데 저도 그 내조라는 것 좀 받고 싶네요!"

많은 남자가 추신수의 아내 같은 여자를, 많은 여자는 추신수 같은 남편을 만나고 싶어 한다! 그러나 지금 자신의 불행이나 실패가 남편이나 아내를 잘못 만난 탓일까?

추신수가 가장 힘들었던 시절, 아내에게 이런 이야기를 했다!

"조금만 더 고생해, 이제 다 왔어. 당신 고생한 거 다 보상해 줄게."

그러자 아내는 웃으며 이렇게 대답했다!

"누가 보상받으려고 고생하나요?"

그녀는 내조의 여왕이 아니라, 믿음의 여왕이었다!

실제로 그녀의 믿음을 만나기 전까지 추신수는 열정만 가진 실패의 아이콘이었다! 그녀의 믿음을 통해 추신수는 자신이 가지고 있는 진짜 능력을 보여줄 수 있었다!

아름다운 부부로 살아가는 비법 첫째는 바로 믿음, 믿음은 보상을 기대하지 않는다! 믿음은 열정을 흐르게 하여 꿈을 이루게 하는 통로다! 상대의 열정을 제대로 쓸 수 있게 만드는 힘은 상대가 아니라 바로 당신에게 있다!

열정이 피라면 믿음은 핏줄이다! 아무리 좋은 의사도, 아무리 좋은 운동 시설도 최고의 선수를 만들 수 없다! 믿음이 빠진 기술은 껍데기일 뿐! 사랑하는 사람의 꿈을 이루게 하고 싶다면 방법은 하나, 믿을 수 없는 부분까지 죽을 만큼 믿으면 된다!

한 인간의 사랑과 믿음으로도 그렇게 놀라운 힘을 발휘한다면, 살아서 역사하시는 예수님의 사랑과 믿음이 나를 지지해 준다면 나의 삶은 얼마나 황홀할까?
믿음은 당장 눈앞에 펼쳐지지 않는 것을 믿는 것이고 보이지 않는 것을 믿는 것이다! 예수님의 믿음과 사랑으로 매일이 기쁘고 놀라운 능력을 발휘하는 아름다운 믿음의 부부가 되시길 기도합니다!

▶ 2021년 7월 1일

우리 손녀 예담이가 이제 걸음마도 할 줄 알아요~~^^♡

아, 한여름 밤의 꿈이런가~

내 스토리 첫 창엔 분명 '친구 신청 쪽지 사절'이다!

그런데 댓글을 주고받다 보니 맘이 열리고 설렘이 있고 무엇보다 그냥 믿음이 가는 사람^^

물론 지금도 서로에게 굳이 친구 신청은 필요치 않아 친구로 되어 있지 않다! 말이 되는지 안 되는지는 이 글을 끝까지 읽어 본 후에 판단할 일이고, 어쨌거나 자연스럽게 연락처를 주고받게 되었다!

그러던 어느 날, 느닷없이 서울 도곡동 강가에서 고기를 구워 먹잔다!(도곡동 강가???)

손수 재배한 유기농 야채와 최고의 맛있는 고기를 준비, 딸과 사위와 손녀 온 가족이 서울 도곡동 강가로(?) 3시간 이상의 운전을 하고 여름휴가를 도곡동 우리 집으로 오겠다며 날짜와 시간을 통보해 왔다!

나는 당황스러움과 황당함을 뛰어넘어 영혼이 가출해 버린 어리버리둥절로 혼자 갈팡질팡~ 갈피를 못 잡으면서도, 친구의 소중하고도 원대한ㅋ 꿈을 이루는 데 동참해야 하는 의무감을 안고 강남에 있는 모든 개천을ㅋ 떠올리며 그야말로 고기도 구워 먹을 수 있는 쉴 만한 나무 그늘을 찾아 인터넷 검색창에 '도곡동 근처 고기 구워 먹을 수 있는 곳'을 쳤다!

그랬더니 각종 고기 맛집 이름뿐ㅠ

하루쯤이 지나 이 기막힌 모든 상황이 전개된 이유가 밝혀졌다! 강원도 화천 가족 별장이 소개된 스토리를 서울 도곡동으로 착각한 것.

비록 한여름 날의 헤프닝으로 끝나버린 꿈이지만, 묻지도 따지지도 않고 무조건 실천ㅋ 하고자 노력했던 나, 그대 향한 나의 무식하게 순수한 사랑과 우정을 높이ㅋ 사 주시게나^^

더 웃기는 건 정숙 님 사위 왈, "강남에 그런 고기 구워 먹을 만한 곳이 없을 텐데, 한강인가?" ㅋㅋㅋ

정숙 님! 언젠가는 꼭 만날 날이~~^^♡

▶ 2021년 7월 7일

<u>손녀 예담아</u>

꽃잎 같은 입술 열고 오늘 드디어 '할미'라고 불러 주었다!

맑고 밝고 고운 네 모습 보고 나면 다시 보고 싶어 영상을 돌리고 또 돌려 보았지!

소명, 소민, 소원, 남자 손자 셋을 둔 할미지만 요 녀석들 셋에게서는 느껴보지 못한 손녀 예담이 애교, 나는 오늘도 함박웃음이다!

영상엔 없지만 "사랑해" 하면 두 손을 머리 위로, "안녕" 하면 손을 들어 흔들고, "예담이 없다" 하면 두 눈을 고사리 주먹으로 가린다!

때로는 얼음처럼 차갑게 때로는 불꽃처럼 뜨겁게 삶의 지혜를 갈고

닦으면서 어서 성장하라고, 늘 행복하라고 이 할미 날마다 기도한다~~^^♡

▶ 2021년 7월 9일

<u>2019년 7월 10일을 추억하며</u>
(2020년 지금은 갈 수 없는 땅ㅠ)
카자흐스탄과 키르기스스탄, 이젠 그리움이 되어버린 땅!
당신이 내게 주신 선교사명, 떠나서 해야 할 일들을 노트에 빼곡히 적었습니다. 그 메모들은 쌓이고 쌓여 어느새 19년이란 긴 세월을 이루었습니다.

당신으로 말미암아 나는 힘차게 이글거리는 태양이 되고 가슴 설레는 선교가 있는 여름은 1년 내내 내겐 기다림이고 그리움이었습니다.
오늘도, 내일도, 모든 날들에도, 우리를 존재케 하시는 끝없는 창조의 당신! 우리 모습이 당신의 뜻과 같지 않음을 매 순간 한탄하며 보잘것없는 믿음으로 오늘까지 왔습니다.

기쁠 때엔 감사하지 않고 슬플 때엔 희망하지 않고 편리한 현실에 악수하며 적당히 살아왔습니다.
그러나, 나무는 나무대로 꽃은 꽃대로 초록의 바람에 모든 것을 맡기는 여름이 오면 나도 당신 앞에 모든 것을 맡기고 내려놓는 착한 순종의 선교사가 됩니다.

서투른 나의 글로 표현하기엔 너무나 긴 19년의 이야기, 오늘을 있게 한 어제의 이야기. 80년 만의 무더위 폭염조차도 나에겐 그냥 주님 향한 사랑입니다.

40도가 웃도는 더위 속, 사역을 마치고 난 후 샤워는커녕 마실 물조차 부족했던 카자흐스탄 장알릭 마을, 하지만 지금은 전기도 들어오고 얼음물도 마실 수 있고 화장지도 있고 마트도 생겼습니다.

그리고 19년이 지난 오늘, 현지 선교 목사님으로부터 카톡을 받았습니다.
"권사님, 정식으로 교회등록 서류가 종교청 허락을 받았고 지금 서류는 법무부로 넘어가 절차를 밟고 있는 중으로, 증명서를 받고 교회 도장만 찍으면 이제 끝입니다. 19년 동안 한결같은 권사님의 열심과 헌신이 오늘의 결과를 이루었습니다!"

나는 그냥 엉엉 소리 내어 울었습니다. 덩실덩실 춤도 추었습니다.

어둠 속에서도 꺼지지 않는 희망으로 흔들리는 심지를 돋우며 당신을 닮고 싶었던 19년의 여름 이야기.

주님!
아직도 원하시는 만큼은 빛과 향이 되지 못한 부끄러움 그대로 안고, 소중한 믿음의 동역자들과 서투른 현지어로 찬송을 익히며 복음을 들고 빛의 외길로 올해도 변함없이 달려가겠습니다.

우리가 살아오면서 당신께 진 엄청난 사랑의 빛 또한 당신의 사랑으로 밖엔 갚을 길이 없음을 고백하는 이 시간, 말보다 깊은 기도로 진정 소리 내어 외칠 것은 "주님 사랑합니다!!!"

 홍명화(☆복받는 걸☆) 2019년 7월 14일 오후 06:03 · ♥ 좋아요
반가운 분들 카스로 만나뵈니
하나님의 깊은 은혜를 느끼는 순간입니다
선교의 사명자님들!
사역 잘하시고 더운날씨에 건강히 잘 다녀오십시오
권사님 사랑합니다♡

 정해란 2021년 7월 9일 오후 09:27 · ♥ 좋아요
지금은 갈 수 없는 땅!
멋진 글에 다녀갑니다
그들의 희망이 희망으로 끝나지.않고
삶의.변화를 통해 감사와 축복의 땅으로
바뀌어 간다니
정말 뿌듯하시겠어요 ㅎㅎ
선생님 따뜻한 응원 늘 감사합니다^^

▶ 2021년 8월 5일

눈이 부시게 아름다운 황혼의 언덕에서~~

시시때때 설렘과 그리움이 일렁이는 내 마음의 밭에 희망과 사랑의 꽃 씨를 뿌린다!

잎이 나고 꽃이 피고 열매가 맺듯 너를 향한 그리움도 그렇게 성장하고 변화되어 끝내는 세월의 흐름 따라 그리움도 늙어버렸으면 좋겠다!

다시 만날 날이 올 수 없음을 너무나 잘 알기에 때론 세월의 강물에 띄워 보내고, 때론 마음 밭에 묻어 두고 살아가는 삶의 방식이 모두가 다르듯이 그냥 그렇게 살아가리라~~

보고 싶을 땐 스스로 가꾸어 놓은 마음 밭에 보고픔의 꽃을 심고, 그래도 그리워질 때면 바람결에 내 마음도 실려 보내리라.

세월의 강을 건너고 또 흘러서 어느새 황혼으로 가는 길목에 서 있지만, 그렇게 오늘 하루를 어제처럼 살고 또 오늘 같은 내일을 오늘처럼 살리라 ~~

인고의 세월을 살아온 인생의 완숙미를 스스로 예찬하면서 서글프게 달리고 있는 숨 가쁜 황혼의 길목!

마음만은 "하늘이 푸르른 날은 그리운 사람을 그리워하자"는 서정주 시인의 '푸르른 날'을 조용히 노래하리라!

눈이 부시게 아름다운 황혼의 언덕에서~~

도곡동 첫눈 정숙현

▶ 2021년 8월 8일

축하하며 환영한다! 사랑하는 그대들이여!

괴물 코로나와 폭염 속에서 세계 인류의 생명을 담보로 올림픽 개막을 강행하려는 어처구니없는 일본 태도에 나의 반일 감정은 말 그대로 분기

탱천이었다!

어쨌기나 올림픽은 열렸고 어느새 17일, 오늘 폐막식이다!

"신에게는 아직 5천만 국민들의 응원과 지지가 남아 있사옵니다."

충무공 이순신 장군의 명언을 연상시키는 이 응원 문구를 두고 일본은 반일 현수막이라고 불편한 감정을 드러내고 시비를 걸어 왔다!(정말 가지가지 Gr하고 자빠졌네)

사랑하는 대한의 아들딸들아!
꼭 금메달이 아니라도 좋아! 조국 사랑의 황홀한 심지 하나 가슴에 박혀 있다면!!!
자랑스러운 태극 깃발 휘날리며 가장 가깝고도 가장 먼 일본 땅, 그동안 갈고닦은 기량 후회 없이 발휘해 주기를~~
늦었지만 폐막식과 함께 메달 여부를 떠나 자랑스러운 그대들의 투혼을 응원하며 축하하노라!

이제 모두 끝났으니 어서 오시게~^^♡

▶ **2021년 8월 11일**

김예담

드디어 쪽쪽이를 제거하고 꼭 마스크를 써야 한다는 교육이 빛을 발하는 순간들이다!

어른들의 노래방처럼 아가들만을 위한 이런 휘황찬란한 불빛 문화도 있었나 보구나~

또래들에 비해 걸음이 느리다고 은근히 끌탕을 하던 때가 불과 며칠 전인데, 이젠 음악에 팔과 다리를 흔들며 온몸으로 박자를 맞추며 놀고 있는 놀라운 폭풍 성장에 그저 감탄만!

그 와중에도 마스크는 꼭 쓰고 있는 모습이 안타깝기도 하고 대견스럽기도 하지만, 교육의 위대함과 영혼까지도 통제시켜 버릴 수 있는 또 다른 교육의 공포를 동시에 느끼는 순간이다!

▶ 2021년 8월 15일

"태극기가 바람에 펄럭입니다 태극기는 우리나라 깃발입니다."
드넓은 운동장 아이들이 뛰놀며 부르던 노랫소리가 들려온다!
내 모습도 거기에 있다!

뙤약볕 폭염 속에서도 그리 화려하지도 유혹하는 향기도 없는 순하디순한 꽃 무궁화! 하늘 우러러 순결과 끈기로 겨레와 함께 살아온 나라꽃!

쳐 죽여도 과하지 않은 더러운 것들의 게다짝에 의해 짓밟히며 흔들리던 조선!
일송정 푸른 솔은 늙고 늙어갔고 해란강을 말 달리던 선구자도 없지만 청산리에서 피 흘리며 전해 온 승전보는 자자손손 대대로 이어질 역사 이야기!

주권을 잃고 조국을 잃으니 차라리 자결하리라!
끌려간 징용은 불귀객 되었고 부모는 기다리다 눈이 멀었다!
그러던 어느 날 태양이 떴다!
해방!!! 새들은 날고 산들은 춤을 추었다!

잊지 말자! 그 세월!
빼앗기지 말자! 이 강토!
기억하자! 피 흘려 죽어간 선조들을!
그리고 감사하자!
지금까지도 지켜 주셨고 앞으로도 지켜주실 절대권자인 창조주께!

도곡동에서 첫눈 권사 정숙현

▶ 2021년 8월 31일

잡을 수도 멈출 수도 없는, 아, 세월!
우리 집 벽시계는 가끔씩 멈춰서기도 하고, 쉬기도 하는데 세월은 어찌
하여 그 흔해 빠진 고장도 한번 없이 마냥 달리는가!

나는 그런 세월에게 저당 잡혀 싫다 좋다 소리 한번 해 볼 틈도 없이 숨
가쁘게 너를 쫓아 여기까지 왔구나!

내리막길 빈 수레 굴러가듯 잘도 가는 세월~

그러나 그 세월 덕분에 내 큰손자 소명이가 이만큼 성장했으니 내 늙음 개의치 않고 세월아, 너에게 감사하노라!

▶ 2021년 9월 2일

<u>2020년 9월 2일을 추억하며</u>

으하하핫~~ 아무리 생각해도 웃음이 난다.

기뻐서만은 아닌 것 같고 살아온 인생을 뒤돌아보면서 느끼는 만감이 교차되는 웃음인가?

왔다 갔다 하는 낚싯줄도 아닌데 그냥 로드 캐스팅이라 이름 지어 볼까?

아직 나는 할 일이 많고 세상을 조금 살아본 것 같은데 열 스물 서른 마흔 쉰~~~ 손가락으로 나이를 세어 보니 아, 언제 이렇게 많이 먹었나? 자식을 낳은 자식들이 없었다면 믿어지지 않을, 너무 많이 흘러간 세월~

너희들이 내 나이쯤이면 너희들이 살아갈 세상은 어떤 모습으로 변화되어 있을까?

지금의 나의 꿈, 나의 희망이 조금 더 먼 훗날엔 어떤 의미로 남을까? 그때쯤 나는 또 무엇을 사랑하게 될까?

스승의 날 제자들이 찾아와 직접 심어 놓고 간 갖가지 빛깔의 아름다운 장미꽃 향기를 그때 가서도 난 기억할 수 있을까?

새벽이 슬픈 날에.

김동숙 2021년 9월 5일 오전 07:50 · 🖤 좋아요
제자들이 스승의 날 감사의 마음으로 장미나무를 심어놨군요
해마다 꽃필 때면 그 아이들의 예쁜모습이 생각나겠네요
아이들의 순수하고 해맑은 모습을 그려봅니다
마음이 따뜻해지는 장미꽃 감사히보고갑니다.

 雲峰방재옥方在玉 2021년 9월 2일 오후 08:59 · 🖤 2 · 좋아요
아니 스승의 날 찾아와 집주변에 심어논 장미꽃이 만발했는데. 왜 눈물이 나는지유

항상 웃음꽃이 장미꽃처럼 해맑게 웃으세유
인생 별거인가유 지금처럼 사시는것이 행복이
아닌가유

▶ 2021년 9월 14일

2018년 9월 15일을 추억하며

♥마스크를 몰랐던 그리운 시절아♥

비가 쏟아질까 염려 걱정했던 로뎀 강변 작은 음악회…

덥지도 춥지도 않은 가장 적당한 날씨…

각종 악기들과 천상의 목소리들이 하모니를 이룬 아름다운 선율은 하늘 보좌를 흔들었고… 오가는 발걸음은 정지된 채 환희와 박수로 출연진들을

숨 가쁘게 격려했다!

너무 가까이 있기에 소홀했던 사람들…

주변의 사람들을 새로운 눈으로 바라보고 새로운 마음으로 사랑하는 가운데 은혜로운 삶의 기쁨을 노래하리라…

아직도 푸르른 날에~

2021년 9월 23일

 류명희 2022년 9월 15일 오전 07:55 · 💬 좋아요
아직도 멋지게 사시는 모습
정말 존경스럽고 보기 좋아요~
건강하고 행복하셨음 좋겠어요~♡

 한승아 2018년 9월 16일 오전 08:24 · 💬 1 · 좋아요
아름답고 멋진 작은 음악회였습니다~~~
모든 사람들의 걱정을 뒤로하고 축복 받은 날씨가 더욱더 아름다운 음악회를 만들어 주었네요 ~~
준비하시는 진행 요원들 ~ 각자의 장끼들을 멋지게 뽐내주신 분들 감사합니다 ~~
많은 분들에게 작은 음악회였지만 큰 기쁨을 주셨습니다~~~

▶ 2021년 10월 2일

<u>엄마~~</u>

세월이 빠른 건 익히 알았지만 하룻밤 자고 나니 9월이 10월로 되어 있고, 또 하룻밤 자고 나니 10월도 주말이 되어 있구나!

울 엄마가 지독히 보고 싶은 오늘, 나는 지금 커피를 타고 있다!

봉지 커피 두 개에 설탕 첨가. 달달해서 더 맛있는 커피를 타서 울 엄마 만나러 가고 싶다!

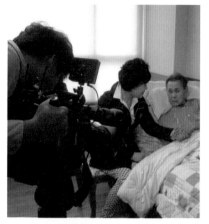

몸에 안 좋은데 그렇게 커피를 달게 마시냐고 구박했던 지난날을 후회하고 또 후회하면서ㅜㅜ

아, 엄마! 보고 싶은 울 엄마!

아직 집안 곳곳에서 만나는 엄마, 온 가족 신발이 놓인 신발장을 물걸레로 닦는 엄마를 보고 빗자루로 쓸어버리면 될 것을 왜 힘들게 걸레로 닦느냐고 투덜대던 나에게 하시던 말씀!

"몸뚱이를 담고 다니는 귀한 신발이 놓인 곳을 휙휙 빗자루로 쓸어버리면 복 나가. 신경 쓰지 말고 어여 출근해."

아침이면 각자 소속된 곳으로 떠나는 손자, 손녀, 사위, 딸. 그 사랑하는 가족의 신발이 담긴 하찮은 신발장까지도 귀히 여겼던 엄마의 사랑은 감동으로 남아 그 사랑 본받고 싶지만, 이젠 모두가 떠나버린 빈 둥지. 청소할 신발이 없네요, 엄마ㅜㅜ

엄마! 주님 나라에서 다시 만날 수 있을 때까지 안녕~~^^♡

▶ 2021년 10월 9일

국정옥 권사님, 샬롬~

영적으로 교통되었던 믿음의 사람 사이의 인연이었기에 흐르는 눈물을 닦고 또 닦으며 이렇게라도 나누는 게 도리일 것 같다는 생각을 하였습니다!

2021년 10월 9일 오늘 11시, 갑자기 쓰러져 중환자실 입원 끝에 지독히도 사랑했던 남편과 아들딸이 모두 지켜보는 가운데 호흡기를 떼었습니다! 육적으로는 후회와 아쉬움이 남지만 진정 감사한 것은, 모든 것이 하나님의 주권과 은혜에 속해 있음을 알기에 그저 기도만 할 뿐입니다!

암을 이겨내고 그 감사함을 선교와 간증을 통해 알렸던 믿음의 아름다운 사람! 첫눈 스토리에 영혼이 살아 숨 쉬는 댓글로 감동과 기쁨을 남기고 떠난 국정옥 권사님!

2022년엔 키르기스스탄 선교 꼭 함께 가자 약속했었는데ㅜㅜ

믿음을 지켰고 소망 속에 어느 것 하나 헛되지 않게 주께서 이루어 주신 줄 믿고 감사하며 기도합니다! 이제는 모든 것 다 내려놓고 아픔도 고통도 없는 주님 나라에서 우리 다시 만나요! 편히 쉬소서!

이른 새벽, 카톡으로 보내온 막내아들의 외동딸 영상을 보면서 언제 이렇게 커버렸나~~~

음악에 맞춰 둠칫둠칫거리는 몸짓과 마지막 엔딩 멘트!

"엄마~~~"

너무너무 귀엽고, 신기한 감동이어라~~^^♡

스토리 지인 여러분들! 날씨가 매우 쌀쌀합니다!

건강관리 잘하십시오~~^^♡

시란 무엇인가~~~(언어의 예술~~^^♡)

세상은 광속으로 변한다!

시와 시인도 더 좋은 쪽으로 변화하지 않으면 결국 도태되고 말 것이다! 시가 추구하는 궁극적 목표는 사람의 삶을 아름답게 하는 것, 그러기 위해서 시를 쓰는 사람들은 특별히 더 좋은 사람이어야 한다!

이것이 '생명시운동'의 실천 목표다!

시인은 거창한 사람을 말하는 것이 아니다!

우리의 보편적 상식을 벗어나지 않은 선한 사람을 말한다!

겉멋에 빠져 말을 낭비하지 않는, 낱말 하나하나가 정확하다기보다 적확(的確)해야 한다! 시인의 색깔이 묻어 있고 공감을 주는 시를 쓰는 사람, 말은 쉽지만 그런 시를 아무나 쓸 수는 없다!

좋은 시를 쓴다는 것은 좋은 시가 무엇인지를 아는 사람만이 쓸 수 있는… 시를 읽어내는 눈이 있어야 하고 안목을 기르는 데 있어 시간을 투자해야 한다!

시는…

시인이 고민한 끝에 조심스레 세상에 고백하는 이야기다! 그 고백이 독자에게 옮겨져 시인과 같은 눈으로 세상을 둘러보게 하는 것이 좋은 시다!

시를 잘 쓰려고 하지 말자! 조급해지면 시가 딱딱해지고 어지러워진다! 시적 대상에 사랑을 주는 일이 우선이고 시를 쓴다는 생각보다 이야기하는 마음으로 힘을 빼고 자연스러워야 한다!

길게 써 놓은 이야기에서 가지를 쳐내어도 무슨 내용인지 짐작이 되게 할 만큼만 남기면 시가 된다!

시는 자세한 설명보다 독자가 생각을 할 수 있도록 여백을 남기는 것~~~

도곡동에서 아직도 꿈을 꾸는 첫눈 글쟁이~~^^♡

나이가 들어간다는 것은…

인생의 어떤 정점을 지나 지금까지 살아온 자신의 인생 이야기를 따뜻한 봄날의 눈빛으로 남 얘기하듯 말할 수 있는 것!

미당 서정주의 '거울 앞에 선 내 누님같이 생긴 꽃'은 자신을 돌아볼 줄 아는 완숙한 삶의 경지의 상징으로 앞만 보고 치열하게 살아온 젊은 날의 초상으로 열정을 다 내려놓고 편안하게 쉬는 시간이리라!

나이가 들어간다는 것은…

나이가 들고 익어 간다는 은유적 표현은 정말 아름답다!

어쩌면 하얀 백지 위에 새로운 감동을 그려놓은 풍경처럼 되살아나는 느낌으로, 힘들고 지쳐 있을 때 내 손 잡아주며 "당신 인생 참 훌륭했다"는 말 한마디로 위로받고 싶은 것!

나이가 들어간다는 것은…

늙어가는 것이 아닌 비움과 내려놓음을 통해 성찰의 시간을 채워가는 삶의 깊이와 일상의 소소함과 모자람을 배우고, 겸손과 겸허함을 실천하며 깨달아 가는 진짜 어른의 참모습이 되는 시기이리라!

나이가 들어간다는 것은…

가을꽃도 낙엽도 우리들의 삶도 그리움이라는 이름을 남겨 놓고 언제가
는 모두가 그렇게 다 떠나가는 것이겠지! 한 자락 햇살 뒤에 숨어 내리는
찬바람에 초조한 가을꽃처럼 가지 끝에 달려 있는 낙엽처럼 어쩌면 떠나
고 싶지 않은 이 땅의 모든 기억들을 남겨 놓고 떠나는 것이리라!

나이가 들어간다는 것은…

 정해란 2021년 11월 7일 오전 09:29 · 🤍 좋아요
사유 깊은 글에
감사히 다녀갑니다
오늘도 예보와는 달리
햇살이 눈부시게 밝은 날
가을이 남기는 것들이
왜 이리 곱고 평온할까요
이 가을햇살처럼
밝고 따뜻한 한 주 되시길 바랍니다
선생님 큰 따뜻한 응원주셔서
늘 감사드립니다^^

 이희곤 2021년 10월 27일 오전 07:50 · 🤍 좋아요
숙현 선생님
나무들도 겨울준비를 하느라 아름다운 잎을 하나,둘 떨구는 시월의 끝자락에 이젠
나이가들어 땅위를 뒹구는 나뭇잎이 외롭고 쓸쓸하게 느껴지는것도 나이가 들어가
기 때문 일까요 ?
이순이면 무슨말을 들어도 어떤 행동을 해도 그릇됨이 없는 삶이어야 하는데~
숙현 선생님 마음에 쏙 와닿는 좋은글 백령도,대청도 여행을 출발하는 배위에서
보니 더욱더 공감 만땅입니다.
정선생님의 미소로 오늘도 분명 행복할겁니다.
항상 건강 하셔야 해요.♥

▶ 2021년 10월 30일

사랑하는 손자 소명아~~~

오케스트라 대구 학생 동아리 한마당!

엄마의 껌딱지 중에 상 껌딱지던 내 큰손자 소명이가 어느새 이렇게 자랐는지 그냥 눈물이 납니다!

고사리손들이 모여 음악으로 전하는 감동의 한마당!

음악으로 하나 된 마음들의 어울림 한마당!

음악을 통해 우리가 기대하는 사랑과 평화의 한마당!

꿈과 희망으로 자라며 함께 즐기는 음악 여행의 한마당!

소명아, 사랑하는 내 손자야! 너의 영혼에는 별이 빛나고 무지갯빛 아름다운 네 꿈은 우주 위를 나는구나!

그 어떤 보석보다도 더 귀한 하나님이 주신 선물! 한 그루 믿음의 사랑나무 되어 건강하게 자라거라!

천만 새들이 깃드는 억만 가지로 뻗어라, 사랑하는 손자 소명아~~~

▶ 2021년 11월 14일

2020년 11월 14일을 추억하며

2020년 만추의 계절, 이제사 '노인의 가을'이란 단어가 그리 부담스럽지 않고 자연스럽게 받아들여지는 그 나이의 가을, 그것도 끝자락에 와 있다.

'노인' 하면 왠지 무기력하고 메마른 나뭇가지가 떠오른다. 공원에서 하염없이 땅을 내려다보고 있거나 지하철에서 젊은이들에게 화를 내는 모습이다.

늙음이란 특성이 가져오는 부정적 이미지 "나 때는 말이야!"
일장 훈시하는 기성세대를 비꼬는 말로 요즘 유행되는 '꼰대라떼'가 바로 그런 뜻이다.

노인 나이를 65세 이상으로 규정한 것은 100세 시대에 전혀 맞지 않는 계산이다. 노인을 연령에 의한 일괄 처우가 아닌 개인의 특수한 신체적, 사회적, 심리적, 영역에 있어서의 활용 가능한 재원의 능력에 따라 각기 다르게 구분되어야 한다.

김형석 박사는 인생 70을 가장 좋은 때라 했다.
삶에 큰 책임이나 부담 없이 하고 싶은 일 즐기며 마음대로 할 수 있으니 그 얼마나 좋은 때인가!
태어나 25세까지는 부모와 사회로부터 학습 받는 시기, 이후 50세까지는 그동안의 삶을 되돌아보는 시기, 75세 이후를 자유로운 삶의 시기라고 한다면 다시 한번 새겨 볼 내용이다.

뭉뚱그려 환자 취급을 하고 부양 대상자로 인정해 버리는, 그러나 이보다 더 큰 문제는 본인 스스로 이 사실을 믿기 시작한다는 사실이다. 다시 말해 노화는 자연 현상이지만 늙는 건 정신적 현상이다.
노화를 걱정 말고 정신을 녹슬게 하지 말자!
얼마나 오래 사느냐가 아닌 어떻게 나이 드느냐가 중요하다.

늙음은 그 누구도 비껴갈 수 없는 절대적인 미래의 내 모습이며 우리 모두의 모습이요, 모두가 가야 할 길이다!

이별은 손끝에 있고 서러움은 먼 곳에서 오는데 정든 가지를 떠나는 오색빛깔 낙엽은 때가 되면 다시 오겠다는 희망을 말하며 마지막 작별을 고한다.

문득 그 낙엽의 희망이 곧 나의 희망이며 우리 모두의 희망이기를 바라면서….

"만추의 홍엽을 어찌 아름답다고만 하리
사계절을 지켜온 인고의 결실이며
헤어지는 아픔의 표현인 것을."

잎인지 꽃인지 눈이 부시게 푸른 초록의 날은 가고 듬성듬성 가지에 매달린 잎새, 모두가 떠났고, 떠날 것이라는 슬픈 이유가 너무 아파서 스스로 탯줄을 끊고 낙화하는 잎새여!

어느 지인이 말한 "비우고 버리는 가벼운 소풍 길 같은 인생길이 되기를~"

조용히 묵상하면서 부족한 글, 읽어 주셔서 감사합니다.

도곡동에서 첫눈^^♡

 윤우엽
선생님!
미국에서 78세 나이에 대통령에 출마해서 당선된 조 바이든이 있습니다.
언제나 건강 잘 챙기시고 힘내십시오
감동적인 좋은 글 잘 읽었습니다.

남에게 줄 것도 받을 것도 없다는 것이 이리도 자유스러운 것을 이만큼 살아 보니 알게 되더라~

받고 나면 줄 것은 더 많은 것 같고 주고 나면 받을 것은 작은 것 같은 여기 받아 저기 주고 저기 받아 여기 주는 끝없이 바쁘고 분주했던 삶~

그렇게 되풀이 되풀이하며 살다가는 평생을 단 하루도 편치 않고 살다가 떠나갈 사람아~

남에게 줄 것도 받을 것도 없다는 것이 이리도 자유스러운 것을, 이만큼 살아 보니 알게 되더라~

예담인 누구 딸?
아파 딸!
누구 딸?
아파 딸~~~
ㅋㅋㅋㅋㅋㅋㅋㅋㅋㅋㅋㅋ
귀여워도 느므 귀여워서
영혼 이탈ㅋㅋㅋㅋ

모든 만남을 자제하고 있는 코로나 시대에 별 존재감 없이 데면데면 지냈던 사람으로부터 카톡 문자를 받았다!

"권사님 보고 싶어요, 사랑해요. 언제 만나 밥 한번 먹어요."

너무 갑작스러운 폭풍 고백에(?) 반갑다는 생각보다 먼저 당황스럽고 갑자기 왜? 하는 마음이다!

어설픈 인연을 만나 삶이 침해되는 고통도 있었기에 먼저 조심스럽다! 옷깃 한 번 스친 사람, 일일이 다 나열할 순 없지만 어떤 단체 모임에서까지 인연을 맺으려 하는 것은 불필요한 소모다!

수많은 사람과 접촉하고 살아가는 우리지만 인간적인 필요에서 접촉하고 살아가는 사람들은 몇몇에 불과하다!

진실은 진실된 사람에게만 투자해야 한다! 그래야 그것이 좋은 일로 결실을 맺는다! 아무에게나 진실을 투자하는 건 위험하고 어리석다!

인연을 맺음으로 도움을 나누기도 하지만 정신적 피해를 당한다!

대부분 피해는 진실 없는 사람에게 쏟아부은 대가로 받는 벌임을 이 나이를 살다 보니 알게 되더라.

오후 길도 행복하소서~~~^^♡

 무지개 언덕 2021년 12월 7일 오후 02:34 · ♥ 좋아요
푸른 잔디만큼
예쁘고 푸른 청춘이었어요

그리운 인연
세월이 훔쳐냈군요

유영희좋은걸 2021년 12월 7일 오후 02:34 ♥ 좋아요
추억의 사진첩 이네요
고생한추억 즐거웠던추억 모두가 소중하지요
행복하세요
화이팅입니다~

▶ 2021년 12월 15일

<u>사랑하는 사람아!</u>
　괴생명체가 난무하는 죽음과 직결되는 현실의 벽 앞에 다가갈 수 없는
안타까움!
　사랑하는 마음은 꿈이라 현실의 삶을 초월할 수 없으니, 나의 그리움 속
에 담겨 있는 그대에게 보이지 않는 나의 미소를 띄워 보낸다!

　늘 마음속에 그대 있어 나의 하루하루는 향기롭고 풍요로운 행복!
　그대 향한 곱고 맑은 그리움 하나 품고 살면서 아름다운 마음으로 글을
쓰고 그대에게 기쁨이 되고 행복이 되는 우아한 내가 되고 싶었다!

　굳이 애써 표현하진 않지만 나에겐 늘 그리움이고 꿈이고 행복의 원천
인 사랑하는 그대! 한 사람 한 사람의 소중한 이름들을 불러 본다!
　김소명!
　김소민!
　김소원!
　김예담!

오래오래 혼자 너무 많이 사랑해서 너무 많이 외로웠던 우리 친정 엄뉘 박승이 엄마처럼 외동딸 손자 손녀 위하여 자신의 목마름은 숨길 줄 아는 지혜와 겸손을 나도 배웠으니!

그대 손자 손녀 너희들 보고 싶은 마음, 기도로 대신하는 할미 사랑, 먼 훗날 그대들은 아시려나!

나의 매일은 주님의 빛으로, 나의 목마름은 주님의 생수로, 나의 죽음은 주님의 생명으로, 부활하리니, 사랑하는 그대!

너희들은, 이 땅에 사는 동안 주 안에서 서로 믿고 의지하며 서로 사랑하는 형제자매 되거라~~~

도곡동에서 생각하는 글쟁이

소명, 소민, 소원, 예담이 할머니가~~^^♡

 이성근 2021년 12월 15일 오전 08:09 · 👍 좋아요
첫눈(정숙현권사)

장문의 글과 온가족을 일일이 사진과 함께 소개 하셨군요! 요즘처럼 핵가족화 시대에 모든 카친들께서 부러울만큼 대가족이라 생각할수 있을 '가화만사성'집안이고, home Sweet home 입니다. 특히나, 손자손녀들은 앞으로 국가에서 필요로 하는 큰 일꾼이 될 만한 재목감이기에 훌륭히 잘 보살피고 양육하시길 기원드리며, 추운 동지섯달 에 건강하시고 행복하세요. 감사 드리며...

▶ **2021년 12월 24일**

오늘 황금연못 팀 촬영반이 종로 허리우드극장에서 '모정의 뱃길'을 재조명시키는 공연을 했다!

운봉 방재옥 님의 적극 추천, 이희곤 선생님의 적극 동참, 그리고 이규홍 목사님의 기도로 오늘 무사히^^ 촬영이 끝났다!

영숙이로부터 문화충격의 첫 경험과 사랑을 쿠팡 새벽 배송으로 배달받은 잊지 못할 뜻깊은 날에~~~^^♡

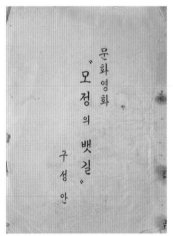

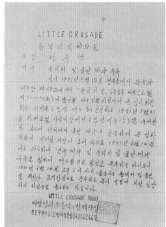

▶ **2021년 12월 29일**

60년 전, 그 엄청난 뉴스 중심에 있었던 주인공이 내게 묻는다!

'모정의 뱃길' 그 후 어떻게 되었느냐고~

흐르는 세월 따라 그 뉴스의 주인공은 서서히 잊혀 가고, 밤새 해묵은 자료를 찾다 끝내는 여위어 가는 사랑에 통곡해 버린 그리움!

지금까지의 세월엔 유일무이했던, 위대한 교육열로 지상의 마지막 희망이던 딸을 위해 쏟은 위대하고 고귀한 어머니 사랑!

내가 나에게 묻는다!
너는 그분을 위해 무엇을 했느냐고?

엄마!
내 심장을 얼음물에 씻어 박승이 당신 가슴에 심겠습니다!
이제 사랑한다는 말은 날 수 없는 박제된 새가 되었고, 엄마 향한 그리움은 단풍처럼 늙었지만 더 울진 않겠습니다!

'황금연못'에서 절절한 그리움을 전했고 '황금빛 인생'을 통해 엄마의 위대한 모성애가 재조명되었다!

운봉 방재옥 선생님, 황금연못 이희곤 선생님, 기도의 후원자 이규홍 목사님, 그리고 마리엘 치유센터와 꽃샘방과 토리토리, 맺어진 모든 인연의 은혜와 축복을 감사한다~~~^^♥♥♥

 꽃사랑 정애리 2021년 12월 29일 오전 08:13 · 💬 좋아요
선생님 굿 모닝입니다
어머님을 그리워 하며 적으신 글 감동입니다
60년 전 외동딸 교육을 위해 험난한 바다 풍랑을 헤치면서 노젓는 뱃사공 어머니 뜨거운 열정으로 교육을 시키신 훌륭하신 어머니 모습 그 크신사랑 마음 속에 큰 감동입니다
선생님 멋진모습 살며시 미소요 👻 좋은날 되세요

손히솜 2021년 12월 29일 오전 08:10 · ♥ 2 · 좋아요

똘망똘망하고 어여쁜 소녀에게 장학금도 주셨다.
1962년에 이사연은
한국일보에 게재되어 많은 사람들이 감동받았다.
그리고 '모정의세월'이란 제목으로 문화영화도 제작되고 라디오 드라마도 방송되고
이미자님이 '꽃피는 여수바다'란 제목으로 노래도 불러었다.

그리고 40년이 지난 2004년에
그섬마을 소녀 정숙현님이
한국일보에 모정의 세월 그이후에 대해서 글을 올려서
또다시 많은 사람들의심금을 울리었다.
그리고 딸은 여수에서 국민학교 졸업하고 서울에서 중 .고를 다녔고
성균관대 국문과를 졸업하고
여러방면으로 뛰어난 재능을 보이며
우리들에게 귀감이 되신것도
이런 훌륭한 어머니가 계셨기에 가능한게 아니었던가~

그이후 박승이 어머니는 따님과 세손자들을 돌보며 행복하게 잘살고 계셨다는데 몇
해전에 하느님 품으로 돌아가셨다고 알고있다.

1950년대 한국전쟁 직후에 먹고 살기도 힘들었을때
외딴 섬마을에서 어린딸을 공부시키겠다는 일념으로 모진고생도 사랑으로 이겼냈
을 박승이 어머니~~

비니 2021년 12월 29일 오전 08:34 · ♥ 좋아요

아 오래 전에 울엄마로부터 들은 이야기의 주인공을 여기서 만나게 되다니
감개무량입니다!
그거이 그냥 전해지는 옛날 이야긴줄 알았는데
실화였다니 딸을 위한 위대한 사랑에 감동 받고 갑니다

한승아 2021년 12월 29일 오전 08:50 · ♥ 좋아요

듣고 또 들어도 놀랍고 감동되는 사연 입니다~~
그 가난 하던 시절 ~
일찍 깨어 있어서 어린 딸 공부시켜야 한다는 정성 하나만으로 폭풍우를 뚫고 등하
교 시키는 어머님 ~
또 그런 어머님의 정성에 세상 삶에 다양한 재능과 봉사로 여러 사람들의 귀감이 되
고 계시는 권사님 ~~

한승아 2021년 12월 29일 오전 08:50 · 💜 좋아요
듣고 또 들어도 놀랍고 감동되는 사연 입니다~~
그 가난 하던 시절 ~
일찍 깨어 있어서 어린 딸 공부시켜야 한다는 정성 하나만으로 폭풍우를 뚫고 등하
교 시키는 어머님 ~
또 그런 어머님의 정성에 세상 삶에 다양한 재능과 봉사로 여러 사람들의 귀감이 되
고 겨시는 권사님 ~~
우리 박승이 권사님이 하늘 나라 천국 하나님 곁에서 흐뭇한 미소로 지켜 보고 ' 참!
잘했다' 칭찬 하실것 같아요 ~!!
우리내 이름없는 어머님들의 사랑으로 지금우리의 모습이 있음을 감사하며 ~
저도 지금 곁에 계시지 않은 엄마를 떠올리며 그리워 합니다~~~

임춘자 2021년 12월 29일 오전 08:48 · 💜 2 · 좋아요
임춘자 방재옥 이희곤 김귀홍
이름을 한분씩 열거하면서 감사의 글을 쓰신걸보니 이번 방송출연의 관계
되는 분들이신가 보군요
어쨌거나 대단한 모정의뱃길 재조명을 축하드립니다
그 어머니의 딸도 그딸에 아들인 손자도 충분히 훌륭하십니다
축하합니다
사랑해요

▶ 2022년 1월 9일

감사~~~^^♥♥♥

온종일 전화에 시달렸음도 감사!

영 기억나지 않는 사람들의 빗발치는 전화도 감사!

순덕, 영희, 경자, 미자, 선자, 희자, 기태, 두수, 종팔, 영규, 필규, 등등
끝까지 기억나지 않는 옛동무가 대부분이지만 그래도 감사!

"네가 나 첫사랑이다."라는 60년 만의 사랑 고백도 감사!

그 황당한 설렘으로ㅋ 늦게까지 잠들 수 없음도 감사!

"비켜 비켜! 내가 한 방에 날릴께!"

나조차 기억 못 하는 기억을 생생히 기억하는 노인ㅋ 동무에게 감사!

제자들, 지인들, 교인들, 인생 이모작을 함께 하는 동료들, 이 모두로부터 한꺼번에 소식을 받을 수 있는 정신없이 풍성했던 타이밍에도 감사!
스치는 바람에도 감사!
육신의 건강에도 감사!

은혜와 축복의 말씀 주신 이용길 목사님, 김진철 목사님, 이종미 목사님, 박남주 목사님, 조성철 목사님, 정라나 목사님, 모든 목사님들께 감사!

엄마의 자랑스러운 생애, '모정의 뱃길' 재조명 방송을 함께 보겠다며 먼 길 때 맞춰 찾아와 준 사위와 딸에게도 감사!
지금 내 심장이 뛰고 있고 차가운 겨울

밤하늘을 감사한 마음으로 올려다볼 수 있음도 감사!
공감 댓글로 서로를 아껴주고 응원해 주는 스토리의 아름다운 찐 팬들과 마음을 나눌 수 있음도 감사!
그 무엇보다 '모정의 뱃길' 기사를 읽고 격려 편지를 보내온 남편과의 인연으로 첫사랑이자 마지막 사랑이 된 지금을 감사!

주님!

비록 방송에선 몽땅 통편집되어 버렸지만, 스토리의 지면을 통해서나마
이 모든 영광 오직 한 분!
주님께 바칩니다♥♥♥♥♥

▶ 2022년 1월 16일

손녀 예담이가 이 땅을 찾아온 지 오늘로써 D+741일!
오래전에 "할미 사랑해요."로 간을 녹이더니 오늘은 "하나님 사랑해요."
로 여지없이 나를 감동시켜 버렸다!

▶ 2022년 2월 8일

엄마~
말만 들어도 목이 메고
눈물 맺히는 이름 엄마!
한숨으로 주름진 세월,
파도가 휘몰아치는 바다 위에
가랑잎 같은 조각배를 띄운 사랑!

낭자머리의 가리마 같이
똑바로 오직 한길!
단 한 벌의 유일한 옷,
흰 베적삼에 검정 몸빼 바지

딸을 위한 울 엄마 사랑!

모진 겨울바람 눈보라에
얼어버린 노 젓는 손등은
갈라지고 찢어져 피가 흐르던
아, 모질고도 험했던 엄마의 삶!
그 세월을 노래합니다!

그 사랑 "모정의 뱃길"을~

 꽃사랑 정애리 2022년 2월 8일 오후 05:26 · 👍 좋아요
선생님 어머니 그리워 부르는
모정의 뱃길 감동으로 전해져
옵니다 풍랑치는 저 바닷길을
6년 씩이나 노를 저어 가면서
학교를 보내신 어머니께 마음
박수를 보내드려요 그 사랑을
그대로 손자 손녀에게 전해져
정말 감동입니다 👍훌륭하신
어머니와 딸입니다 밖에 볼일
보고 늦은 시간 인사드립니다
늘 건강하시어 함께 해주세요

▶ 2022년 2월 23일

막내며느리가 딸 예담이 영상을 보내왔다!

날마다 어린이집 사진으로 카톡을 도배시키더니, 지금은 확진자가 생겨 어린이집도 못 보내고 집에서 함께하는 엄마 역할에 힘들어 죽겠다는 투정 없이 잘 견디고ㅋ 있는 게 기특하다!

이렇게 말하면 큰 며느리가 생각나지 않을 수 없다!

결혼하고 애가 생기자마자 용감하게도 교편생활의 사표를 내어버리고 육아에만 전념, 내리 아들만 셋을 낳아 소리 없이 잘 기르고 있다!

시어머니 입장에선 너무 고맙고 예쁜 며느리~~

 이순희 2022년 2월 23일 오후 12:07 · ♥ 좋아요
예담이가 의젓하네요~ 혼자서도 잘 놀고...
사랑스럽고 예쁜 손녀.
건강하고 총명하게 자라기를 주님 이름으로 축복합니다.

 윤우엽 2022년 2월 23일 오후 12:08 · ♥ 좋아요
예담이가 아주 귀엽게 잘 노네요
무럭무럭 건강하게 잘 자랐으면 좋겠습니다.
선생님께서도 건강 잘 챙기십시오

▶ 2022년 2월 28일

2022년 2월 28일, 어느새 마지막 날이 밝아오는가 싶었는데, 시간은 정오를 향해 흐르고 있다!

178

얼음새꽃, 매화, 산수유, 눈 비비는 소리!

메마른 발자국에 물이 고인다!

한시바삐 겨울을 데리고 먼 길 떠나고 싶어 했던 너 2월!

추운 겨울과 따뜻한 봄을 잇는 징검다리 역할을 묵묵히 해내는 너, 작은
키 2월아!

슬픔과 고통 너머 기쁨과 환희로 가는 길 가만가만 깨워준 너, 2월아!

나를 딛고 새 희망 새 삶으로 나아가라고 작디작은 너의 등 아낌없이 내
어주고 떠나가는 너 2월아!

그런 너의 슬픔 대신하여 저수지 울음도 쩌렁쩌렁 울어주고 버들강아지
도 노란 개나리로 피어나게 만든 너는, 장한 계절의 어머니!

이별을 아쉬워하는 자를 위해 '조금 더'라는 미련을, 사랑할 준비가 되지
않은 이에겐 '아직'이라는 희망을, 사랑을 시작한 이들에겐 그리운 너에게
로 달려가는 따스한 가슴을 허락한 너, 작은 2월을 사랑한다!

3월은 더 많이 행복하십시오~~^^♡

▶ **2022년 3월 14일**

까마득한 날에

하늘이 처음 열리고

어데 닭 우는 소리 들렸으랴

모든 산맥들이
바다를 연모해 휘달릴 때도
차마 이곳을 범하진
못하였으리라

끊임없는 광음을
부지런한 계절이 피어선 지고
큰 강물이 비로소 길을 열었다

지금 눈 내리고
매화 향기 홀로 아득하니
내 여기 가난한 노래의 씨를 뿌려라

다시 천고의 뒤에
백마 타고 오는 초인이 있어
이 광야에서 목놓아 부르게 하리라

잠은 오지 않고 문득, 그야말로 문득, 이육사의 광야가 생각나는 새벽이다!
까마득한 옛날, 천지가 창조되었을 때는 분명 닭 우는 소리는 없었을 것이고, 인간 문명이 존재하기도 이전에 광야가 이미 있었다는 광야의 근본성을 제시한다!

어느 슬픈 봄날의 새벽 이야기, 이제 그만 슬픔을 얘기하자!
그날 슬픈 사람들의 새벽은 별들로 가득했고 나는 평등과 화해에 대하여 기도하다 슬픔이 눈물 아닌 인내라는 사실을 알았다!

이제는 저 새벽 별이 질 때까지 상처를 어루만지지 말자!

내가 슬픔을 사랑하기까지는, 슬픔이 세상을 완성하기까지는, 슬픔으로 가는 새벽길을 걸으며 기도하자!

사랑하는 사람아!

오늘도 오미크론 조심하시고 활기차고 건강한 날 되소서~^^♡

▶ 2022년 4월 3일

아 초록아ㅜㅜ

21년 전, 구경희라는 제자로부터 태어난 지 50일 된 강아지를 선물 받고 좋아하며 내 딸, 지아가 지어준 이름 초록이!

그 긴 세월을 함께했던 가족들은 모두 각자의 길로 떠났고 혼자 남은 내게는 기쁘고 든든한 삶의 의미가 되어 준 초록이!

그 초록이가 이틀 전 4월 1일, 영영 다시 오지 못할 무지개다리를 건너갔다!

주님! 초록이를 창조하시고 나의 보살핌에 맡기시고 그와 함께했던 행복한 시간들을 감사합니다!

살아 있는 모든 생명은 죽습니다! 언젠가는 반드시 이날이 올 것을 알고는 있었지만 불어닥친 현실은 너무 큰 슬픔입니다!

이제 초록이를 주님께 맡깁니다!

기도는 인간만을 위한 것일까요?

가족이 늦도록 안 들어오면 대문 앞에서, 현관문 앞에서, 목이 빠져라 밤새 기다립니다! 그런 초록이가 죽었는데 그를 위해 기도해 주는 것이 21년을 함께 살았던 초록이에 대한 최소한의 도리라 생각됩니다!

그런 초록이와의 추억들을 가슴에 묻습니다! 이제는 적당히 기억할 수 있도록 주님, 도와주십시오!

초록아, 많이 많이 사랑했어┬ 안녕, 잘~가!
너를 잊지 않을게~~~

오늘만큼은 초록이와 관계없는 댓글과 이모티콘은 지웁니다!
기본적인 예의를 지켜 주시면 감사하겠습니다┬

 구경희 2022년 4월 3일 오전 11:45 · ♥ 1 · 좋아요
선생님!
21년 전 저역시 무심코
50일된 애기 강아지를 선물했었는데 그 오랜 세월 온갖 사랑과 정성으로 키워주신
선생님을 더욱 사랑합니다
마지막 한달전부터 초록이 곁을 한시도 떠나지 않고 지키신거 저는 잘 압니다
초록이는 정말정말 복받은 행복한 삶을 살았음을 감사하며 기뻐하고 떠났어요
그러니 선생님도 더는
슬퍼마시고 초록이 행복한 마음으로 보내세요
이젠 이 경희가 그 빈 자리 채워 드릴께요
선생님 많이 사랑해요

27개월 막내 손녀 예담이~

화려한 말빨, 그저 놀라울 뿐이다~~^^♡

예담이 어디가 아파요.

열나고~

치~ 컥컥 (기침도 나고)

(코는요) 코는~ (콧물 나와요)

(목도 아파요?) 네~

(배는) 배는~~ 빨개졌어요.

체온계~~ (아빠가 체온계를 재어 볼게요)

(주사를 맞아야 해요) 주사 무서워

(주사를 맞아야 빨리 나을 수 있어요) 안 돼요~

주사는 약 먹고… 주사 맞을 거예요.

배에!

배 빨개졌어. 어떡해~

약 먹고 주사 맞고 할 거예요.

주사 맞고 약 먹고 빨리 나아요.

주사 맞고 약 먹고 빨리 나아요.

ㅋㅋㅋㅋㅋㅋㅋㅋ

<u>2022년 4월, 첫눈의 벚꽃 예찬!</u>
요절한 글쟁이의 짧은 생애,
흰빛이 눈부시게 떨린다!
살아서 황홀했고
죽어서 깨끗하다!
땅에 떨어졌어도 떨어진
둘레가 아름답게 빛난다!

온몸 꽃으로 불 밝힌 산책로,
잠깐 사이에 잠깐 사이로
꽃잎 떨어져도
환한 아름다움이여!
살짝 찍는 계절의 마침표여!

순결한 아픔,
엘리엇의 4월을 장식하고
그 눈물 아름다운 꽃 무리 되어
사람들 가슴 가득히 피어올랐다!
4월의 군중과 함께 피었다 떠난
벚꽃은 우리들 젊은 날의 고뇌!

찬란도 단아도 부족한 말,
짧은 생 마른 장작 타듯 화르르~

온몸을 아낌없이 태우며
천지를 밝힌 사랑의 불꽃!
봄비와 산들 바람 따라
홀연히 떠난 빈 가지
오버랩되는 고즈넉한 그리움!

떠날 때를 알고 가는 길,
얼마나 아름답고 눈부신가!
합창하듯 큰 소리로 웃다가
두 손 털고 일어서는
삶의 고고함이여!

잎도 없이 꽃피운 죄라고
봄비는 그리도 차게 내렸고
흥건히 젖은 몸
끈적이며 모진 애착도 없이
하늘 아래 봄볕 속에 꿈을 남기고
세월 따라 바람 따라 떠나가는
아, 설렘의 삶이 좋아라!

▶ **2022년 4월 30일**

<u>2022년 4월아, 잘 가!</u>
눈 부신 햇살에 피어난 4월의 꽃들은

환희의 함성으로 흔들리고
꽃잎 속에 맺힌 이슬은 4월의 기도가 되었다!

고통의 긴 겨울 견디고 새 생명으로 피어난 계절!
각각의 아름다운 빛깔과 향기를 뽐내던 꽃들!
이제 4월의 축제는 끝났다!

봄 가고 여름 오고 가을 가고
또 겨울이 오는 반추의 세월!
좋은 사람, 좋은 스승, 좋은 이웃을 만남은
하늘의 축복이며 은혜이어라!

떠나는 마음, 보내는 마음!
인생은 끝없는 이별과 만남을 반복하는,
지나고 나면 모두가 아쉬움이고 그리움이다!
그래서 이별은 슬픈 것!

사랑하는 사람아!
설렘으로 출렁거렸던 4월이 다시 오면
많은 꿈 묻어 둔 거리를 거닐며
그날의 함성에 귀 기울이자!

내일도 내 것이 아닌데
다시 기다릴 내년 봄은 너무 멀구나!
초록아 안녕!

다시 만나자 4월아!

2022년 4월의 마지막 날에~

▶ **2022년 5월 5일**

"오월은 푸르구나! 어린이는 자란다! 사랑하는 딸에게"

▶ **2022년 5월 7일**

엄마!

그럭저럭 견딜 만한 인생살이 같다가도 왠지 오늘처럼 삶이 외롭다고 느껴질 때면 엄마, 당신이 그립습니다!

이제는 각자의 삶을 찾아 떠나간 자식들의 화려한 꽃다발을 받으면서도, 그 옛날 색종이로 접은 소박한 한 송이 카네이션을 받을 때보다 기쁘지 않습니다!

이승에 안 계셔도 언제나 나의 가슴에 푸른 고향으로 남아 있는 그리운 엄마! 당신의 고통 속 생명을 받아 이만큼 살아온 날들을 깊이 감사할 줄 몰랐던 나의 무례를 용서하소서!

이제, 다시는 만날 수 없는 엄마의 언덕!

길가 민들레 홀씨처럼 흔들리는 슬픔도 기도가 되는 날!

때론 고단하고 괴로울 때도 때론 기쁘고 행복할 때도 눈물 속에서 불러보는 한없이 따뜻한 그 이름 엄마!

이렇게 드넓은 집은 있으나 그냥 울고 싶은 나에게 오늘은 영원한 그리움으로 다시 오십시오 엄마!

엄마 이제 편히 쉬세요, 내가 없는 세상에서 ㅜㅜ

▶ 2022년 5월 30일

네가 떠나가는 건가? 내가 떠나보내는 건가?

우리 집 담장을 가득 메운 장미는 내 카랑카랑했던 젊은 날, 기억 저편의 비명과 고통의 붉은 울음!

5월을 계절의 여왕이니 서정이니 함부로 말하지 말라고 외쳤던 그 계절이 나를 떠나는 것인지, 내가 그를 떠나보내는 것인지, 지금 내 곁을 떠나려 하고 있다!

무등산도 옷자락을 말아 올려 얼굴을 가렸고 영산강은 그 호흡을 멈추고 숨을 거둬 버렸던 날! 내 심장 깊숙이 박혀버린 기억은 5월 장미의 가시조차 통곡이었다!

잊지 않으려고, 잊어버리지 말라고, 우리 집 정원을 가득 메운 붉은 장미 앞에서 소리 내어 울면 내 눈물에도 향기가 묻어날까?

감당 못 할 통곡의 역사로 인해 42돌을 앓고 있을 때 갖가지 아름다운 빛깔로 나를 위로해 주던 너를 잊지 않으리라!

깊숙이 묻혀버린 그 진한 비명들!
한 계절 여백을 채우고 그대 또 떠나려 하는가!
그대 피는 날에도 나는 아프고 그대 떠나는 오늘도 나는 아프다!

이제 나는, 아픈 그대를 보내고 상처 없는 6월 장미를 맞이하고 싶다! 밝아지고, 맑아지고, 잃었던 웃음을 재촉하는 그대를!

인생 여정에서 가까운 이웃들이 서로 무심히 찌르는 가시가 되지 말자고 찌르지 않겠다고 조용히 내게 말을 건넨다!

사랑하는 사람아!
5월보다 더 아름다운 계절, 내 눈물 속에 떠나보내고 내 눈물 속에 다시 피워 낸 기쁘고 행복한 6월 되소서!

보내고 맞이하는 계절의 분기점에서 도곡동 생각하는 글쟁이 첫눈~^^♡

지금 창밖엔 그렇게도 애타게 기다리던 단비가 내리고 있습니다!

비가 내리는 6월이 오면 아직도 가파른 산등성, 깊은 산골짝에서 그대들 통곡의 비명이 메아리쳐 들립니다!

겨레의 빗방울 되어 산화한 마지막 외마디가 들립니다!

임이여 보소서! 한 줌 흙으로 돌아간 그대들의 수많은 푸른 넋!

피맺힌 절규로 지켜낸 조국! 모진 폭풍 속, 비바람에도 흔들리지 않는 망망대해 뱃길 열어주는 겨레의 초석이 되었습니다!

그날의 비극과 의미는 동토의 가슴에 묻힌 지 67년!

이제는 햇볕 따뜻한 양지에 돌이 되어 계신 님이시여!

그 고귀한 희생 영원히, 민족의 가슴에 살아 숨 쉬리라!

첫눈 정숙현 오늘을 기억하다.

대한민국 대중예술의 별!

5천만 국민, 그 누구와도 소통할 수 있는 통달의 별!

송해 선생님께서 하늘의 별이 되셨다!

지하철 3호선 매봉에서 종로까지 허물없는 겸손으로 시골 버스 운전사 같은 친근감을 풍겼던 인격자요, 대중문화예술의 최고봉이셨던 송해 선생님!

호모사피엔스, 지구상에 다녀간 직립보행 인류의 가슴속을 인수분해 하면 공통 분모 두 단어가 있다!
고향과 어머니다!
함께했던 서울시 소속이고 도곡동 한 이웃인 존경했던 송해 선생님의 가슴속에는 먼저 간 아들과 아내가 그리운 고향과 함께 늘 묻혀 있었으리라!

언제쯤 고향 땅을 밟을 수 있을까? 학수고대하셨는데ㅜㅜㅜ
"아 오늘은 어디에서 임자 없는 내 노래를 불러 보나 가진 건 없어도 행복한 인생 나는 나는 딴따라."

삼가 통곡으로 고인의 명복을 기원하면서 함께했던 지난 추억을 펼쳐봅니다! 이제 편히 쉬소서!

도곡동 첫눈 정숙현

s***lee 2022년 6월 9일 오전 06:31 · 좋아요
쩌렁쩌렁한 목소리와 웃음,
구수한 유머를 다시 들을 수
없다는게 마음 아픕니다.
고인의 명복을 빕니다…^^

문보근 2022년 6월 9일 오전 06:57 · ♡ 좋아요
첫눈 님의 절절한 추모의 글 웃긴 여미며 조용히 읽어봅니다
삼가 고인의 명복을 빕니다
아프지 않는 그곳에서 연명 하십시오

이길주 善行華 2022년 6월 9일 오전 12:07 · ♡ 좋아요
남다르신 아픔
짐작이 갑니다
위로에 말씀을 어떻게
드려야 할지요

삼가 고인의 명복을 빕니다 🙏

한승아 2022년 6월 9일 오전 12:10 · ♡ 좋아요
대한민국 예술계의 큰 별이자 스승이였던 송해님~~
그리움에 가득찬 눈으로 고향을 그리워 하셨던 모습을 TV에서 자주 보았었지요~~
세상사람들에게 작은마을 아낙들의 친근한 동무였고 예술계 후배들에게는 존경 받
을 스승이셨던 분~~
부디 평안 하시고 그리워 하던 고향에 다녀오세요 ~~
삼가 고인의 명복을 빕니다~~

▶ 2022년 6월 20일

새벽 4시, 119에 실려 응급실을 다녀왔다!

갑자기 어지럽고 구토가 나고 가슴은 숨조차 쉬기 힘들 만큼 답답했다!

의사는, "환자분, 어디가 어떻게 아픕니까?" 물어대지만, 난 그 질문에
답을 할 수가 없었다!

왜냐하면 딱히 어디가 아픈 게 아니라 견디기 힘든 통증 없는 고통이라
고 해야 할까?

겨우 의사와 눈을 맞추고 "있잖아요, 딱히 아픈 곳은 없고 답답하고 어

지럽고 메스껍고 이 상황이 무지 힘이 드네요┬"
 눈을 떠도 감아도, 앉아도 누워도, 그냥 '어쩔 줄 모르겠다'가 답이다!

 눈도 깜빡깜빡, 왼쪽 오른쪽, 굴러보라 하고 손가락을 코끝에 댔다가 의
사가 가리키는 자신의 검지 손끝에 내 검지 손끝을 딱 맞춰 보라 하고, 일
어나서 천천히 반듯하게 걸어 보라 하고….

 내 입장에서 생각할 땐 유치찬란하기 짝이 없는 이 모든 상황들이 심히
낯설고 기본적인 인격의 존엄성마저도 흔들리는 이 행위들이 분노스러웠
지만, 꼬박꼬박 시키는 대로 따라 할 수밖에┬┬

 원인? 모른디! 의시도! CT도! 그런데 나만 알 것 같다!
 약간의 체기가 있었고 평소에도 원활하지 못한 변 때문이 아닌가ㅋㅋㅋ
 CT 결과는 아무 이상이 없으니 이비인후과 신경과 진료를 받아 보라고
예약해 주었다!
 첨단과학의 자랑인 CT도 이상 없다는데 왜 굳이 병원 예약을!!!?

 화천에 있는 남편이, 시집간 딸이, 며느리가, 아침, 저녁 안부 인사, 행여
힘없는 내 목소리 듣고 곰살맞게 어디가 안 좋으냐고 물을까 봐 더 씩씩한
목소리로 이상 없음으로 끊고, 지금은 나 혼자 어제 새벽 응급실행을 곰곰
이 생각하는 중…. 왜 그랬을까???

스토리 참 좋다!

응급실행을 일부러 알리지 않아도 스토리를 읽고 막내아들한테서 전화가 왔다!

"엄마! 왜 응급실에…."

"엄마 전혀 걱정 마, 지금은 아무렇지도 않아. 체를 했나 봐."

첫눈을 아껴주시는 스토리 지인님들도 이젠 안심하소서~^^♡

6월 25일!

조국을 동강 낸 총칼들,

오늘을 기억하자!

그대 떠난 빈자리

하얀꽃 한 송이 피워 놓은

그대는 6월의 천사!

임을 향한 노래는

사랑의 시가 되어

6월 하늘 아래 비로 내리리라!

하늘이여!

고귀한 희생으로 지켜낸 조국!

역사는 오늘을 기억하리라!

그대 못다 피운 젊은 날의 꿈

오천만 민족의 가슴에서

영원히 피우리라!

임들이여 이제 편히 쉬소서~

도곡동 첫눈, 72주년 6 · 25 오늘을 기억하다

▶ 2022년 7월 12일

아~ 너무나 짧은 만남의 긴, 긴 이별이여┬┬

"숙현아, 네가 다녀간 이틀 만에 오늘 정자가 죽었어! 심장마비라는데 고생 않고 갔으니 그나마 다행이지 뭐."

　전화기 너머로 서럽게 울어대면서도, 고생 않고 갔음이 다행이라는 영순이 목소리를 아무 생각도 없는 텅 빈 마음으로 그냥 그렇게 멍하니 듣고 있었을 뿐이다!

　단발머리 갈래머리 나풀거리며 세상 행복했던 우리가 어느새 늙어 그런 갑작스러운 죽음도 고생 않고 갔으니 다행이라 할 수 있는 지점에 와 있다니┬┬

　헤어진 지 17시간!

　KBS「동네 한 바퀴」촬영 덕분에 63년 만에 처음 만난 초등 동창!

　동창들 중에 유일하게 여고 시절을 함께했으니 54년 만에 만난 친구다!

　큰 고통 없이 잘 죽었다는 죽음 차원이 아닌, 짧았지만 생생하게 뇌리에 박혀 있는 여고 시절의 기억으로 친구 정자를 추억한다!

잉게 숄의 '아무도 미워하지 않는 자의 죽음'을 함께 읽으며 눈물 흘렸던 시절이~

5월이 오면 서정주의 푸른 날을 읊으며 설렜던 시절이~

바람 부는 오동도 바닷가에서 아동문학의 큰 별 이원수 님의 역사적 사건을 배경으로, 인물의 뚜렷한 성격이 돋보이는 '민들레의 노래'를 함께 읽고 논했던 아름다운 시절을 이제야 기억하면서 54년 만에 만난 친구 정자를 그렇게 허무하게 보낸다┐

사랑하는 동무야! 안녕히 잘 가시게~~~

▶ 2022년 7월 19일

태어나기 전, 이 동네 저 동네를 온통 시끄럽게ㅋ 난리부르스를 치고 태어난, 막내아들 손녀 예담이가 어느새 이만큼 건강하게 잘 컸네요!

많이 많이 응원해 주시길~~^^♡

▶ 2022년 8월 7일

매미야! 매미야!

이 짧은 여름 한철을

울기도 하고 노래도 하기 위해
그 깊고 깊은 어둠의
땅속에서 17년의 세월을
기도처럼 견디어 왔는가!
불볕더위 속 우리 집 정원수에
지금 합창으로 들려오는
매미 소리!

저것은 희망찬 생명의 찬가인가
피 울음의 통곡인가
한 달 남짓한 짧은 생애!
나, 지금 이렇게
찬란하게 살아 있다고
온몸으로 토하는 뜨거운 함성!
여름이 뜨거워 매미가 울며
노래하는 것이 아니라

매미가 노래해서
여름이 뜨거운 것이리라!
매미는 안다!
사랑이란 이렇게 목청껏
소리 높여 뜨겁고 서럽게
노래해야 하는 것임을!
노래하지 않으면
아무도 모르기 때문에!

참고 참았던 고요의 침거 속

어둠의 긴긴 세월 동안을

그토록 내뱉고 싶었던

침묵의 아우성!

이제 서야 서럽고도 뜨겁게

울다 웃고 노래하는

17년 침묵의 기도로 이루어낸

아, 너무 짧은 매미의 생애여!

▶ 2022년 8월 9일

서울을 집어삼킨 115년 만의 물 폭탄!
수도권과 강남 일대 호우경보 피해속출!
양재천 범람 위기!
시시각각 숨 가쁘게 전해지는 뉴스와 주변 상황을 지켜보면서 머리털
나고 처음 겪는 물 폭탄이라 생각했는데, 115년 만이라 하니 처음인 건 확
실하다!

2022년 8월 여름을, 서울을, 갈아엎고 떠날 것 같은 어마무시한 경고는
매시간 뉴스를 장식하고, 기자들은 맡은 바 사명을 다해 급박하고 격앙된
목소리로 사건 현장을 실시간 전한다!
물에 잠긴 도시의 도로 위로 승용차들이 둥둥 떠다닌다!

TV 뉴스에 귀 기울일 때 누군가 다급한 목소리로 현관문 두드리는 소리

에 놀라 나갔더니, 7년째 세 들어 사는 지하 방 사람이 하얗게 질려 서 있다!

뉴스를 듣고 말없이 그냥 멀리서 달려온 고마운 아들!

만약 나한테 오겠다는 전화를 했다면 네가 온다고 아무 도움 되지 않으니 엄마 번거롭게 하지 마라, 딱 거절했을 텐데 이런 내 성격 잘 알고 연락 않고 곧장 달려와 이 기막힌 상황들을 침착하게 정리, 해결하고 내일 출근을 위해 늦은 시간 도곡동을 떠난 속 깊은 아들에게 감사한다!

115년 만의 폭우로 서울은 잠겼고 시민의 발인 지하철도 멈췄고 도로는 마비되어 버렸다!

서울 강남 일대, 시간당 100mm! 밤사이 이 땅은, 아니 강남 일대는 강이 되고 바다가 되어 도도히 흐르고 있다!

누구를 미워한 분노인가?

쏟아내는 울분과 외침의 함성이 굽이쳐 붉은 물살 위로 떠 흐른다!

그림처럼 펼쳐진 양재천, 아름다운 산책로는 간 곳 없고 나무들이 목을 내놓고 구원의 손짓을 보낸다! 오늘 밤은 300mm 이상이 또 쏟아진다는데 언제쯤 이 비는 그칠 것인가?

저 물 폭탄의 분노 위에 왜 나는 뜬금없이 '노아의 홍수'가 보이고 있는 것일까?

▶ **2022년 8월 29일**

아직도 돌아볼 그리움이 남아 있는가?

먼~ 옛날 국민학교 시절(지금은 초등학교로 바뀌었지), 식물채집 곤충 채집 숙제로 여름 방학의 중심이었던 8월!

뜬금없이 그 시절이 그립고 집 뒤안길 풍경이 그리운 날이다!

한여름 열기를 식혀 줄 한낮의 대청마루 뒤안길은 여름 바람이 몰래 지나가는 길. 그 뒷문 열어젖히면 봇물처럼 쏟아지는 솔솔이 바람~

목침 베고 누워 매미들 합창 소리에 장단 맞춰 세월아 네월아 시조 읊으시던 만고에 둘 없을 한량, 우리 아버지도 생각난다!

여름방학이 되면 앞뒤 문 열어젖히고 하늘의 흰 조각구름 올려다보면서 엄마가 보면 공부하는 척 능청 떨었던 철없이 행복했던 그리운 시절아!

푹푹 찌는 섭씨 40°의 폭염도 경험했고 물 폭탄을 맞은 서울시가 강이 되고 바다가 되어 버린 초유의 재난 사태를 경험케 한….

아! 2022년 8월의 여름날이여, 이젠 안녕!

몸도 마음도 지쳐 멀고 먼 길에서 서성이다 돌아온 서울 첫눈, 이제야 인사드립니다~~^^♡

 최영식 2022년 8월 29일 오후 05:12 · ♥ 2 · 좋아요
젊은 시절의 영광도 있었고
웃음과 또 지난시간들의 안타까움도
늘 존재합니다

교장 선생님의 입안에
무엇을 그리
흘러 넘치게 사랑을
베풀었을까요 ? ㅋ

지난날들을 회상하면서
앞으로의 삶도 主께서

친히 동행하시고 은혜 베푸셔서
푸른 초장 쉴만한 물가로 늘 인도하여
주실 줄 믿나이다

늘 건강과 행운을 빕니다 🙏

 박정진 2022년 8월 29일 오후 03:18 · ♥1 · 좋아요
아름다운 추억 쭈~욱 함께 하시어요

 구슬꽃 2022년 8월 29일 오후 04:53 · ♥1 · 좋아요
선생님의 그리운 이야기에 눈시울이 촉촉해지다가 교장 쌤 입에 쳐넣기 게임 사진을
보고 뿜어버렸습니다~^^
선생님 학교다닐 때 스토리 얼마전 tv에서 보고 참 감동받았어요.
어머님도 대단하시고 그 보답을 하신 선생님도 대단하세요.

▶ 2022년 9월 9일

힌남노로 인해 가족을 잃고 집을 잃고 삶의 터전을 잃어버린 사람들의
통곡의 절규를 들으면서 지금의 나 평온을 감사해야 할지.
슬픔의 직접 동참할 수는 없지만 마음은 무겁다ㅜ
그렇지만 추석을 앞두고 보니 그냥 어린 시절이 한없이 그립다ㅜ

따가운 가을 햇살 아래 검고 깊이 팬 주름진 얼굴로 들판에 나가셔서, 내
가 좋아하는 동부콩 푹 삶아 솔 향기 가득한 송편 쪄내시며 눈이 빠져라
외동딸 기다리시던 나의 어머니!

흐르고 흘러간 세월, 이젠 계시지 않지만 타임머신 타고 과거로 갈 수 있
다면 변방에서 돌아와, 고향 집 마루에 걸터앉아 보름달 바라보며 엄마랑
도란도란 옛이야기 나누고 싶은 간절함!

사람을 사랑하는 것…

사람을 기다리는 것…

사람을 그리워하는 것…

그건 상처 없는 아픔인 것을.

지금 나는 통증 없는 그리움이란 고통을 느끼고 있다.

 구슬꽃 2022년 9월 9일 오후 07:40 · 🤍 좋아요
어쩜 아직도 아가씨같으신지…부럽부럽
외동딸이어서 엄마가 더 그리울 것 같습니다.
그 시절의 보통 어머니가 아니셨잖아요.
어린 시절의 자화상이 필름에 박혀 있으니 절대로 잊힐리 있겠습니까?
저 작은 나룻배로 험한 바다를 건넌 용기는 아무나 흉내낼 수 없는 신념 또는 집념같
은 것일까요?
역사속에 나오는 위인보다 더 우러러 보입니다.

▶ 2022년 9월 20일

가을이라서 할 수 있는 횡설수설…

구름은 흘러 계절은 깊어지고 그리움은 사랑이 되어 가도 가도 닿을 수 없는 하늘!

하늘은 영원한 것이고 영원이란 항상 고독한 것!

그래서 인생은 사랑으로 이어지는 아름다운 적막이어라!

바다와 파도를 보면서 느끼는 건 도도한 목숨이 추는 어지러운 춤!

정기적금은 벅차면 해약도 하지만 삶이 지치면 중도 해지할 수 있을까?

살아온 시간을 청산하고 살아갈 시간을 반납하면 해약할 수 있을까?

환불금 같은 것도 받아낼 수 있을까?

한세상 산다는 것, 물에 비친 뜬구름!

그러니 스스로에 갇혀 있는 자, 가슴에 빗장 열고 연약한 풀꽃 하나라도 사랑하며 살자!

왔으니 반드시 가야 하는 이보다 더 자명한 진리가 있을까?

가장 먼 것이 가깝게 되고 가장 가깝던 것이 먼 것이 되는!

가장 충만했던 것이 때론 빈 그릇이 되는!

'친구 신청 쪽지 사절'을 그렇게도 외쳐 보건만, 애걸복걸에 못 이겨 받아 주면 어느 날 이유 없이 멀어져 가고, 새로운 사람이 찾아와 위로하고 격려하고 감동시킨다!

인연의 강, 흘러가는 알 수 없는 시간인 줄 알면서도 항상 설렘으로 긍정의 오늘을 맞이하고 보내자!

인생은 무엇일까?

깊은 겨울? 아니면 생명이 약동하는 봄?

가끔 원치 않는 죽음이 끼어들어 사랑하는 이들을 데려가기도 하고 이제 그만, 너와 나 우리 모두를 위해 안녕했음 좋을 사람도 호흡기에 의지한 채 기약 없이 사는 게 인생인 것을!

오늘은… 또 내일은… 어떤 일들이 어떻게 무엇으로 내게 다가오려나?

▶ 2022년 10월 2일

첫눈, 지금 병원입니다!

코로나는 아니고 자세한 건 시간이 흐른 먼 훗날, 다시 반가운 계절 인사를 나눌 수 있는 일상의 축복이 주어진다면 그땐 말하겠습니다!

지금의 병원 생활은 전혀 상상조차 못 했던 그야말로 청천벽력!!!

꿈에서라도 보고 싶은 그리운 엄마 사연이 올라와 있어 공유할 뿐, 답글은 드릴 수 없음을 양해해 주십시오ㅜㅜ

일상으로 복귀할 수 있는 날이 온다면, 그런 날이 온다면….

그리운 닉과 이름들 꼭 찾아뵙겠습니다!

 첫눈 2022년 10월 2일 오전 03:05 · ♥ 4 · 좋아요
그리운 엄마~
그 사람을 지켜 주시는게
저를 지켜 주는 일입니다ㅜㅠ

 임춘자 2022년 10월 2일 오전 06:16 · ♥ 좋아요
첫눈언니 힘드시지만 용기 잃지 마시고 어떠한 어려움이 있을지라도 하나님 의지하시고
승리 하시길 기원 드립니다~샬롬

 이규화 2022년 10월 2일 오전 05:52 · ♥ 좋아요
샘!
샘의 믿음을 믿습니다!
주님의 뜻이 무엇이고
무엇을 느끼고
무엇을 말씀 하려 하심인지?
샘을 더 강건하게 이끌려고 하심인지!
마음이 나약해지시면 안되요!
힘 힘 힘 내셔요!

▶ **2022년 10월 6일**

병상일기 1 - 삶의 마지막 시간들에 대하여
남의 동네 이야기인 줄 알았다!

"암!"

청천벽력 같은 '마른하늘 날벼락'에서, 영혼을 박탈당한 절망에서, 하루 이틀 사흘~~~

무심한 시간 따라 이젠 세상 돌아가는 뉴스도 볼 여유도 생겼다!

'산 사람은 어떻게 해서든 산다'는 만고 진리가 발휘되는 순간이다!

한국 정치가 미국을 닮을 필요는 없겠지만, 가끔 우리도 저러면 어떨까? 하는 감탄했던 순간들이 있다! 언론의 자유가 미국 민주주의를 지탱하는 힘인 것을 과시하는 백악관 출입 기자들의 연례 만찬 행사가 바로 그것이다! 각 뉴스 채널의 정치 성향과 무관하게 둘러앉아 펀치를 주고받고 웃어 넘기는 광경은 우리 정치에선 찾아볼 수 없는 일!

"문화방송은 공영방송을 자처하면서 모 정당의 전위부대가 되어 국익을 해치고 있다는… 이제 문화방송 민영화에 대한 논의를 시작해야 한다."며 언론사를 뿌리부터 흔들 태세다!

모든 언론은 억지 그만 부리고 사과하면 간단히 끝날 일이라고 지적한 사안에 대통령실과 국민의 힘이 이렇게 사역을 다해 덤비는 광경은 안쓰럽기 짝이 없다!

트럼프는 임기 내내 백악관 출입 기자 연례 만찬에 불참했고 자신을 비판하는 언론들을 모조리 가짜 뉴스라 비난했지만, 그거야말로 역설적으로 그가 떳떳하지 못하다는 사실을 만천하에 폭로한 꼴이었다!

사과를 하든 부인을 하든 진작에 넘어갔을 일인데~ 미국식 같은 위트는 애초에 기대조차 안 했지만 본인이 약속한 대로 가지고 있는 당연한 권리라도 보장해 주었으면 하는 바람이다!

평생을 함께한 사랑하는 남편이 암 판정을 받고 입원해 있는, 코로나 사태로 나갈 수도 없고 들어올 수도 없는 면회 사절 1인 병실에서 뉴스 채널만을 고정시켜 놓고 보고 듣고 있는 자체 발광의 정의로운, 흔해 빠진 동네 글쟁이 첫눈 정숙현!

한승아 2022년 10월 6일 오후 07:41 · ♥ 1 · 좋아요
사랑하는 가족의 병은 가족 모두에게 많은 아픔을 주지요 ~
하지만 그것으로 인해 그동안 무심했던 잊고 지냈던 가족의 힘을 다시금 느끼게 해주는 계기인것 같습니다 ~
권사님 남편분 강건하게 극복해 내리라 믿어 의심치 않습니다
그동안 옆에서 간호 하셔야 할 권사님도 더욱더 강건한 맘으로 잘 이겨 내실꺼라 생각 됩니다 ~
언제나 여린듯 작은 사람인것 처럼 말씀 하시지만 권사님의 그 맘속에 굳건한 믿음의 힘이 아주 강함을 느끼고 있지요 ~~
권사님 가족모두의 축복된 기도의 힘으로 이번의 어려운 일을 잘 극복하시고 간증해 주세요 ~~
함께 기도의 힘을 더하겠습니다 ~~~

안젤라 정 2022년 10월 6일 오후 08:51 · ♥ 1 · 좋아요
선생님~ 힘내세요
사부님 꼭 이겨내실거에요
빠른 쾌유를 기도드립니다

정수자 2022년 10월 6일 오후 09:49 · ♥ 좋아요
큰 일이 생겼구나 짐작은 했어요
언니 힘내시고 요즘은 의술이 좋아 수술 하고나면 괜찮아 질거에요
힘내시고 남편분 빠른 쾌유를 빕니다.

▶ 2022년 10월 8일

병상 일기 2 - 삶의 마지막 시간들에 대하여!

삶!

즐겁고 행복하기를 바라는 마음이지만, 그건 참으로 복잡하고 불가능한 일! 무엇을 결정하는 것도, 무엇을 결심하는 것도, 그 어느 것 하나도 결코

쉬운 일이 아닌, 흔들리고 갈등 겪는 날들의 연속이다!

고통, 갈등, 행복, 불행, 이 모두가 다 나 자신을 찾아가는 힘들고 고달픈 과정이었음을 지금 나는 담담하게 받아들이고 있다!

말로는 쉽게 기쁘다 행복하다 하며 살아왔지만 뒤돌아보니 바쁘게만 달려온 숨 가쁜 세월!

나이 들어 가장 가까웠던 사람이 건강을 잃고 무너져 가는 모습을 지켜보고 있는 심정은 '아, 이게 아닌데. 이제껏 앞만 보고 달려온 인생의 끝이 자해 행위를 위한 전주곡이었나?' 하는, 경악과 허무가 교차되는 날들 속에서도 그나마 나를 지탱시키는 힘은 오직 하나님뿐임을 고백하는 이 슬픔의 정갈한 시간을 감사한다!

흔해 빠진 동네 글쟁이 첫눈

 열방이주께돌아올때 2022년 10월 9일 오후 04:40 · ♥ 좋아요
첫눈님은 왜 자신을 그렇게 스스로 학대하고 아무렇게나 대하시나요?
님은 결코 흔해빠진 글쟁이가 아니십니다.
이 세상에 단 하나밖에 없으신 독생자 예수님의 생명과 맞바꿀정도로 존귀하고 독보적인 보석처럼 영롱하고 아름다운 영육의 소유자이신걸요~
내가 얼마나 첫눈님을 부러워하고 사모하는데 그렇게 자신을 하찮게 표현하시니 마음이 아픕니다!~~ㅠㅠ..

 문진태 2022년 10월 9일 오후 07:37 · ♥ 1 · 좋아요
첫눈
하느님!첫눈님의
간절한 기도를
들어주소서!

 이경호 2022년 10월 8일 오후 08:13 · ♥ 1 · 좋아요
그러셨군요
갑작스런 병원생활이니
많이놀라셨겠지요
지켜보는마음도 아프고요
빠른쾌우바랍니다

신철우 2022년 10월 8일 오후 08:16 · 💬 1 · 좋아요
그 마음이 감동을 일으켜 하늘에 닿기를 기원합니다

 이맹희 2022년 10월 8일 오후 09:06 · 💬 1 · 좋아요
첫눈 숙현 친구님
하나님 믿는자가
약해지시면 되나요
힘 내세요
그리고
괜찮아 지리라
믿으세요♥-♥

▶ 2022년 10월 9일

병상 일기 3- 삶의 마지막 시간들에 대하여

바다에 빠지면 살기 위해 발버둥 칠수록 더 깊이 가라앉는다는 사실을 난 어린 시절 바닷가에 살면서 무수히 많이 경험했고, 무수히 많은 교육을 받았다!

이젠 죽었구나 하는 생각과 버둥거리다 힘이 빠져 모든 걸 포기해 버린 순간, 상상도 못 한 힘이 등을 밀어 올려 주던 그 놀라웠던 경험이, 그 부력의 힘이, 문득 생각나는 시간이다!

오늘 병원 예배에 다녀왔다!

믿음은 내 방법을 무조건 고집하는 게 아니라 종 됨을 인정하고 순종하는 것! 눈 딱 감고 그냥 맡기는 것!

이제는 안 되겠다 포기하는 어느 순간에도 또 당신께서 열어주실 틈새를 믿게 되는 것! 모든 것들에 대한 나의 생각이 당신 생각과 일치하지 않을 때에도 하나님은 이 우주 만물의 주인이심을 인정하게 되는 것!

그래서 생각해 봤다!

내 믿음의 원칙과 내 믿음의 정의는 어떤 것인가?

이미 하나님의 손에 맡겨 놓은 사안에 대해 다시 내 힘과 의지로 어떻게 해 보려는 유혹이 들 때, 그것을 과감히 뿌리치는 것이고 내가 아무리 하나님을 체험했다고 해도 그것이 매일 매일의 교제에서 비롯된 게 아니라면 영적 성장에는 한 치의 도움도 안 된다는 사실을!

환자 상태에 따라 제공되는 식사를 물 한 모금도 안 마시고 거부해 버리는 남편을 지켜보면서, 나 역시 입맛도 없고 배고픔도 느껴지지 않아 그냥 굶었다!

주변에선 그러면 안 되니 어떻게 해서라도 먹어야 간병도 한다며 위로하고 권한다! 그 말이 진리다 싶어 곁에서는 차마 먹을 수 없어 식판을 들고 로비로 나왔다!

사람들 시선을 피해 돌아앉아 누룽지 밥 한 숟갈을 뜨는데, '남편은 죽어가는데 저 혼자는 살겠다고 처먹는구나.' 하는 자괴감으로 주변을 의식할 체면도 잃고 엉엉 소리 내어 통곡했다!

이런 내 마음을 가족 톡에 고백하는 심정으로 올렸더니 문예창작과 출신인 글쟁이 딸이 이런저런 비유를 들어 엄마 생각이 얼마나 무능하고 어리석은지를 옴짝달싹 못 할 답변으로 그야말로 두손 두발을 번쩍 들게 만들어 버렸다!

자식이지만 서로에게 주어진 각자의 생활에 충실하다 보니 데면데면 그냥 그렇게 열심히 살았는데, 어렵고 힘든 상황을 만나 똘똘 뭉친 오지랖과 곰살맞은 든든한 가족 애를 확인했다!
문득, 더없이 화려했던 솔로몬의 영광이 떠오른다!
우리를 이 모든 것보다 더 귀히 여기신다는 주님 말씀 기억하며 내 영혼이 날개를 치며 주님을 향해 솟아올랐다!
생명의 노래도 불렀다!

감사합니다 주님!

2022년 10월 9일 주일, 남편 병실에서 흔해 빠진 동네 글쟁이 첫눈

임춘자 2022년 10월 9일 오후 02:31 · ♥ 좋아요
모든것을 내힘으로 생각버리시고 순종하는 마음으로 지혜롭게 극복하십시오 승리하리라 믿습니다 힘내세요~샬롬

박녕순 2022년 10월 9일 오후 02:40 · 1 · 좋아요
누가무슨말노위로해도 당한사람심정을 알면 얼마나 알겠어요! 한번왔다한번가는 인생 이라지만 옆에서지켜보는 분이야 맘고생 많이하시네요! 위로에말씀들고싶네요! 빠를쾌유를빕니다! 힘내세요!

병상 일기 4 – 삶의 마지막 시간들에 대하여

여름꽃들이 지고 난 뒤

서늘한 가을바람 속에

홀로 서서 씨를 영글게 하고

민들레는 홀씨를 날리는

꽃나무의 빈 둥지!

그 자유로운 쓸쓸함으로

그 평화로운 빈손으로

너, 이제 이 땅을 떠나려 하는가?

사랑했던 사람들을 두고

어찌 그리 쉽게 떠나려 하는가?

　말기 암 판정을 받고 우왕좌왕할 틈새도 없이 왜 하루는 이렇게 빠른 것인가?

　아무것도 모른 채 눈만 껌벅이는 네게 난 어떤 무슨 말을 해야 할까? 퇴원 날만을 기다리면서 진돌이 불탄이와 함께 화천 파로호 강변을 뛰면서 건강을 과시했던 불과 한 달 전 기억을 되살리고 있는 너!

　파로호가 보이는 강 언덕에 여름 내내 지은 별장 아직 마무리도 못 했는데! 차 마시며 휴식할 수 있는 예쁜 공간은 어쩔 것이며, 손자 손녀들 뛰어놀다 밤 되면 초롱초롱 별 보며 잠들 수 있는 아직 미완성의 텐트촌은 또 어쩌란 말이냐?

"이것들 나 아니면 아무도 운동 못 시키는데….”

강아지 두 마리 걱정으로 눈물 글썽이는 네 모습, 나는 또 어떻게 하란 말이냐?

언젠가는 누가 먼저 반드시 떠나겠지만 생각보다 빨리 와 버린 이별 앞에 꺼이꺼이 짐승 같은 통곡을 참고 또 참으면서 너와 나의 만남은 아름다웠다고 살며시 네 귓가에 고백하고 싶다!

병원 창밖이 어둠으로 가라앉는 시간, 우리들의 분신인 아들딸이 다녀갔다! 멀리 대구에서 일산에서 서울에서~

아이들이 다녀간 빈자리는 더 텅 빈 허허벌판!

비가 내렸다가 다시 햇볕이 나고 지금은 열린 병실 창문으로 서늘한 바람이 분다!

얘들아 잘 가거라~~

아, 가슴 적시는 노을빛 사랑이여!

 김영순 정원 2022년 10월 10일 오후 06:26 · ♥ 좋아요
글이 마음 아프네요.
아픈 남편을 바라보는 심정이 애틋합니다.

별장을 짓다 말았으니…

더 안타까운 마음이 나타나있네요.

 박녕순 2022년 10월 10일 오후 06:26 · ♥ 1 · 좋아요
가슴이 아프군요! 자식들모두 떠나보내고 얼마나 허허롭고 쓸쓸했을까누구나 언젠가는같이가는사람은없다하지만 이별앞에서는그누구도맘아프지 않은사람어디있겠어요! 위로에말씀드리고싶군요! 힘내세요! 자식들을 위해서라도엄마라도건강하셔야하니까요!

병상 일기 5 - 삶의 마지막 시간들에 대하여
병실이 창가라 자유롭게 문을 여닫을 수 있음이 다행임을 감사한다!

마지막 너를 떠나보내야 하는 시간이 앞으로 얼마나 남았을까?
부디 이 가을에는 떠나지 않기를!
부디 이 겨울에도 떠나지 않기를!
간절히 기도하는 마음이다!

서 있는 창가로 깊은 가을바람이, 그 서늘함이, 옷깃을 여미게 한다!

가을이 왔다고 생각했는데 가을이 떠나는 거란다!
너와 나의 시간도 초 재기 하듯 이별의 끝자락에서 대롱거리는가?

말기 암!
왜 몰랐을까? 왜 짐작조차 못 했을까?
너무 당당하고 자신만만한 네 모든 것에 주눅 들어 감히 아무것도 생각할 용기가 없었으리라!

누구의 잘못일까?
흐르는 시계는 다시 제 자리로 돌아오겠지만 너와 나의 세월은~~~

한 걸음씩 다가오는 너와의 이별, 얼마나 연습해야 능숙하게 받아들일 수 있을까? 보류되고 삭제되는 과정을 지나면 끝내 너는 저 하늘의 별이 되겠지!

꽃보다 아름다운 이 가을이 단풍보다 더 붉은 통곡이 될 줄…

다시 또 너를 만날 수 있을까?

주님! 잠은 오지 않고 기도도 안 나오고 서툰 글이라도 써야 살 것 같아서!

주님! 이 두려움을 아름다운 이별 준비로 승화시켜 주소서!

서툴고 미약한 글이지만 쓰고 싶어 쓰는 글쟁이 첫눈

 한승아 2022년 10월 13일 오전 07:52 · ♥ 좋아요
건강하고 강건했던 아버님을 뵈면 맘이 더 힘들고 아프시겠지만 지금 이런 일도 하나님께서 계획하신 일이고 기적을 보이실꺼라 생각됩니다~
우리가 믿고 의지 하는 하나님은 전지 전능하신 분이니까요~~~♡♡♡
서늘한 가을 풍경에 더 많이 서글프고 힘드시겠지만 이런일이 누구의 탓도 아니고 어느 누구에게나 일어 나는 일이지요~~
힘내세요~~

정말 어느분 말씀처럼 걸으실수 있으면 조금 움직이셔야 하고 음식이 넘어 가지 않아도 물 한모금 미음 한수저라도 드셔야 이겨 내실수 있으셔요
거부 하시는 아버님 설득 하시기는 힘드시겠지만 그래야 우리 사랑하는 가족 곁에서 오래 계실수 있으니까요 ~~

어머니도 목넘김이 쉽지 않겠지만 드셔야 해요~~꼭~~!!!

 안젤라 정 2022년 10월 13일 오전 07:57 · ♥ 좋아요
선생님~!!
절절하게 쓰신 글의 안타까움에
마음이 많이 아픕니다
사부님을
간병하시려면 선생님도 건강하셔야해요
입맛
없더라도 잘 챙겨드시고 기운내셔야 해요
선생님
힘내세요~

병상 일기 6 - 삶의 마지막 시간들에 대하여

너, 왜 나를 울리는 거니?

찬양곡은 어쩌면 미리 써 놓은 유서가 아닐까….

믿음의 사람들은 세상에 온 이유와 다녀간 흔적을 저마다의 절실함으로 기록하고 노래한다!

오늘 밤에도 어느 가난한 골방, 또는 열악한 선교지에서 복음의 기쁜 흔적이 오선지에 새겨질 것이다!

어느 날 그 흔적은 세상 풍화를 이겨낸 믿음의 사람 누군가의 목소리를 통해 은혜의 새 생명을 얻기를 바라면서….

"괴로울 때 주님의 얼굴 보라
평화의 주님 바라보아라
세상에서 시달린 친구들아
위로의 주님 바라보아라!

눈을 들어 주를 보라
네 모든 염려 주께 맡겨라
슬플 때에 주님의 얼굴 보라
사랑의 주님 안식 주리라

사랑하는 김일수 아버님…
사랑하고 또 사랑합니다.
그리고 참 감사합니다.
아버님을 위해 늘 기도하는
며느리 신효진…

힘이 없고 네 마음 연약할 때
능력의 주님 바라보아라
주의 일에 이르는 모든 산은

힘주시고 늘 지켜주시네!

눈을 들어 주를 보라
네 모든 염려 주께 맡겨라
슬플 때에 주님의 얼굴 보라
사랑의 주님 안식 주리라."

이 찬송가는 지금 온전히 나 하나를 위해 부르고 있구나!
모든 것을 건듯 비감한 전주 위로 부드러운 듯, 마음을 스치며 지나가는 타인처럼… 흩어지는 바람처럼…
쓸쓸하고 황량한 것들을 모조리 다 끌어와 나를 울리는구나ㅜㅠ

주님, 나의 영혼이 당신의 그늘 안에 드는 것!
나의 생애가 기꺼이 당신의 배경으로 남는 것!
조용한 목소리의 인화성! '눈을 들어 주를 보라'
이 후렴의 절규 위에 맞이할 폐허가 두려워질 정도로 은혜와 슬픔의 절정은 황홀하다! 천국의 문은 저 슬픔 속에 있음을!

내 슬픔, 절망, 아픔을 모두 태워버리는 저 불꽃의 사랑은 분명한 구원의 문으로 인도하심을 믿어 의심치 않는다!
시어머니를 위해, 마지막 떠나는 시아버지를 위해, 고르고 골라 불러주고 있는 '괴로울 때 주님의 얼굴 보라' 그 아름다운 순례자의 노래는 아직 마르지 않았다!
끝나지 않았다! 나의 맏며느님 효진아~~~

정수자 2022년 10월 15일 오후 12:24 · 💬 1 · 좋아요
언니 내가 가슴이 미어져요
정신 놓아버린 남편분
그걸 지켜보는 언니.
그래도 언니 마음 추스리고
하고 싶은말 하셔요
들을수 있을때..
참 마음아픈 가을입니다

 지리산 2022년 10월 15일 오후 03:07 · 💬 1 · 좋아요
어떤말로
위로가 될까요
넘 슬퍼요
선생님
힘내세요

 안젤라 정 2022년 10월 15일 오후 03:16 · 💬 2 · 좋아요
선생님~!!
글 읽어 내리면서
눈물이 납니다
너무 슬프네요
힘내시라는 말씀밖에 할말을 잃어버리게 되네요
선생님~
힘내세요~

▶ 2022년 10월 15일

병상 일기 7 - 삶의 마지막 시간들에 대하여

멎었나 싶을 만큼 가느다란 숨소리…

곧 숨이 멎을 것처럼 가쁜 숨소리…

양 손가락 마디마다 산소포화도 측정기를 대고 눈 뜰 힘도 눈 감을 힘도 없어 그냥 넋 나간 사람에게 "○○○ 씨, 내 말 들려요? 들리면 눈 두 번 깜빡거려 보세요."

어디서 많이 들어봤던 익숙한 장면이 내가 되고 보니 표현할 수 없는 충격이고 당황스럽다 못해 분노가 치민다ㅜㅜ

어찌해야 할까? 어찌하면 좋을까?

어제까지 며느리 피아노 반주도 들었고 손녀 재롱 영상도 보았는데 불과 몇 시간 후 왜 이러는 걸까?

이러면 안 되는데 각오도 했는데 막상 닥치고 보니 남편의 삶, 나의 삶 모두가 무너지고 있다!

나는 이렇게 너를 지키고 있는데 나는 누가 지켜 줄까?

떠나가야 할 사람을 바라보면서 내가 떠날 것을 염려하는 모순이여!

창가에 머물고 있는 바람이 너를 데려갈 바람인 걸 안다!

슬픔이 고통으로, 안타까움으로 물들어 가는 가을날!

젊은 한때는 간절히도 보고 싶었던 네 모습, 그때를 회상하면서 잎새마다 네 이름 석 자 적어 본다!

무명지 아리도록 서러움 남기고 너, 꼭 떠나려 하는가?

꽃잎 떨어져 가는 깊은 가을에 너, 꼭 떠나려 하는가?

쓰고 싶어 글을 쓰는, 글쟁이 첫눈

 진영실 2022년 10월 17일 오전 08:00 · ♥ 좋아요
벗님 만이라도
온전히 지탱하시고요
무슨 말로도 위로는 될수 없지만
그래도 힘내세요

 사랑스러운걸~~♥ 2022년 10월 17일 오전 08:11 · ♥ 좋아요
엄니.... 뭐라고 위로를 할수도 없고...
그냥 주님.... 주님.... 치료해 주세요.
힘주세요..... 눈물만 납니다.
옆에 계시면 함께 울어주고 안아주고
싶은 엄니....
그저.... 주님께 엄니를 품어주시고
위로해 주시길 기도합니다.

병상 일기 8 -삶의 마지막 시간들에 대하여

모두가 놀랄 만큼 큰 목소리로 "좀 조용합시닷!"

조용해야 할 병실에서 시도 때도 없이 소싯적 얘기를 혼자 큰소리로 떠들어대는 어느 통제 불능의 왕 꼰대 환자에게 참고 견디다 못해 소리친 한마디를 끝으로 말문을 닫아버린 남편!

당연히 스트레스를 받고 힘이 들어 침묵하는 줄 알았지, 그렇게 말 없음이 뇌졸중 전조 증상이라는 걸 나는 물론 병원 그 누구도 알지 못했다!

얼마의 시간이 흘렀을까~~

"무슨 말이든 이제 좀 해 봐요."

그냥 나를 멀뚱히 쳐다만 볼 뿐, 아무 반응이 없다!

간호사 의사가 달려왔고, 하나같이 그들의 공통적인 말.

"○○○ 씨, 내 말 들리세요?"

대답이 없다!

"뇌졸중 증상입니다."

CT, MRI 촬영 결과,

"골든타임 3시간은 놓쳤지만 아직 희망은 있습니다."

이 무슨 개 풀 뜯는 소리?

병원에서 골든타임을 놓쳤다면 병원 밖 모든 사람들은?

더 하고 싶은 말들은 많지만 그냥 묻어 버리기로 했다!

48시간 내에 재활 치료 타임은 놓치지 않았으니 안심할까?

오늘 남편은 이젠 볼 수조차 없는 '집중치료실'이란 곳으로 다시 또 떠나

보냈다!

첫눈을 사랑하는 여러분! 첫눈도 여러분을 사랑합니다!
남편처럼 저도 뇌졸중이 왔는지 할 말은 잃고 글을 씁니다!
세상이 싫고, 지금이 싫고, 전화도 싫습니다!
지금 나는 팔딱이는 물고기처럼 영혼이 살아 숨 쉬는 사랑하는 여러분들의 소리 없는 댓글을 소리 내어 읽으면서 어렵고 힘든 이 상황을 견디고 있습니다ㅠㅠ
감사합니다!
사랑합니다!
고맙습니다!

살기 위해 글을 쓰는 첫눈 올림ㅜㅠ

 김정태 2022년 10월 17일 오전 07:39 · 👍 좋아요
첫눈님 기도하고 있습니다 힘내세요

 산골 아지매 박순자 2022년 10월 17일 오전 07:46 · 👍 좋아요
어떻게 위로를 드려야
될지 모르겠네요
잘 견뎌내세요
저도 남편의 암투병으로
힘든 고통을 함께 겪었지요
힘내세요 식사 잘 챙겨
드시고요

병상 일기 9 - 삶의 마지막 시간들에 대하여

"마지막 면회를 할 직계가족은 PCR 검사 미리 해 놓으십시오."

또 한 번의 청천벽력으로 갈팡질팡하는 사이, 다시 또 연락이 왔다!

"오늘 밤을 넘길 수 없을 것 같으니 임종 면회를 원하시면 지금 오십시오."

지금 시각 새벽 2시다!

돌아오지 않기 위해 떠나 본 적 있는가?

이게 아닌데 후회해 본 적 있는가?

아 이제는 정말 혼자구나, 적막한 고독을 느껴 본 적 있는가?

그 인생이 너무 불쌍해서… 그 사람이 너무 불쌍해서…

한없이 통곡해 본 적 있는가?

그냥 가슴 찢는 아픔을 경험해 본 적 있는가?

이젠 산소호흡기에서 인공호흡 장치로~~~

이렇게도 아름다운 계절이, 그 계절의 바람이 창문을 흔들고, 병원 밖 가로수를 흔들다 이젠 내 안에 들어와 나를 흔들며 가장 가까운 사람과 인제 그만 이별하라 한다!

살아서 할 수 있는 사랑과 기도와 향기 나는 모든 말 묻어 놓고 그냥 침묵으로 떠나보내라 한다!

단풍 물든 잎새들이 가지를 떠나는 슬픈 계절에 그 사람도 함께 떠나보내라 한다!

만나서 사랑하고 정들었던 세월!

보내는 사람도 떠나는 사람도 까맣게 타들어 가는 마음 다잡고 지상을 거니는 나그네 인생길, 만남의 끝엔 이별이 있다고 숙명을 겸허히 받아들이라 한다!

창조주가 인간에게 내린 가장 큰 축복은 누구나 자신의 삶에서 마지막이 있다는 것! 그래서 영원한 만남, 영원불멸의 사랑은 없나니 어서 떠나보내라고 이별이 종종걸음으로 다가오고 있는, 아, 아, 피할 수 없는 숨 막히는 순간이여!

사랑아, 사랑아, 너 때문에 통곡한다!

 전정숙 2022년 10월 20일 오전 07:10 · 💬 1 · 좋아요
떠나시는분도,
보내드리는마음도
많이 고통스럽지않기를,
주님안에서 평안하시기를 기도합니다

마지막임종을 지켜드릴수있다는것도 감사해야될일 아닐까요
첫눈님의 마음의 평화를빕니다. 주님안에서 위로받으시길요.

 정수자 2022년 10월 20일 오전 07:18 · 💬 1 · 좋아요
이 가을이 가고
추운 겨울도 가고
빨리 봄이 왔으면~
떠나는 사람..
보내는 사람~
시간이
언니 지켜줄거예요
힘내셔요
이 슬픔을 멀리서
함께할게요.

마지막 병상 일기 10 - 삶의 마지막 시간들에 대하여

2022년 10월 22일 새벽 1시 20분, 여보, 안녕히 잘 가시게!

사랑하는 사람아~~

의학적 판단 3개월! 그러나 3주를 살고 떠나버린 사람아!

중환자 집중치료실!

그 처참한 모습이, 그 낯선 모습이, 너무나 생소하고 기막혀 눈물조차 얼어 버렸다!

담당 의사와 간호사를 통해 치료 진행 과정 설명을 들으면서 느낀 건 자체적인 평가도 반드시 필요하다는 것!

환자 몸에 연결된 수많은 낯선 의료장비의 경고음, 특히 업무를 교대할 때 간호사들 간에 정보 전달이 누락되는 경우도, 과다한 업무로 치료 정보 전달이 안 될 수 있음도, 보호자가 check 하고 보완하는 역할이 필요했음도 알았다!

간호사들이 내 환자만 지켜보는 게 아니잖은가!

바이털(혈압, 맥박, 호흡, 체온) 체크 변화 등, 기본적인 환자 정보는 파악하고 있어야 한다는 사실이 얼마나 중요한가를 알았다!

의식이 어느 정도인지 무의식중에 일어나는 반응인지 등을 미리 예상할 수 있어야 할 텐데 환자를 만날 수 없으니 창 하나를 두고 발만 동동 구르며 애타는 시간들이었다!

연명의료 결정제도는 의학적으로 전혀 무의미한, 치료 효과 없이 급속도로 증상이 악화돼 사망이 임박한 상태라는 판단을 받은 사람인데 얼렁뚱땅?

나는 '연명의료 결정제도'에 동의 아닌 동의를 하고 보니 남편은 누군가를 기다리고 있었고, 그 기다림의 끝엔 주님의 사람들이 있었음을 뒤늦게 깨닫게 된 이 기쁨!

너를 보내기 위한 마지막 밤!
잘 가거라~ 55년 길고 긴 만남이여!
창밖을 떠도는 가을바람아!
이 사람 떠나는 길, 등불 되어 밝혀 주렴!
마지막 순간을 공포에 떨며 숨죽였던 세포들아!
망설임을 대신하던 눈물들아! 이제는 평정을 되찾아 주기를!

잘 가거라~ 내 것이 아닌 열망들아!
나 지금 눈먼 사람처럼 더듬더듬 너를 떠나보낼 채비를 한다!
너 떠난 뒤, 나 너를 위해 노래하는 별이 되리니!
여보, 안녕히 잘 가시게!
사랑했던 사람아~~~

 喜樂 金衛敬 2022년 10월 22일 오전 07:59 · 💬 좋아요
조금 먼저가고 조금 뒤에가는 차이
누구나 가야하는 길
끝이아닌 시작인것을 우리모두 천국에서 다시 만날것을 믿으오 사랑하는 선생님 힘내세요
무슨말이 위로가 될까마는 믿음의 형제로 먼저 경험한 한사람 으로 마음아파 하며 간절히 기도합니다
하늘의 참 평강이 선생님과 온 가정에 임하시길..

전정숙 2022년 10월 22일 오전 06:32 ♡ 1 · 좋아요
삶도 경험없이 살아가고
죽음또한 경험없이 맞이하게 되는군요.
삶의 모습이 다양하듯 죽음의 모습또한 다양한데 드라마에서처럼 마지막 모습을 배
웅할수있는것도 참 행복이라 들었습니다
선생님 마음추스르고 주님께 의지하는모습에 박수를 보냅니다.
마지막 떠나시는 순간까지 주님의천사가 이끌어주실거라믿으면서 첫눈님도 마음의
평화얻으시기를 기도할게요
몸도 마음도 건강에 유의하셔요 그것이 가시는분의 소망이자 남아있는사람들의 몫
일테니까요

 명광민 2022년 10월 22일 오전 07:16 · ♡ 좋아요
안타깝습니다. 슬프네요.
인간사 모든 게 사람의 뜻으로
어떻게 할 수 없는 것! 아마도
편안하게 떠나시리란 믿음도
생깁니다. 님의 여생에 하늘의
더 큰 축복이 이어지기를 원합니다.

 healing 2022년 10월 22일 오전 07:36 · ♡ 좋아요
첫눈님
주님께서 편안히 인도해
주시라 믿어요 ~
힘내십시오 ....

 이형열 2022년 10월 22일 오후 07:53 · ♡ 좋아요
마지막 병상일기 읽어가며
마음에 슬픔을 억누르지 못하고 눈시울을 적심니다
무어라 위로에 말씀을 드려야 할지 안타깝고 애통합니다 주님 께서 인도하소서 여호
와 께서 부르시니 병들지 않고
고통받지 아니한 지상 낙원에서 영생을 얻게
하소서 간절히 기도 드리옵나이다 아멘

▶ 2022년 10월 28일

병상 일기 그 후 - 너 떠난 뒤…

1963년!

전국을 울린 '장한 어머니'로 인해 쏟아진 격려의 팬레터 중 너는 나에게 유일하게 선택되었고, 그 오랜 세월 함께 쌓아 올린 이야기들 나 혼자 어찌 감당하라고, 너! 이 가을 내 곁을 떠났는가?

아직은 충분히 더 살아야 할 나이! 뭐가 그리도 바쁘고 급해, 다시 오지 못할 아득히 먼 길을 이리도 바쁘게 서둘러 떠났는가?

하필이면 낙엽 지는 이 시린 가을에 병풍처럼 둘러있는 아름다운 파로호 단풍 어찌 두고, 너! 그리도 급히 떠나버렸는가?

사랑하는 스토리 지인 여러분!

관심과 사랑과 정성의 동선을 찾아 장례식장까지 와 주신 분들, 그리고 많은 위로와 격려의 글 진심으로 감사합니다!

여건이 허락한다면 한 분 한 분 찾아뵙고 정말 고마웠다고, 정말 감사했다고, 두 손 꼬옥 잡고 싶습니다!

스토리를 통해 서로 주고받은 댓글들로 마음을 활짝 열어 반겨도 주고 기다려도 주고 찾아도 와 준 고맙고도 설레는 사람들!

힘들고 어려울 때 기도로 슬픔을 나누어 준 사람들!

삶의 균형이 무너지고 삶을 포기하고 싶도록 고독과 적막을 느꼈을 때 위로하고 걱정해 준 사람들!

바로 당신이 그런 사람이어서 감사합니다!

정말 정말 감사합니다!

도곡동 첫눈

 월송 2022년 10월 28일 오후 01:22 · ♥ 좋아요
어머니 아버지를 떠나 보낼 때와는 또다른 슬픔이겠지요~
아직 격어보지 못해 그 무게가 어느 정도일지 상상은 안되나 하늘이 무너지는 느낌
일거라 생각 됩니다
그래도 힘 내셔야지요~~

 지리산 2022년 10월 28일 오후 01:23 · ♥ 좋아요
힘내세요
쓸쓸한가을에
가셔서
가슴이 시리고
아픕니다.

 김민자 2022년 10월 28일 오후 05:56 · ♥ 좋아요
오랜시간 함께했던 님과의 행복했던 추억을 떠올리면서 자녀분들과 권사님의 삶
이 행복하시길 응원합니다 ~

 김민자 2022년 10월 28일 오후 05:58 · ♥ 좋아요
장례식장 까지 찾아가 권사님과 함께 하신 스토리 친구분들 넘 멋지네요 ~

 照暉 2022년 10월 28일 오후 06:18 · ♥ 좋아요
삼가 고인의 명복을 빕니다
선생님 그 슬픔. 어떤 말로도 위로가 되겠습니까마는
몸과 마음 다잡고 추스리시길 바랍니다

▶ **2022년 10월 31일**

병상일기 그 후 - 너 떠난 뒤…

이태원 압사 참사로 세계는 슬프다!

유족들은 억장이 무너진다! 나도 그렇다!

보이는 상처는 시간이 가면 아물지만 마음의 상처는 얼마의 세월이 흘

러야 아물까?

아직은 잊을 만하지도 않고 잊어서도 안 될 시기인지라 수습되지 않는 감정 기복은 매 순간 널을 뛴다!

내 탓도, 네 탓도, 그 누구의 탓도 아닌 이 통곡, 이 눈물, 나 혼자 어쩌란 말이냐?
그 많은 세월 속 동행을 "미안해" 한마디로 퉁치고 떠나버린 무정한 사람아! 도대체 나 혼자 어쩌란 말이냐?

남아서 상처를 입은 사람은 상처를 받는 것이 아니라 스스로 상처를 내는 것이다!
스스로 상처를 내는 사람은 자신으로부터 고통을 당하고 스스로 무너져 나락으로 떨어진다는 사실을 안다!

지금 나는 나락으로 떨어지고 싶다!
너로 인해 고통받는 내 영혼을 무엇으로 치유하란 말이냐?

주님! 힘들고 고통스러운 상황과 환경에서도 주님 이름을 부르는 것만으로 위로와 힘을 얻게 하심을 감사합니다!

도곡동 첫눈

정수자 2022년 10월 31일 오전 05:40 · 💬 1 · 좋아요
언니 얼마나 미칠것 같이
그립겠어요
얼 마나 더 오랜 시간동안
보고싶고 아파하고~
나중에 시간이 언니를
치료해 주겠죠
쌀쌀한 이 가을이란 계절이 언니
마음을 더 텅 비게 하지 않을까

걱정이 되네요
하나마나 한 소리 나는
또 언니한테 힘내라는
말 밖에 못해서 미안해요
힘 내셔요 언니..

 손히솜 2022년 10월 31일 오전 05:45 ♥ 3 · 좋아요
선생님~~
잠도 잘 못주무시는군요.
많이 힘드시겠지만
선생님 힘 내셔요.
~~

▶ 2022년 10월 31일

너 떠난 그 후…

그 쓸쓸하고 드넓은 허허로운 화천군 간동면 도송길, 가을들녘 풍경이
얼마나 외로웠는가 사랑아ㅜㅠ

외롭다면 외롭다고 아프면 아프다고 왜 말하지 않았는가 사랑아ㅜㅠ

어둠이 깔리는 스산한 저녁, 어김없이 하루를 마감하는 전화가 올 시간
인데 조용하다! 이 세상에 없는 사람ㅜㅠ

저장된 '남편'이란 두 글자를 찾아 그냥 울려 보았다!
낯익은 벨 소리가 한 번 끝나기도 전,
"엄마, 나 이럴 줄 알았어요." 한다!

아들이다!
고맙다!
그냥 말이 필요 없어 엉엉 소리 내어 통곡하고 말았다ㅜㅠ

무수히 많은 세월 동안 무수히 많은 그리움의 글을 썼는데 그때의 그리움은 내가 만든 아름다운 허상이었을 뿐임을!

세상 모든 것이 떠나고 다른 모든 상황과 슬픔이 세월 따라 사라진다 해도 너만은 영원으로 남아 있겠지!

내 심장을 다하고 네 심장을 다한 사랑이었기에 슬퍼하지 말자 했는데 사랑아! 어찌 그게 마음대로 되겠니ㅜㅜ

사랑의 상처는 상처보다 더 깊은 추억으로 둥지를 틀었고 그 사랑의 상처는 헛됨이 없이 아름다운 끝에서 다시 만나지겠지!

베어진 풀에서 향기가 난다!
그 진한 향기는 풀의 상처다!
베이는 순간 사람들은 비명을 지르지만 풀은 향기를 지른다!

주님!
주님의 아름다움을 바라보면서 내 평생에 주의 전에서 거하게 하시고 스트레스가 많은 상황과 환경에서도 주님의 마음을 구하게 하시고 그 마음이 내 남은 인생의 마지막 목표가 되게 하소서!!!

도곡동에서 네가 너무 그리워
살기 위해 글을 쓰는 첫눈 정숙현

▶ 2022년 11월 7일

그가 떠난 후…

미완성인 채로 비어 있는 집!

남편이 그토록 아끼고 사랑했던 진돗개 불탄이가 목줄을 풀고 돌아다녀 위험하니, 와서 붙들어 매라는 연락을 받고 급하게 막내아들과 함께 파로호가 있는 화천을 다녀 왔다!

그동안 전혀 잊고 지냈던 11월 단풍이 눈에 들어왔고 낙엽은 나에게 살아 있는 기쁨을 일깨워 주었고, 스토리를 통한 사랑하는 지인의 가을 글들이 또한 떠나간 시혼들을 불러일으켜 주었다!

낙엽은 정해진 시간들을 얼마나 소중하게 써야 하는지를 내게 가르쳐 주었고, 이 세상 끝나는 죽음의 날을 예비하라고 조용히 속삭여 준다!

세상이란 큰 가지 끝에서 낙엽 되어 떨어질 날은 언제일는지~

이젠 그렇게 까마득하게 멀지도 않는 죽음의 순간이 헤아려진다!

11월의 가지 끝에 애처로이 매달린 나뭇잎처럼 내 삶의 나무에서 날마다 조금씩 떨어져 나가는 나의 시간들을 아끼며 살아야 할 계절!

주님!

새는 날아가면서 뒤돌아보지 않는다고 했습니다!

그가 떠나버린 후, 지금까지 너무 많이 스스로 힘들어했습니다!

너무 짧게 떠나버린 그 사람의 마지막 순간을 생생히 지켜보면서 안타까움만을 남기고 날아가 버린 남편에 대해 나는 꾸어선 안 될 꿈도 가끔 꾸었음을 고백하오니 용서하소서!

남은 세월, 죽을 때까지 시간을 견뎌내야 한다는 사실이 너무 두려웠습니다!

그러나 이젠 혼자가 아닌, 너무나 많이 나를 사랑해 주고 내가 사랑해야 할 것들이 너무나 많음을 또한 깨닫게 해 주신 주님, 감사합니다!

도곡동 어쭙잖은 글쟁이 첫눈

▶ 2022년 11월 8일

정말 그대, 불탄이를 데려갔습니까?

이틀 전 막내아들과 함께 목줄이 풀려 돌아다니는 개가 위험하니 빨리 오라는 주민의 연락을 받고 화천엘 다녀왔다!

용맹하고 충성심 강한 명문가 혈통의 진돗개 불탄이! 13년을 남편과 동고동락, 아침저녁 주인과 함께 파로호 산책길 따라 뛰놀며 행복했던 아이들… 두 녀석 중에서도 유난히 남편이 노심초사 걱정하며 아꼈던 불탄이다!

아빠인 진돌이는 순한 편이라 동네 분들과 잘 어울렸지만 불탄이는 오로지 주인인 남편만 따랐다!

잘 돌봐 주겠다는 고마운 동네 분에게 정성의 사례를 한 후, 안심하고 돌아왔는데…

주인 향한 한없는 그리움의 몸부림으로 또다시 목줄은 풀렸고, 그 자유로움으로 주인 찾아 동네를 활보했다!

그런 불탄이에게 위험을 느낀 사람들의 신고로 119가 왔고 마취총을 맞은 불단이는 주인과 함께 행복했던 정든 집을 향해 비틀거리며 찾아가 마당에서 쓰러졌단다!

그리고 영영 깨어나지 못하고 눈을 감았다는 가슴 아픈 비보!

사람들은 말한다!

그토록 주인만 따랐던 불탄이가 행여 사고라도 칠까 봐 남편께서 데려간 것이니 너무 슬퍼하지 말라며 나를 위로한다!

불탄아! 너 기어이 주인 따라갔구나ㅜ

함께 거닐고 뛰놀던 솔밭 사이 산책길 따라 "불탄아~" 하고 이름 부르면 초저녁 초록별로 눈빛 반짝이며 달려오던 너!

네가 거친 게 조금은 신경 쓰였지만 그래도 진돌이와 서로 의지하며 오래오래 살기를 바랐는데… 주인 없는 화천 도송리는 더 이상 네가 살 곳이 아니었나 보구나ㅜㅜ

마취총을 맞고 깨어나지 못한 채 영영 무지개다리 건너 하늘 간 너!

착한 진돌이가 보는 앞에서 죽어갔으니 진돌인 또 어찌할까ㅜ

이제 너의 모든 것을 놓아줄게!

그리운 주인 따라 떠났으니 행복하게 잘 살기를….

너 때문에 또 한 번 통곡한다!

불탄아~~~

 이형열 2022년 11월 8일 오후 09:12 · ♥ 2 · 좋아요
불탄이 대려간것이 아니고
따라갔을겁니다 불탄이도
자기를 아껴 주었던 주인
못잊었을겁니다 불탄이도
부모 곁을 떠났지만 외롭지
않겠지요 사랑해 주었던 주인과 함께 할수있으니까요
슬퍼하시지 마시고 고이 보내주셔요

네가 떠난 후, 꿈속에서 만난 너!

잠깐의 눈 붙임에서 깨어난 순간, 네가 내 곁에 와 있음을 알았다!
무수한 오늘이 지나고 내일이 오면 너와 만날 날이 가까워지고 있음을 안다!
세월이 흐른다는 것은 축복! 삶을 극복한 죽음을 주신 것은 은혜!

네가 떠난 후, 처음으로 나를 찾아온 너!
그 짧은 만남은 허허로운 내 가슴에 풍성한 숲을 이루었고 메마른 내 가슴에 샘을 이루었다!
강은 흘러야 생명의 물이 되듯이 사람은 죽어야 생명을 가진다는 것을 새삼 깨닫게 되는 순간이다!

주님!
삶이 지쳐올 때 휴식처럼 다가온 주님의 말씀!
밀물처럼 밀려온 은혜의 말씀!
"지금까지는 너희가 내 이름으로 아무것도 구하지 아니하였으나, 구하라, 그리하면 받으리니 너희 기쁨이 충만하리라."
아멘~
감사합니다!

살기 위해 글 쓰는 도곡동 첫눈

나는 오늘도 너를 그리며 또 하루를 보냈다!

만남 후는 이별이 전제한다면 이별 후엔 무엇이 전제하게 될까?
세월이 갈수록 이별의 얼굴은 더 선명해지는데….
할머니, 할아버지, 아버지, 엄마, 그리고 최근 남편과의 이별, 그리고 초록이 불탄이까지….

내가 세상을 너무 많이 살았을까?
왜 이렇게 많은 이별을 하면서 가슴을 아파해야 하는지, 삶이란 다 이별을 전제로 하는 것이기에 그런 거겠지!
만남과 이별은 둘이지만 하나의 몸과 마음을 지니고 있다!

인간의 생과 사가 둘로 나누어지는 게 아닌 것처럼, 만남과 이별 또한 경계하지 아니한 것은 아니지만, 언제나 이별은 익숙하지 않은 뜻밖의 일이고 특히 남편과의 이별은 표현할 수 없는 혼란과 감당할 수 없는 슬픔이었다!

만날 때에 떠날 것을 염려하는 것과 같이 이제 모두가 떠났으니 다시 만날 것을 나는 믿는다!
젊은 남녀의 경우
"이제 우리 그만 만나 이쯤에서 헤어져."
결혼한 이들은
"우리 이제 그만 살아, 이혼해."라고 말할 수 있다!

그러나 이런 이별은 원했든 원하지 않았든 이별, 그 자체가 또 다른 만남을 잉태하는 계기가 될 수 있기에 진정한 의미의 이별이라고 할 수는 없다!

이별하는 이의 의지가 강하게 반영된 이별은 결코 이별이라 할 수 없잖을까?

하지만 죽음을 통한 이별은 다르다! 그것은 새로운 만남을 위한 이별도 아니고 의지가 반영된 이별도 아닌, 원하지 않지만 기어이 찾아오고야 말, 무섭고 두려운 이별의 형태인 것을!

해서 죽음은 영원한 이별만 있을 뿐, 이별의 완성이라 이름 붙이고 싶다!

죽음만큼 완전한 이별은 없다!

죽음이 이토록 아픈 건 만나고 싶을 때 만날 수 없고 보고 싶어도 볼 수 없기 때문이리라!

오늘을 사는 우리의 삶은 늘 죽음을 통한 이별의 연속이다!

어린 자녀를 불의의 사고로 떠나보낸 부모가 어디 한둘일까!

성수대교, 삼풍백화점 붕괴, 대구 지하철 화재 사고, 세월호, 최근 이태원 참사 등, 이처럼 사랑하는 이들과 하루아침에 이별의 순간을 맞이하고 말았다!

그럴 때마다 그 희생자 가족들에게 결코 위로의 말이 될 수 없다고 생각하면서도, 천 년을 함께 살아도 언젠가 한 번은 이별해야 한다고 조용히 말하고 싶었다!

생각해 보면 이별은 삶의 일상이자 본질로 영원히 함께하리리는 착각으로 사는 것!

이제는 그 사람과의 이별을 인정하고 받아들이는 마음으로, 영원히 함께할 수 있다는 착각에서 깨어나자!

천년을 함께 있어도 이별은 해야 하니까!

너를 더 멀리 보내려고 오늘도 나는 글을 쓴다!

잘 가거라~~~

길고 길었던 인연으로 모두가 행복한 것만은 않았던 세월들아!

"잘 지내고 있니?" 묻고 싶다가 "나 잘 지내고 있어." 전하고 싶다!

고결한 나의 가을! 네가 떠나고, 너를 보낸 슬픈 계절!

아직 너를 잊기엔 너무 날이 좋구나ㅜㅠ

살기 위해 글 쓰는 도곡동 첫눈!

 김명희 2022년 11월 17일 오후 03:05 · 🗨 1 · 좋아요
언젠가 한번은 떠나는게 이별이지만 이별을 받아들이기란 너무나 힘들고 마음이 아프지요 주님의 사랑으로 더욱더 굳건해지시고 마음이 빨리 치유됐으면 합니다 힘내세요 첫눈님!

 신철우 2022년 11월 17일 오후 05:53 · 🗨 1 · 좋아요
원효의 무애가란 선시를 들려드리지요
종교를 떠나 많은 가르침을 함유하고 있습니다

一切無碍人
一道出生死

스스로 묻고 스스로 답하시니
이미 깨우침이 크신 것 같습니다
강녕하시기 바랍니다

네가 떠난 그 후…

작은 꼬막섬 가장도에서 여수로~

여수에서, 그 당시는 멀고도 먼 땅 한양 천 리 서울로 유학을~

1962년!

'모정의 뱃길'과 '어머니 뱃사공'으로 모든 신문과 방송이 전국을 들썩일 때, 그 기사를 읽고, 너는 내게 편지를 보내왔지!

"소라의 꿈이 성취됨을 진심으로 축하합니다."

그동안 주고받은 편지는 천여 통!

그렇게 우린 만났고 그렇게 우린 함께 살았고 그렇게 살다 2022, 1022날 새벽, 너는 내 곁을 떠났다!

죽음이 우리에게 찾아오는 날은 화려하게 꽃피는 봄날도 땀 흘리는 무더운 여름날도 꽁꽁 얼어버린 겨울도 아닌, 오곡백과 무르익은 가을이었음 좋겠다고 입버릇처럼 말했던 너!

무심히 내뱉었던 그 꿈이, 그 소망이, 이루어졌음을 축하해!

나 이젠 그렇게 많이 슬퍼하지 않을게!

조금씩, 아주 가끔씩 슬퍼할게!

사랑의 주님!

그동안 너무 많이 슬퍼해서 죄송합니다!

단 한 번뿐인 삶, 단 하나의 목숨으로 주님을 우주만큼 사랑하면서도 가끔씩 그에 못 미칠 땐 스스로 슬퍼했습니다!

주님께선 단순히 남편을 사랑하는 게 아닌, 그의 삶에 가장 빛나고 화려한 생명의 순간을 죽음으로 더욱 빛나게 하셨음을 감사합니다!

청춘은 죽고, 삶이 죽어지지 않는 거라면 우리 사랑 이토록 슬프고 간절하진 못했을 겁니다!

앞으로 얼마 남지 않은 이 땅에서의 삶은, 매 순간의 죽음과 매 순간의 절제와 매 순간의 순종으로 주님을 위해 불태우며 살겠습니다!

그러니 저의 죽음은 이 땅에서 가장 좋은 때에, 가장 좋은 곳에서, 가장 좋은 방법으로 불러 주십시오!

죽음은 마침이 아닌 영원한 쉼표로, 부끄러움 없이 주님과 해후할 느낌표의 그날을 위해 기도하고 헌신하며 살겠습니다!

삶과 죽음을 통해서 빛과 평화의 나라로 나를 부르실 생명의 주님!

주님 향한 날마다의 그리움이 마침내는 영원으로 이어지는 부활의 은총이 되게 하십시오!

매 순간 남편을 떠나보내기 위해 글 쓰는 도곡동 첫눈ㅜㅠ

▶ 2022년 11월 21일

추수감사 주일에…

빛 되신 주님!

남편은 주님의 부름을 받고 제 곁을 떠났지만, 자라나는 손자들과 손녀를 통해 웃을 수 있고 행복할 수 있는 순간, 순간을 허락하여 주심을 감사합니다!

무엇보다 성경적인 가치관과 세계관을 가지고 아이들이 성장할 수 있도록 인도하여 주신 은혜와 사랑을 감사합니다!

"범사에 감사하라." 하신 말씀을 나의 일상 속에 스며들게 하신 주님의 사랑을 감사합니다!

사랑의 주님!

오늘 추수감사 주일 예배를 마치고 성가대원들과 함께 오랜만에 식사도 하고 차도 마신, 조금씩 회복되는 일상의 삶을 허락하신 것, 또한 감사합니다! 광야에 모인 오천 명의 군중과 오병이어의 기적인, 다섯 개의 떡과 두 마리의 물고기를 더 키우지 않고 골고루 나누었더니 기적이 일어났음을 기억합니다!

남편과의 이별을 한없이 슬퍼하는 그 마음을 거두는 것도 주님에 대한 진정한 믿음임을 압니다!

슬픔도, 기쁨도, 불행도, 행복도, 서로 나눔으로써 해결의 축복을 주시는 주님이심을 또한 믿습니다!

이제 적당한 때에 조금만 울게 해 주시고 오늘, 주님 나라를 향한 소망과

"범사에 감사하라." 하신 말씀의 뜻을 따라 결단하는 저의 다짐이 결코 헛되지 않게 주여, 은혜와 사랑을 베푸소서!

이제 그만, 슬픔의 강을 건너고 싶은, 첫눈

▶ 2022년 12월 1일

다시 또 당신 앞에…

해마다 느끼지만 파르르 떨고 있는 우수에 찬 달력 한 장이 천 년 바위 세월의 이끼처럼 가슴 저미는 뭉클함인데, 터널 끝이 보이지 않는 코로나와의 불안한 동행으로 맞이한 2021년, 12월이 슬프다!

숨이 막혀 답답했던 것들, 다 비워도 시원치 않은 것은 아직 다 비워지지 않았기 때문이리라~

본래 그릇이 없었다면 답답함도 허전함도 없었을까?

삶이 내게 무엇을 원하기에 아직도 남아 있는 숙제가 이리도 많았을까?

열한 달 머무르다 나와보니 사랑하는 사람들은 하나둘 떠나고 나만 홀로 남았구나. 돌아설 수도, 더 갈 곳도 없는 끝에서 나는 지금 외롭고 쓸쓸하다! 하지만 나를 위해 위로하지 마라!

나는 지금, 그런 외로움으로 희망을 만들고 나의 슬픔으로 기쁨을 만들며 그 은혜로 새로운 삶을 살게 하니, 그분께 다시 고백한다!

나의 주님, 나의 하나님!

남은 세월도 믿음으로 세상을 이기며 날마다 찬양과 감사로 세상을 승리케 하소서!

2022. 12. 2.
매서운 영하의 추위 괜찮다!
나는 광화문 거리 응원 간다!
못 말리는 사람이라고 남편도 웃는다, 먼 곳에서~~^^♡

2002년 월드컵 4강 신화!
20년 전의 풋풋했던 젊음과 설렘을 회상하며 집을 나서는 나를 2022년 한파의 첫 추위도 막진 못했다!

월드컵 조별 예선 마지막 경기인 포르투갈전이 열린 서울 광화문광장의 응원 함성은, 남산을 오르자 온 도시를 가득 메웠다!
16강 진출이 달렸던 가나·우루과이전은 추가시간이 길어 경기가 끝나지 않자, 조마조마하다 종료를 알리는 주심 휘슬이 울리자 "16강이다!"를 외치며 환호하던 아! 20년 전의 설렘이여!
붉은악마의 그리운 함성이여!

비록 20년 전의 붉은악마 티와 머리띠는 없었다 할지라도 태극기를 펄럭이며 방방 뛰었던 아, 시들지 않은 일흔셋의 열정이여!

경찰은 시민의 안전한 응원을 위해 철제 팬스를 쳐서 통제했고 붉은악마 응원단 자원봉사자들은 형광봉을 흔들며 인파 관리에 나서 주었다!

드라마 같은 경기를 초조하게 지켜보았던 전반전 이른 시간, 포르투갈의 선제골이 터졌을 땐 일순, 숨소리조차 멎었다!
흡사 죽음 같은 적막과 탄식이 흘렀지만 곧 "우린 할 수 있다."라는 격려와 응원의 함성이 지축을 뒤흔들었다!

이 시간, 이 순간만은, 대한민국 국민 모두는 한마음!
전라도도 따로 없고 경상도도 따로 없다!
오직 월드컵 16강의 하모니를 노래한다!

악마 루시엘과 천사 마카엘은 자매!
루시엘은 마카엘처럼 찬양을 받고 싶은 교만에 빠지자, 신의 미움을 받아 쫓겨나 루시퍼라는 붉은 악마가 되었다!
마카엘 천사가 나팔꽃을 피워 신을 찬양하자 루시퍼 악마도 나팔꽃을 피워 신을 찬양했다!
각양각색의 꽃들 중에 아름답지 않은 꽃이 어디 있으랴~
문득 하나님 일을 생각해 본다!

~그리하면 너희가 하늘에 계신 너희 아버지의 아들이 되리니
그분께서는 자신의 해를 악한 자와 선한 자 위에 떠오르게 하시며
비를 의로운 자와 불의한 자 위에 내려주시느니라~

머리엔 대형 붉은색 꽃을 꽂고 붉은 악마티를 입고 전한정 권사님과 시

청 앞 광장으로 고고~~

목이 터져라 응원했지만 우린 졌다! 그래도 행복했다!

집에 들어오니 남편이 던진 한마디, "머리에 꽃 꽂고 나갈 때부터 나 알아 봤다."

ㅋㅋㅋㅋㅋㅋㅋㅋㅋㅋㅋ

남편은 왜 시도 때도 없이 생각날까ㅜ

지금 서울 하늘 눈이 내린다!

추위도 잊고 밤잠을 포기하고 이 연세에 광화문광장으로 겁 없이 ㅋ 달려간 열정과 정성이 하늘을 감동시켜 16강 진출을 축하하는 하늘의 축복이다!

기침 한 번 콜록이지 않고 건강을 주신 은혜와 사랑을 감사하면서 다시 한번 최선의 힘을 다해 8강, 가즈아~~~^^♡

▶ 2022년 12월 6일

봄가을, 그래도 1년에 두 번은 만나자 약속했던 30년 우정들이 코로나19로 인해 오늘 산성에서 3년 만에 만났다!

그 옛날 통통 튀던 시절, 젊은 날의 직장생활 이야기!

깐깐하게 보이는 첫인상과는 달리 달라도, 너무 다른 허당이었다는 나의 실수담까지~

어느 날 조회시간에 쫓겨 5414를(차 번호까지 기억하는 동료 이인희 선생님^^) 운동장에 세우고 시동도 끄지 않고 내린 일!

그 사실을 퇴근 때에야 알게 되었고 휘발유는 바닥나 교무과 은상화 선생님이 학교 주변 주유소로 달려가 기름을 사 와 넣은 후에야 모두가 퇴근했다는, 나조차 가물거리는 멀미 나는 황당한 이야기들ㅜㅠ

"나 학생들 가르친 선생 맞아?"

ㅋㅋㅋㅋㅋㅋ

봄을 약속하고 돌아와 이 글을 쓰고 있는 지금 나 행복하다!

그런 나를 알아주고, 그런 나를 인정해 주고, 나조차 모르는 옛날 일들을 기쁘고 아름답게 기억해 주는 사랑하는 사람들!

앞으로 펼쳐질 내 인생을 기대한다며 마구마구 격려하고 응원해 주는 사람들!

친구들의 죽음 소식도 간간이 들려오고, 코로나 부작용으로 사랑했던 딸 시어머니인 사돈도 갔고, 언제까지나 곁에 있을 줄 알았던 기둥 같은 남편도 떠났다!

내가 살아오면서 받았던 그 많은 우정과 사랑의 선물들!

그리고 지치고 힘들었던 슬픔까지도 내려놓음의 겸손으로 묵상하며, 썰매 타고 눈길 달리는 산타가 그려진 감사카드 한 장, 그대들에게 띄우고 싶은 12월이다!

한 해를 마지막 보내는 달랑 한 장 남은 달력을 보면서,

가거라 옛날이여!

오너라 새날이여!

나를 일흔세 살까지 키워 준 고맙고 감사한 시간들이여!

둘러보면 아쉬운 기억만이 허공에 돌고 다시 손 내밀어 붙잡으려 해도 잡히지 않는 빈손!

그래도 해마다 12월이 오면 인생의 허무를 슬퍼하기보다 살아계신 주님이 지켜 보호하여 주심을 믿기에 지금의 노후를 감사한다~~~^^♡

방금 옛 동료 이인희 선생님으로부터 연락이 왔다!

5414가 아니고 5415란다ㅜㅜ

나조차 잊어버린 옛날을 어찌 그리 생생히 기억하고 있는지 참 놀라운 기억력! 그 못 말리는 기억을 감사해야 할지 조금 당황스럽기도ㅋㅋㅋ

▶ 2022년 12월 8일

사랑하는 사람으로부터 특별 초대를 받고 어제는 대구, 콘서트 하우스 그랜드홀을 다녀왔다!

손자 김소명의 출연으로 맏며느리의 초대를 받은 것이다!

여름부터 알고 있었던 소식이고 할아버지 할머니를 초대 대상 1순위로 정해 놓고 기다린 연주회다!

그러나 함께 자리할 할아버지는 하늘로 떠나셨고 나 혼자 만감이 서리는 마음으로 고사리손들의 공연을 눈물로 지켜보았다!

내 손자 소명이는 오케스트라에서 제1, 제2 두 파트를 차지하는, 가장 중요한 멜로디를 연주하는 악기인 바이올린 부문!

유난히도 어리고, 어려 보였던 아이가 어느새 이만큼 커서 수백 명의 청중 앞에서 악기를 연주하다니!

보면서도 믿어지지 않는 설렘과 벅찬 감동으로 찾고 또 찾고, 보고 또 보고~~

여유 있는 표정과 흔들림 없이 진지하게 빛나는 눈빛으로 자신의 실력을 발휘하고 있는 내 손자 김소명!

벅차오르는 감동은 수백 명 관객 속에서 나를 벌떡 일으켜 김소명을 목이 터져라 불러 그 뻔뻔함의 극치를 온 대구 땅에 자랑한 진상 정숙현 할머니ㅋㅋ

관람객들은 놀라 쳐다보았지만 그러거나 말거나 그 옛날 내 고향 국동 넘너리 부둣가에서 엄마를 애타게 불렀던 시절의 힘을 다해 김소명이란 이름을 목청껏 불렀다!

너는 알고 있니?

우리 손자 소명이 이름을 목청껏 소리 내어 진상짓을 하면서 불러 본 내 마음을~~

너의 갑작스러운 죽음은 아직도 믿기지 않는 현실로 그로 인한 충격은 지금까지의 내 인생 전체를 덮었다!

바람은 잠깐 때가 되어 왔다가 무심히 잎새를 스치고 지나가지만 그 때문에 잎새는 내내 흔들린다는 사실을~~~

너는 알고 있니?

지금과 같은 이별인 줄 알았다면 좀 더 잘하고, 보통 아내들이 할 수 있는 바가지라도 긁었을 것을!

이별에 대한 예감조차도 하지 못했기에 그냥 모든 것이 꿈처럼 허망하고 허무한 것을! 상처를 입지 않으면 아물 상처도 없듯 만나고 사랑하지

않았더라면 이렇게 아파하지도 눈물짓지도 않았을 것을~~~

너, 그런 내 마음 알고 있니?

오늘 그리운 시절의 추억을 소환시킨 위아래 까만색 교복 차림의 네 손자 소명이를 보았더라면 표현하지 않는 너지만 엄청 자랑스러워 했을것을┳┳

한 해의 끝자락이라 더 빨리 달리는 것 같은 내 마음의 12월!

아직은 늘 네 곁에 있으면서 보고 싶다는 말보다 너를 잊지 않겠다는 말로 맺을게~~

몸과 마음이, 무게를 덜어내고 싶을 때마다 내 기억이 희미해져 버리지 않는 한 오래오래 너를 그리워할게~~

소명, 소민, 소원, 예담이 할아버지, 편히 쉬어요, 안녕 안녕히~~~

▶ 2022년 12월 16일

달랑 한 장 남은 달력을 새해 달력으로 바꾸려고 하는데 선뜻 떼어낼 수가 없다! 새해엔 또 어떤, 무슨, 일들이 내 앞에 펼쳐질지 두렵기도 하고 떨리기도 한다!

아직 15일씩이나 남아 있는 날들은 판도라의 상자에서 나오지 못한 희망으로 새해를 기약한다!

지나간 날들은 가슴에 간직하고 맞이할 날들은 '기대'라는 미지의 것으로 남겨 두고 싶은데, 모두가 떠나 버린 늦은 날까지 혼자 남겨져 가지 끝에서 대롱거리던 잎새가 차가운 겨울비에 젖고, 쏟아지는 눈발과 바람에 시달리다 기어코 그 최후를 아프게 떨구고 말았다ㅜ

그 모습을 가만히 지켜보면서 우리네 인생도 시와 때에 맞춰 이별하면 좋으련만.
마음대로 할 수 없는 목숨줄이라 그동안 쌓아온 영성, 인성, 지성은 물론, 인간 본연의 존엄성마저도 잃게 하는 비극적인 비참한 최후의 모습이 지금 떨어지는 마지막 잎새로 비유돼 한없이 나를 슬프게 한다!

주님, 간절히 기도합니다!
앞으로 남아 있는 내 생애에서 하루의 처음과 마지막, 한 해의 처음과 마지막, 그리고 내 생애의 마지막은 인간의 기본적 존엄성을 지키며 떠날 수 있는 주님의 자녀다운 아름답고 우아한 최후가 될 수 있도록 은혜와 사랑을 베푸소서!
예수님의 이름으로 기도합니다!

▶ 2022년 12월 22일

<u>또다시 그리움 위에…</u>
지금 온전한 휴식의 어둠이라 좋다!

12월이라 더욱 좋다!

무소유의 달 12월은 어쩌면 보람이나 기쁨보다는 이루지 못한 꿈들을 포기하고 더러는 내려놓기도 하고, 그래서 조금은 가벼울 수 있는 한 해의 끝이라 더욱 좋다!

어둠을 타고 오는 별빛같이 날마다 몸을 바꾸는 달빛같이 때가 되면 보내고 떠나는, 이별할 줄 아는 사람이 되겠다는 기도로 12월을 보내는 마음이 거룩하게 느껴지는 시간이다!

오늘은 네가 이 땅을 떠나고 내 곁을 떠난 지 60일!

애써 생각할 필요는 없었겠지만 큰애가 무심코 알려 주는데 왠지 참 고맙다! 처음엔 너무 황망스러워 보이지 않던 그리움의 흔적들이 시간이 흐를수록 나를 흔든다!

아직은 아무도 만나고 싶지 않은 나만의 세계에 갇혀 있고 싶고 아무 생각도 없이 멍~때리고 싶고 그냥 그렇게 살고 싶은데, 일가친척 지인들도 나름 참고 참다 이젠 괜찮겠다 싶었는지 여기저기서 연락들이 온다!

전화도 문자도, 모두 씹는다! 그 머나먼 길, 혼자 쓸쓸히 떠난 너만을 생각하고 싶다!

함께 있을 때 느끼지 못한 그리움과 사랑을 온전히 느끼면서~

준비 없이 떠나보낸 너를 나 혼자 아끼며 그리워하고 싶다!

가족 향한 네 사랑의 흔적들을 하나하나 찾아가는 일이 설렘을 느끼게 하는 통곡이라 표현하는 내 마음을 사람들은 이해할 수 있을까?

사랑아!

네가 남기고 간 사랑으로 우린 행복을 느끼고 네가 남기고 간 사랑으로 우린 통곡한다!

네가 심은 장미가 눈 속에 화려하다 ㅜㅠㅜㅠ

 이형열 2022년 12월 22일 오전 06:46 · ♥ 1 · 좋아요
눈속에 예쁘게 핀 두송이
장미꽃 두분의 부부 꽃이라
이름짓고 싶네요
글을 읽어 내려가는중 그리움과 애절함 에 제 마음도 뭉클 해지네요
몇일 남지 않은 12월 아쉬움도 많이 남으시겠지만 마무리 잘 하시고 새해에는 기쁘고
좋은 일로 가득 채움 하시는 한해가 되시길 기도 드리겠습니다 날씨가 많이 춥네요
따뜻하고 포근한 날 되셔요

 은 아 2022년 12월 22일 오전 06:46 · ♥ 1 · 좋아요
붉은 장미를 심어
빨간 겨울 장미에 눈이
소복히 쌓여 선물로
찾아오신 님
님 그리워 하시는 첫눈님의
마음을 생각하니 내 마음도
아리군요
부디 매서운 추위에
따뜻한 겨울이 되었으면
좋겠습니다
독감과 코로나 조심하시고
건강하시길 기도합니다

 손히솜 2022년 12월 22일 오전 05:06 · ♥ 2 · 좋아요
아고~~
선생님
아직도 이렇게 잠을 이렇게 못 주무시는군요.
새벽에 눈이 떠져 선생님 글을 읽으니
마음이 너무 아픕니다.
눈속에도 빨갛게 핀 장미가
떠나가신 님을 더더욱 생각나게 하고
그분께서 남기신 흔적들이 더더욱 그리움으로 다가오시겠지요.

저는 선생님이 엄청 강하신 분이라 여겼는데 한없이 여리고 약하신 분이었군요.

벌써 님께서 가신지 60일 이라니
세월 참 빠르지요.
또시간이 지나면 점점 잊혀지겠지만
그리움과 아쉬움은 어찌 잊혀지겠어요.

그러나 첫눈 선생님~
선생님 곁에는 사랑하는 가족들이 있고
선생님을 걱정해 주시는 카친님들이 있으니 예전처럼 활기찬 모습으로 빨리 돌아오
셨으면 하는 바램입니다.

첫눈선생님 가슴속에 평화가 깃들길 기도하겠어요.~

사람아, 사랑아!

이 세상에 태어나 너와 나 인연 되어 사랑하고 결혼하고 아이를 낳고, 그 아이가 커서 또 결혼을 하고~

그렇게 꽃 피우는 과정은 우리네 인생 삶의 일상이지만 아름답긴 어려운데~

모두가 입을 모아 칭찬하는 만고의 효심 지극한 착하고 착한 아들딸 며느리 사위 손자 손녀!

각각의 아름답고 훌륭한 꽃들을 잘 피워 냈으니 너 참 장하고 멋진 삶 살았구나!

중환자실! 그 외로운 길 홀로 견디다 이 세상과 이별하는 죽음의 자유를 만나, 사랑의 주님 따라 여름날 폭염을 지켜준 낙엽 따라 너 외롭지 않게 잘 갔으니~ 너 반짝이는 별이 되지 않아도 좋다!

강이 없어도 물은 흐를 것이고 밤하늘은 없어도 내 가슴에 별이 되었으니, 너 죽어 굳이 별빛으로 빛나지 않아도 좋다!

한때는 서로의 이름을 부르는 것만으로도 가슴 뛰던 기억으로 너 내게 영원히 새겨지리니~

추모공원에 너 두고 돌아오던 날, 붉게 물든 산천도 피 울음 울었으니 너 굳이 별의 넋이 되지 않아도 좋다!

너 떠나는 날 바람도 길을 멈추고 새벽이슬 새벽하늘도 다 젖었고 내 인생도 비에 젖었나니~ 이 땅에서의 삶과 미련 모두 버리고 너, 이제 그만 평안하소서! 사람아~ 내 사랑아!

도곡동에서 더 깊이 너를 새기면서 첫눈~~

▶ 2022년 12월 31일

2022년 마지막 날 너에게~

네가 떠난 지 69일!

아직은 네 흔적, 네 모습, 고스란히 가슴에 남아 있는 고운 설렘이 지난 세월의 흔적들을 하나둘 불러 모은다!

오늘은 네가 남긴 유산인, 땅 확인차 사랑하는 아들딸과 함께 먼 지리산 자락 춘향골 남원을 다녀왔다!

오직 가족만을 위한 삶의 흔적들을 하나하나 찾아내는 과정에서 가족 사랑의 절절함을 확인하는 통곡이여! 사랑이여!

내 생일 날이면 어김없이 보내진 한 편의 시와 노래는 이제 다시는 돌아오지 못할 영원한 기억 저편이 되었구나!

많은 세월이 흘러 삶이 가벼워진 어느 날 그땐 너를 잊을 수 있을까?

14살에 펜팔로 주고받다 18살 장미의 계절 5월에 설레는 첫 만남을 시작으로 때가 되어 결혼을 하고 세월이 흐르고 흘러 조금은 아쉬운 일흔셋의 나이에 영원한 이별을 고했다!

첫사랑이 이루어져 마지막 사랑이 되었고 그 마지막은 더 이상 사랑할 사람이 없다는 뜻으로 너는 나에게 아름답게도 끔찍한 순종을 요구했구나!

네가 아닌 누군가를 더 이상 사랑할 기회가 없다는 사실을 그때도 알았더라면, 스치고 지나버릴 인연으로 그냥 너를 경쾌하게 보냈을 텐데. 얼마의 시간이 세월을 이루어야 너를 향한 이 그리움의 흔적이 지워질 수 있을까?

네가 보고 싶어 아직 살아 있는 네 폰에 신호를 보내다 언젠가처럼 너 대신 아들이 받을까 봐 재빨리 끊어 버렸다!

그 많고 많은 날들 중 왜 하필 낙엽 지는 계절, 10월 22일 가을에 떠났니? 모든 계절이 그때가 되면 왜 또 하필 그 계절이냐고 지금처럼 똑같이 묻겠지만!

가만히 내 손 만지며 들려준 마지막 말 "미안해." 그 짧은 한마디가 아직 귓가에 생생한데 너 떠난 2022년 해가 바뀌면 네 기억 조금은 희미해질까?

너, 사랑아!

도대체 얼마의 시간이 세월을 이루어야 너를 향한 이 그리움 접을 수 있겠니?

눈 속에 핀 장미의 가시로 남아 언제까지 나를 아프게 할 거니?

함께 가자 사랑아! 이제 그만 마지막 사랑으로 내 가슴에 묻을게!

30년 전 네가 심은 넝쿨 장미, 눈 속에서도 저렇게 당당하게 꽃피울 수 있는 것도 강인한 너를 닮았기 때문이리라~

중환자실에서 마지막 흘린 네 눈물은 내 가슴에 영원한 강물 되어 흐를 것이고 곧 노래로 불리어 이 땅에서 다시 태어나리니 너와 나의 모든 기억들을 안고 떠나는 외롭고 슬픈 사랑아!

이제는 뒤돌아보지 말고 너, 그대여 잘 가시게~~

첫사랑아! 마지막 사랑아!

너, 그대여 잘 가시게!

2022년아! 안녕, 안녕히~~~

 정수자 2022년 12월 31일 오전 10:04 · 💬 1 · 좋아요
시간이 갈수록 먼길 가신님
더 애절해 또 나를 울리네요
14세때 팬팔로 시작해
이렇게 긴세월
시간만이 그분을 놓아줄수
있겠어요
잊겠다고 잊혀지겠어요
언니한테 아직은 더 많은
시간이 흘려야겠지요
오늘이 2022년 12월
끝날입니다
남은 하루 잘 보내시고
새해에는 좀더 밝은
언니 모습 기대 할래요~

그곳이 유작 될 줄 꿈엔들 알았으랴

하늘을 비춰 스위스 루체른을 닮은 금강산과 가까운 호반 도시 화천! 모든 강이 시작한다는 강원도, 그 안에서 금강산 가는 길 화천은 물이 맑고 아름답고 근사한 곳!

글 쓰는 글쟁이들이 노래한 북한강!
강물이 흐르고 멈춰 파로호를 이뤄 명경이 되어 하늘을 비추는 곳!
꽁꽁 얼어붙은 계절, 멋과 맛을 즐기는 산천어축제!

차가운 새벽 강물을 바라보며 풀벌레 소리를 듣고, 낮이면 선현처럼 그늘에 앉아 시도 쓰고 작품 촬영도 하고 기타도 치고 색소폰도 부르던 곳!

그림으로 비유하자면 다양한 필묵으로 일필휘지로 그려낸 수묵화!
맑고 투명한 수채화! 느낌 자체만을 보는 추상화!

그가 남기고 간 화천은 이처럼 여러 그림을 만난다!
아침이면 물안개 피어난 그 안에 수묵화가 펼쳐지고 햇볕 좋은 날이면 수채화로 물들이는 곳!

산에 댐을 지어 생겨난 크고 길쭉한 호수가 강처럼 이리저리 뻗어 있는 그곳 중심에 그가 남기고 간 별장이 그림처럼 아름답게 서 있는 곳!
우리 민족의 소망인 통일의 염원을 담은 평화의 댐이 있고 연꽃을 틔운 서오지리 늪! 화천 9경 중 2경이라는 80m 절벽에서 떨어지는 인공폭포!

보기에도 듣기에도 시원하다! 그런 곳에 그림보다 더 그림 같은 집을 짓고 천년만년 살 것처럼 여름내 피땀으로 지어 올린 별장! 다 완성하지도 못한 채 떠나 버린 사람아!

나는 너 때문에 또다시 통곡한다!

마지막이라는 슬프고 서러운 네 인생의 꿈과 희망이 담겨 있는 네 마지막 유작!

혹자는 그래서 더욱 두고두고 보존하겠지만 나는 아니다!

말기 암을 짐작조차 못 하고 서리서리 맺힌 한과 혹사한 열정의 한이 맺혀 있는 곳!

그곳을 이제 내가 살기 위해서라도 정리하련다!

그 어떤, 무엇으로도 치유될 수 없는 상처를 날마다 때마다 도려내는 삶 그만하련다!

친정엄마와 시어머니가 한 지붕 아래서 살아야 했던 기막힌 사연을 방송을 통해 나누자는 섭외가 들어 왔다!

나, 너를 만나 서툰 시집살이 이제사 고백해 보련다!

어느 시인의 "나 당신하고 이렇게 살고 싶소."

못 보고도 본 것처럼 생생한 글의 감동으로 이런 결정, 이런 용기를 내어 글을 쓰게 되었음을 고백하는 이 시간을 감사한다!

도곡동에서 첫눈

김명희 1월 7일 오전 11:34 · 💬 1 · 좋아요
남편과의 절절한 사연이 담겨있는 화천의 모든 풍경과 자연이 주는 모든 기쁨들이
서려있는 그곳을 처분하시려는 마음 이해가 갈듯합니다 조금이라도 님의 마음이 편
안해지셨으면 좋겠습니다 따뜻한 주말 보내세요^**

은 아 1월 7일 오전 11:36 · 💬 1 · 좋아요
첫눈님 방송국 출연하셔서
바쁜 나날이 되셨으면
좋겠습니다
모든것 주님께 맡기시고
이젠 마음이 편안해지시길
기도합니다
항상 건강 잘 챙기시고
글도 쓰시고 책도
출판하시길 기대하고
응원합니다

작은기쁨 1월 7일 오후 11:19 · 💬 1 · 좋아요
글 한 줄 한 줄에서 그리움과 사랑이 읽혀지네요
어떻게 하든지
가장 선하게 하나님께서 인도해 주시길 기도합니다

▶ 2023년 1월 19일

내 안에 너 남아서

생각이 난다! 자꾸만 생각이 난다!

잊히지 않아 잊어본 적 없어 자꾸 눈물이 난다!

생각이 난다는 것은 아직도 너 떠난 그날이 어제처럼 생생히 내 안에 남
아 있다는 뜻!

그렇게 생생히 남아 있다는 건 지금도, 설날에도, 앞으로도, 그 어느 날
에도 널 볼 수 없다는 뜻!

사랑과 그리움은 아픔과 고통을 동반한 또 다른 나의 행복!

아픔과 고통이 없는 사랑은 영원을 꿈꿀 수 없기 때문이다!

차가운 겨울바람이 분다!
어딘가 내 모르는 곳에 숨어서 나를 보고 있을 것만 같은 너!
그 그리움의 잔망함에 베어진 가슴!
온전히 네게 길들여진 지난 세월을 나 혼자 어쩌란 말이냐┬
너에게 가고 싶다! 너를 만나 그냥 웃고 싶다!

너 없이 살아간다는 것은 외로움을 견디는 일.
오지 않는 전화, 올 수 없는 전화, 이젠 기다리지 말자! 착각도 하지 말
자! 바람이 불면 부는 대로 비가 오면 오는 대로 바람도 맞고 비도 맞으며
그냥 그렇게 살자!

그리하여 너를 만날 수 있다면…. 세상에서 못다 한 이야기 나눌 수만 있
다면….
떠나갔고, 떠나보낸 줄 알았는데 날마다 그리움이란 이름으로 나를 견
인하고 있는 너!

삶은 그 모든 것을 견디는 일!
오지 않는 전화, 올 수 없는 전화 기다리다 세월 가면 어느 날, 나 너에게
로 가겠지!
그리운 사람아! 보고 싶은 사람아!

 月棠 유월순 1월 19일 오전 10:35 · ♥1 · 좋아요
권사님
설날이 돌아오니 그립고, 가슴아프고, 눈물 나죠?
저도 울엄마 가신지 3주기 돌아 오는데 요즘 미치도록 보고싶어 그리워서 눈물나네요.
주위에선 시간이 약이다고 세월가면 잊혀진다하네요.
그냥 마음 가는대로 울고싶음 울고 삽시다.
명절 가족들과 잘보내세요.

 花山 이원환 1월 19일 오전 10:37 · ♥1 · 좋아요
그리움은 가장 아름다운
말이고 기도입니다
그리운 이, 마음껏 그리워하며
살 일입니다

 喜樂 金衛敬 1월 19일 오전 10:51 · ♥1 · 좋아요
흔적과 빈자리를 시간이 채울때까지
아프고 스럽고 눈물이 나겠죠
그것이 사랑입니다
사랑은 산자만의 전유물이 아닙니다
아름다운 사랑을 승화시키며 일상을
회복하이길 기도합니다

한 해의 길에서

숨차게 달린 한 해였다.
몸도 마음도 낡아져 가면서
여기까지 걸어온 길을 감사하는 달이다.

한치의 앞도 모르는 인생길,
건너뜀 없이 묵묵히 걸어온
한 해의 발자국 무게를
12월에 풀어 놓는다.

그 무게가 누군가에겐 오롯이 짐으로
또 누군가에겐 묵직한 결실로 남겠지.
어쩌면 결실의 보람이나 기쁨보다는
후회나 한숨으로 남겨지게 될 날들

무소유의 12월을 이루지 못한 것들

내려다 버리고 조금은 가벼워지는 달
때가 되면 떠날 줄도 아는
아는 사람이 되어야 하는 달

고희, 원래의 뜻은 삶에 있어 칠십도 드문 일.
그러나 지금은 흔하디흔한 한창나이다.
그 나이를 중반을 향해 달리고 있는 나,
올 한 해의 12월은 특히 더 숨이 차다.

겨울 찬 바람에도 우리 집 담장가
그가 심어 놓고 간 붉은 장미의
외로운 흔적을 쫓는 나를 묵묵히 지켜봐 주는 나무에게
한 해를 보내는 그리움의 이야기를 나눈다.

매일 내가 불러 보는 이름
어둠 타고 오는 아득한 별빛같이
나도 때에 맞춰 거룩한 이별을 할 수 있도록
기도하는 마음으로 12월을 보낸다

현 안녕!

가장 먼저 묻고 싶었고 알고 싶었던 단어입니다.
　현아, 가까이서 아주 건강하고 순수한 사랑을 쌓아가면서 현아와 더불어 많은 이야기를 나누고 싶습니다. 그러나 이제 나는 그냥 헤어져 왔습니다.

진실과 순수도 손끝에 닿을 수 있고, 눈으로 확인할 수 있는 거라면 참으로 좋을 텐데....

분명 나보다 하나 더 알면서도 둘을 참아버리는 현아의 지혜를 사랑하며 존경합니다.

대립이라는 그 고되고 힘든 입장을 벗어버린다면 우리 서로 나 아닌 다른 사람들로 인해 괴로워해야 할 이유가 없으리라 믿습니다. 그 어떤 힘든 상황이 와도 현아를 지켜 내겠으니 이제 그만 내 사랑을 믿고 받아 주십시오.

보랏빛 먼 하늘

광야를 향해 흔드는 청마의 마지막 깃발을
현아 곁에 보내드리니 찬란했던 여고 시절의 꿈을 찾아보십시오!
해바라기 소년처럼 빠르면서
잔잔한 호수처럼 심오한
그러면서도 몰아치는 폭풍우처럼
사나운 것에 창조자...
거기에 우리의 인생을 예리한 지성으로
판단하고 비판하면서
항상 새로운 생명을 불어넣어 주는 위대한 힘과 책임
용감한 섬마을 꼬막 섬의 기수
소라의 꿈이 성취됨을 진심으로 축원하면서
다시 한번 내 사랑을 고백합니다.

1971년 5월 24일 일수

내가 아는 당신은

삶에 대해 긍정적이고

사람에 대해 호의적이고

관심 갖는 사물에 대해 순수함을 가진 사람이오.

한 그릇의 음식보다 한 송이의 꽃을 사랑하는

한 덩이의 금보다 한 장의 편지를 귀히 여기는 사람

작은 추억도 소중히 잊지 않으려는 사람

사랑을 사랑하므로 사랑스러운 사람

단순의 멋을 멋스럽게 멋 부리는 여자

나는 고유하다고 색깔로 표현할 줄 아는 사람

옳음을 위해 싸우는 투쟁성

세상 흐름을 역으로 거스르려는 대담성

그래서 조금은 외로운 사람

스스로를 내보일 줄 아는 솔직한 사람

제 나이를 잘 인식하는 여자

세월을 아쉬워만 하며 가만히 기다리지 못하는 여자

언제나 웃지만은 않는 사람

찬 손을 내밀며 악수를 청하는 뜨거움

자신을 지극히 사랑하는 사람

어떤 때는 눈물겹게

어떤 때는 사랑스럽게

어떤 때는 타인처럼

그렇게 그렇게 열심인 당신

눈망울은 영원을

입술은 현실을

그렇게 말하며 수줍은 당신

언제나 따뜻한 훈풍이 맴돌게 하는 여자

내가 함께함은 복이로소이다

우리는 언제나 가까운 남남인 체

자신을 지키는 타인인 것을 슬퍼하오

큰 나무 그늘에 가려 빛을 못 보는 잡초처럼

빛을 찾아 헤집고 나가려 몸부림쳐도

우리는 언제까지나 눈에 띄지 않을 무명초인 것을

슬퍼하오.

그러나

그렇기에 더더욱 절실한 사랑이기에

귀하고 큰 기쁨이 아닌가 하오

저기 새벽빛이 다가오는구려

비가 오나 눈이 오나 새날이

새삼 기적처럼 느껴지오.

두서도 없이 이렇게 한꺼번에 꺼내 써도 되는지 모르겠구려

다음에 쓸거리가 없을까 두렵소이다.

무리는 하지 않으려오.

아! 엄마, 나의 어머니!

당신의 음성이 들려오는 바닷가

부딪쳐 몸부림치며 밀려가는 파도

어떤 것은 그리움으로

어떤 것은 아쉬움으로

어떤 것은 고통과 미움으로

모두가 하얀 파도 되어
밀려가고 밀려옵니다

한숨과 격랑의 슬픔뿐이었던
당신의 뱃노래
파도처럼 모질고 험한 삶의 능선을
"모정의 뱃길 3만 4천 리"란
이름으로 당신을 승화시켰습니다.
내가 따라갈 수 없는 아득히 먼 곳으로
내 인생의 파도는 힘차게 소멸되었습니다.
위대한 모성애 당신 덕분입니다.

해가 가고 달이 가고 세월 흘러
내 얼굴엔 검버섯이 피었고
당신의 뱃길과 파도 없이
어느새 늙어 저물어 갑니다.
당신의 생애를 공연하고 돌아오는
내 가슴 속은 크나큰 아우성
영겁을 출렁여도 나 못한 그리움
아! 엄마, 나의 어머니여!

그리움

평생을 함께 살아도 끝나지 않는 기다림
오늘도 엄마는

가로등 불빛 켜진 시끄러운 버스정류장에서
당신의 그리운 가슴에
딸을 향한 간절한 기다림을 지킨다
지쳐 죽어도 좋은 그리움

오늘도 엄마는
별빛 내리는 어두운 거리에 서서
당신의 그리운 분신을 기다리며
한 가닥 포기 없는 꿈을 키운다

평생을 그리움으로
평생을 기다림의 기도로
오늘도 엄마는 숭고한 기도 제목으로
당신의 딸에게 넉넉한 믿음을 쏟는다

그 이름조차도…

오월 숲 물빛 미소가 속삭이듯
날마다 태어나는 신록의 몸짓
살아 있는 날 동안에는
나 너를 기억하리라
삶의 기쁨을 노래하리라
첫 만남에서 마지막 순간까지
57년의 이야기 가슴 깊이 새기리라

네가 심은 덩굴장미가 핀 창가에서
나 너에게 편지를 쓴다
네가 떠나버린 일상의 빈자리는
깊디깊은 침묵
매봉산 뻐꾸기 구슬프게 우는 밤
어둠 속에서 더욱 향기로운 장미
오늘 밤은 더욱 네가 그립다.

너 뻐꾸기 울음으로 내 곁에 있는가
너 장미꽃 향기로 내 곁을 서성이는가
사랑하는 사람을 잃은 이 땅의 많은 슬픔들
너무도 아프게 헤어져 평생을 통곡으로
살아가는 이들을 아는 까닭에
차마 소리 내어 울지 못하고
오늘도 나는 꽃잎에 편지를 쓴다.

눈물의 슬픔이 기쁨일까
내가 살아 있음은
아직 너를 사랑할 수 있음이어라
너를 보낸 내 삶의 그리움은
구석진 자리에 눈물의 홀씨들로 모아
너 있는 저 먼 오월 하늘에 띄우노라
그 이름조차도 차마 소리 내어
불러볼 수 없는 보고 싶은 사람아!

그리움 1

네가 그리울 땐 너를 생각한다
그래도 그리울 땐 아직 묻히지 않는
추억들을 꺼내 본다
네가 몹시도 그리워 눈물이 나면
그냥 엉엉 소리 내어 통곡해 버린다

바람 소리에 창을 열어보니
낙엽이 쌓이는 소리다
다시는 오지 못할 사람인 줄 알면서도
왜 이리도 간절히 생각이 나는가

서러운 마음 뜬눈으로 지새다
바람 소리 그쳐 창을 열고 내다보니
이름 모를 별들은 저마다 반작이고
창문가에 낙엽들만 수북이 쌓였어라.

그리움 2

당신이 말없이 떠나간 그날처럼
당신을 생각하면서 이 길을 건넌다
종종 함께 걸었던 이 거리를
지금 나는 혼자서 걷는다

서러움에 가슴 앓으며 걷는다
너무 서러워서
너무 보고파서
발길마다 눈물 뿌리며 걷는다

너를 떠나보낸 애끓는 심정이
빗물 되어 하늘이 울고 있다
하늘이 뿌린 빗물을 맞으며
애가 울고 있다.

그리움 3

그것은 하룻밤
물결에 쓸린 모래성

얼마나 소중했기에
이토록 진한 미움이냐

뼈와 살 저미는 뉘우침
눈에 가득 노을로 어리네

굳이 깎은 벼랑 끝에
발붙이려 하였던가

먼 우레 우는 하늘가

서성이는 그 그리움

회오리 삼키고 싶은
한 개 불씨로 남았네

지금 나에게 가을은

지금 나에게 가을은
하늘 향한 그리움에 눈이 맑아지고
사람 향한 그리움에 마음이 깊어지는
폭염과 폭우의 여름을 미워하며
떠나보낸 참회의 기도를 하는 계절

지금 나에게 가을은
가을바람에 떨어지는 나뭇잎처럼
조금씩 떨어져 나가는 나의 시간들을
구체적으로 의식하며 남은 날들을
아름답게 가꾸어 가야겠다 다짐하는 계절

지금 나에게 가을은
해지는 가을걷이 텅 빈 들녘을 바라보는
슬픈 시인의 마음
오색찬란한 빛으로 물든 단풍에서
아름답다고만 느끼기엔 가슴 시린 계절
지금 나에게 가을은

100세 시대 죽음을 말할 나이는 아니지만
세상과 작별하는 이들의 마음을
곰곰이 생각해 보게 되고 내 마음의
죽은 시인을 만나게 될 것만 같은 계절

지금 나에게 가을은
어디까지나 조락의 계절이며
익숙하고 낯익은 것들과의
이별, 죽음, 사라짐의 의미를
되새기게 해주는 계절

지금 나에게 가을은
인생을 함께했던 동반자와의 이별
아련한 그리움으로 쓸쓸한 외로움으로
뒤섞이고 엉클어진 감정이 가슴을 파고드는
그리움으로 생각나는 마른 꽃 같은
만남의 인연이 끝나버린 슬픈 계절

대장 내시경 예약을 하고

죽는 게 두렵진 않다
병을 얻고 난 후의 삶이 두려운 거다
이런저런 주변에서 주워들은 소문으로
병원 예약 날짜가 하루, 이틀 다가오자
무섭기도 하고 겁도 나고 떨린다!

하루만 앓아누워도 육신의 소중함과
건강한 날들의 기쁨과 행복을 깨닫게 되는
배우지 않고도 알 수 있는 생명의 섭리
이렇게 예민하고 까마득한 우주가
내 몸속에 있음을 창조주께 감사한다!

나에게 병은 음산한 음계를 밟으며
불길한 그림자를 이끌고 오는 우울한 방문객
병은 바쁜 현대인들에게 적당한 휴식이라고
생의 외경을 가르치려 하겠지만
그 모든 달콤한 속삭임도 허무고 우울일 뿐!

"어무이 오래오래 꽃길만 걷자!"
사랑하는 딸내미가 생일선물로 보내온
'행복 나무'란 이름의 화분에 적힌 문구다.
흔히 "꽃길만 걸으소서"보다 "꽃길만 걷자"는 표현은
'함께' 또는 '같이'라는 뜻이 담겨 있어 더욱 행복하다!

그 꽃길을 걷기 위한 검사를 앞두고
복약 안내문에 촘촘하게 쓰여 있는
먹어서는 안 되는 수만 가지 음식 이름들
먹을 수 있는 단 한 가지 '흰쌀 죽' 하면 될 것을
1,000명당 1명의 부작용 공포를 이겨낸 결과 이상 무!

그동안 함께 기도하며 응원하고 애써준
가족들에게 감사하다!

현관문을 열고 거리에 나서 본다.
차가운 꽃샘바람에 한계를 느끼며
내 몸을 감싸주는 옷에 감사하고
춥다는 걸 느끼게 해주는 내 몸에게도 감사하다!

너 떠난 그 후

찬물 끼얹듯 싱그러운 청순함이여!
잠결에도 부딪쳐 오는 신선한 바람이여!
베게 위에 풀어 놓은 머리칼에도
드러난 살갗에도 입맞춤하는 바람, 바람...
나뭇잎이 떨어지는 소리...

들리는 것,
보이는 것,
생각나는 것,
모두가 하나같이 네 얘기이며
네 향기며
네 모습이며
네 눈빛이다

그러기에 이 밤도 잠들지 못하는 가슴이 되었고
귀뚜리, 쓰르라미도 온 밤을 울어 지새우고
내게는 전염병처럼 푸르도록 서러운
가을의 멍이 들어가고 있다.

나, 새삼 무슨 말로 이 기막힌 이별의 슬픔을 표현할 수 있을까
다만 두 눈 감고 조용히 고개 숙여 본다.

좋은 것을 좋아하며 산다는 것,
사랑하는 것을 사랑하며 산다는 것,
잊을 수 없는 것은 잊지 않고 산다는 것
얼마나 아름답고 소중한 삶인가

나는 너에게 편지를 쓴다.
문명의 이기를 절단시켜 버린 편지에는
시도 있고 그리움도 있다.

잊기 위해 애쓰지 말자
우리 비록 다시는 못 만난다 해도
다시는 만날 수 없겠지만
57년 세월로 우리 생애의 인연을 간직하며 살리라
그리움을 주고 또 주어도
간직하고 또 간직하여도
과하지 않을 아름다운 추억이 될 테니...

가을 노래

빛바랜 시집
40년쯤의 가을꽃 앞에서 맞이하고 보냈던
화려한 가을을 본다

별빛에서도 가슴이 저려오는
아픔 같은 가을 병은 아직 끝나지 않은 그리움인가?
초록의 여름이 미련 없이 잎을 떠나듯이
언젠가는 나도 이 땅을 떠나야겠지만
그래서 누군가는 조금 기억해 줄 것이고
잊혀진 사람이 될 것이지만
무엇에도 없는 내 삶을 스스로
최선을 다한 삶이었다고 자부한다

도곡동 공원에 큰 소나무가 심어졌다.
뿌리 내리지 않아 불안한 몸짓을 나무 막대에 기댄 채
낯선 환경에 떨고 있는 소나무를 바라본다
정통 정원수도 아닌 야생목이 어찌해 이 도심까지 끌려오게 되었는지
하늘 향한 그리운 활갯짓도 할 수 없게 구부려 버린
인간의 손길이 야속하게 느껴진다

올가을엔 많은 것이 내 곁에서 떠나갔다
원하는 것도 있고 원하지 않은 것도 있다
손 내밀면 소유할 수 있는 것도 손 흔들어 떠나보냈다
가을은 연보랏빛 들국화를 닮은 기쁨들이
가슴속에 피어오르는 계절
매미들이 합창 대신 풀벌레들의 가을 울음도
이 순간은 외로울 틈이 없다

떠나버린 사람이 그립고

아직 만나지 못한 사람이 그리워지는 가을,
누군가를 생각하는 것조차도 고맙고
설레는 풍요와 은혜의 계절
운동장 가에 만국기가 펄럭이고
눈깔사탕 한 개만 입에 물어도
마냥 즐겁고 행복했던 시절!

청군 이겨라, 백군 이겨라만 외쳐도
그 어떤 노래를 듣고 부르는 것보다 더
흥분하여 감동했던 시절!
그 먼 시절의 잊혀진 기억들조차도
가을은 생생하게 꺼내 온다
지금 창밖엔 바람이 분다
내 고뇌의 분량만큼 바람이 불고 있다.

어떤 편지

한 통의 편지를 받았다.

지난번 느낀 것인데 당신은 경계해야 할 함정이 있소.
그것을 잘못 선택했을 때 당신은 크게 후회하게 될 것이며 그러나 이미 때는 늦을 것이오.

직업상으로 사람을 대하는 안목과 사적으로 대하는 사람, 특히 배우자 선택에서의 안목은 별개로 해야 할 것입니다.
일반적으로 신문이나 잡지사처럼 활발하게 외부와 접촉하는 당신 같은 여성에게 독신이나 만혼의 경향이 있는 것은 바로 그 같은 안목의 혼란에서 빚어지는 거라고 생각됩니다.
어떤 의미로든 당신이 만나는 사람은 뉴스로서의 가치가 있는 사람, 다시 말해 나름의 성취에 이른 사람인 경우가 많기 때문이죠.
예를 들어 공무원이면 책임 있는 말을 할 수 있는 부서의 장이나 개인의 특출한 재능으로 자기 세계에서 어떤 평판을 얻은 사람입니다.

예술가나 학자의 경우에도 당신이 만나는 예술가는 대부분 이 나라의 중견이고 학자의 경우도 비슷하게 될 것입니다.

　그런데 만약 배우자나 사적인 친구를 선택하는데도 그 같은 안목을 적용시킨다면 열에 아홉, 당신은 곧 실망하게 될 것입니다.

　상대가 공무원이라면 대개 서른 미만으로 고시에 합격했더라도 구석진 자리의 계장이나 말단 법관, 작가라면 이제 겨우 등단했을까 말까 한 신인, 학자라면 대학 전임 강사가 되어 있기도 힘들 것입니다.

　지금까지 당신이 만났던 사람들을 보던 눈과 그런 눈으로 상대를 보게 되면 잘해야 아직 어리고, 심하게는 한심하게 느껴지기도 할 것입니다.

　그게 순진무구한 당신이 빠지기 쉬운 함정입니다.

　꼭 그럴 것 같은~~~ 이 현란한 글솜씨에 푹~ 빠져서 이 여자는 그 남자에게 전 인생을 맡겨 버렸다.

세상에 발표되지 않아
누구도 읽어 준 이 없는 이 가엾은 나의 글들을
여기저기 숨어 있는 책상 서랍을 열어
생생히 살아 숨 쉬는 지난날의 발자취를 꺼내 본다.

남에게 알리지 않은 사연들은
싫증 나지 않는 무수한 얼굴들~~~~
아무도 소유한 일 없는 귀한 보석을
혼자 간직한 기분
어쩌면 갇혀 있어 더욱 소중한 나의 언어들을
날마다 되돌아보며 사는

비밀스러운 기쁨이여!

퇴직을 앞두고

갈피를 잡지 못하는 내 마음을 대변하듯
왜 이렇게 비는 질척거리는가~
찬 서리 내리듯 소리 없이 다가오는 정년퇴직...
내 앞에 펼쳐진 아름다운 교정의 가을 풍경을
바라보고 있노라니 그냥 눈물이 흐른다.

제자들이 한바탕 시끄럽게 선생님을 외치며 다녀갔다.
눈물로 쓴 편지도 있고, 꽃다발도 있다.
제자들 한 사람, 한 사람은
나에게 있어서 보석 같은 존재이고
아름다운 꽃잎들의 축제다.

사랑하는 선생님
정성으로 저희를 위해 베풀어 주신 은혜와 사랑 잊지 않겠습니다.
감사해요 선생님! 우리 선생님....

여고 시절의 이야기들...

경자야!
네가 내게 남기고 간 시집의 갈피에

잔잔하게 새겨져 있는 너와 함께한 날들의 이야기들...
들꽃 같은 순수의 세월을 흘러
너와 나는 중년의 모습으로 다시 만났다.
보내준 갈매기 사진에서 잃어버린 고향 바다를
떠올리는 시간...
한 장의 사진에서 내가 살아온
역사가 축소되어 살아 숨 쉬고 있다!
지난날의 잊혀진 언어들이
자유롭게 공중을 나는 갈매기 떼 되어
손 흔들며 내게로 온다!
그 화려한 날개 빛 닮은 여고 시절의 기쁨들이
가슴 속에서 파도처럼 출렁인다.
풀벌레가 쏟아버린 가을 울음도
오늘은 쓸쓸할 틈이 없다.
내 친구야!

어느 가을날

떠나버린 사람이 그립고
그리운 사람이 더욱 그리워지는 가을!
누군가를 생각하는 것조차도 고맙고 은혜로운 계절!
만나지 않고도 만난 것처럼
풍요롭고 행복한 계절에게,
부자는 아니지만 받는 기쁨의 부담 쪽보다
베푸는 풍요의 행복 쪽을 실천하며 살아온 내 자신에게,

너 참 아름답다고, 고맙다고, 칭찬해 주고 싶다!

내일은 운동회!

운동장에 만국기가 펄럭인다.
그 옛날 초등학교 시절 운동회가 생각난다.
눈깔사탕 한 개만 입에 물어도
마냥 즐겁고 행복했던 시절!
"청군 이겨라! 백군 이겨라!"만 외쳐도
그 어떤 노래를 듣고 부르는 것보다
더 흥분하며 감동했던 시절!
그 먼 어린 시절의 그리운 기억들을
가을은 꺼내 온다.

지금 창밖엔 내 고뇌의 분량만큼의
바람이 불고 있다.
매일 반복되는 힘든 일상을
잠시만이라도 떨쳐버릴 수 있는,
오! 이 시간, 이 계절을 감사한다!
그토록 기다렸던 계절인데...
벌써 가을은
떠날 채비를 하고 있구나....

딸아!

사랑하는 사람으로부터
처음 받는 시집의 첫 장을 열 듯,
오늘도 바쁘게 팔딱이는 네 꼼지락거림으로
이른 새벽을 눈 뜬다.

다시 만나는 오늘이 새날이듯
너는 나에게 언제나 새 사람이고
너를 느끼는 내 마음도
언제나 새 마음이다.

처음 너를 만났던 날의 설렘으로
나의 하루는 시작되고
매일 그날이 그날이겠지만
너랑 함께하는 매일은
바쁘고 행복하니 지루할 틈이 없다.

모유가 부족해 밤낮 없이 입술을 오물거리는
네 양식을 만들기 위해
매일을 맞이하는 나는
언제나 서투른 새 마음

베넷 적삼 속 두 손을
파닥거리는 너를 위해
오늘도 끝없이 출렁이는

나는 엄마의 바다....

나는 혼자서 참 행복하다

1.

언제부터 혼자였는지 생각해 보면 무남독녀로 태어났으니 처음부터 혼자가 아니었나 싶다.

하지만 여기서 말하는 혼자는 남편이나 애인이 없는 상황이다.

직장에서의 정년퇴직은 인생 이모작을 설계할 수 있는 또 다른 내일을 꿈꾸게 하는 설렘의 출발점이었다.

퇴직 후, 매일 다람쥐 쳇바퀴 도는 동동거림의 날들이 아님을 감사했다.

사회에선 미운 사람도 가족보다 더 가깝게, 더 많이 함께 시간을 보내고 공유해야 하는 절대적 상호관계로 싫은 것 일일이 다 따질 수도 없어 스스로 고고한 척, 사랑인 척 내색하지 않고 여유로운 당당함의 철저한 두 얼굴로 살아온 덕분에 "조금만 더, 몇 달만 더 있어 주세요!"라는 제안을 받고 정년퇴직 한 해를 훌쩍 넘긴 유일한 사람이 되었다.

졸업한 수많은 제자들과, 직원들과, 가족 지인들,
그리고 서울시 관계자들의 축하 속에
사회인으로서의 무대를 마무리했다.
사회와 이웃과 고립된 현재의 위치에서
최우선으로 만족시켜야 할 대상은
이젠 상대나 주변이 아닌 바로 내 자신이다!
혼자일 때 시간을 잘 보내야 할 중요한 이유는
모든 사람은 혼자가 아닐 때

불행한 확률이 낮다고 생각하기 때문이다.

2.

가족이나 친구나, 이웃이나,

투닥거리는 사람이라도 함께 있는 것이

존재한다는 것은 큰 축복이다!

그래서 사람들은 혼자만의 시간을 두려워하고,

누군가를 만나려 하고 번화가에 나가 사람을 각인한다.

가능하면 많은 사람과 보내는 것이 좋고

왜 좋은지도 알고 있지만

그러나 동시에 이들은 슬픔이나 고통의 대상이 될 때도 있어

나의 경우, 외로움보다 차라리 마음 편한 혼자만의

시간이 더 행복하다 말하고 싶다!

한 해의 끝자락에서

숨차게 달려온 한 해였다.

몸도 마음도 낡아져 가면서

여기까지 걸어온 길을 감사하는 달이다.

한치의 앞도 모르는 인생길,

건너뜀 없이 묵묵히 걸어온

한 해의 발자국 무게를

12월에 풀어 놓는다.

그 무게가 누군가에겐 오롯이 짐으로

또 누군가에겐 묵직한 결실로 남겠지

어쩌면 결실의 보람이나 기쁨보다는
후회나 한숨으로 남겨지게 될 날들
무소유의 12월은 이루지 못한 것들을
내려와 버리고 조금은 마음이 가벼워지는 달
때가 되면 떠날 줄도 아는 사람이 되는 달
고희 원래의 의미는 "삶에 있어 칠십도 드문 일이다"라는
뜻이지만 지금은 흔하디흔한 한창나이다.
그 나이를 중반을 향해 달리고 있는
나의 12월은 숨이 차다.

겨울 찬바람에도 우리 집 담장 붉은 장미처럼
떠난 사람의 흔적을 질기게도 쫓는 나를
묵묵히 지켜봐 주는 나무에게
한 해를 보내는 그리움의 이야기를 전한다.
매일 내가 부르는 이를 어둠 타고 오는
아득한 별빛같이 때에 맞춰
지루한 이별을 하게 해달라고
오늘도 기도하는 간절함으로
네가 떠나버린 내 생애의 12월을 보낸다.

그리운 사람아!

오늘이 보름인가?
우리 집 지붕 위로 외로이 떠 있는 달을 본다.
터져버릴 것 같은 그리움

시리도록 차가운 달빛 사이로
그리운 네 모습이 보인다

차마 발길 돌리지 못하는 내 마음을
달아 너는 알고 있니?
이 밤 내 마음이
왜 이리 아픈 건지 왜 이리 시린 건지
달아 너는 알고 있을까?

낮은 목소리로
가만히 불러보는 네 이름 석 자
예고 없이 너 떠난 그날이
이 밤 애타는 그리움 안고
불꽃처럼 타오르고 있다

그리운 사람아!

고맙소 당신!

가난 얼마나 힘들고 서러운 말인가.
쌀밥은커녕 보리밥도 세 끼니를 먹지 못했던 시절
지금은 보리밥이 건강식이고 별미라
보리밥 한 끼 찾아 먹으러 멀리까지 떠난다.
그 시절엔 모두가 가난했고 보릿고개 시절엔
고구마로 끼니를 때우는 게 대부분이었지만

지금은 기호식품이다.

하나님은 우리의 가난을 원치 않으신다.
가난의 영 뒤엔 저주가 있고 마귀가 있단다.
우리의 고통과 아픔과 고생은 마귀가 주는 것
그것은 결코 하나님의 뜻이 아님을 분명히 알자.
쉽게 아무 곳에나 하나님의 뜻이라 말하지 말자.

내 사랑하는 자식들 대엔 가난을 끊고
하나님 안에서 복을 받고 누리는 삶을 살아가기 위해
그대, 당신, 얼마나 애쓰고 고생하셨는가?
못 먹고, 못 쓰고, 못 입으며 모으고 모아서
동서남북 곳곳에 드넓은 땅을 남기고 떠난 사람아!

그 세월이 눈물과 한숨이었고
지금은 행복이었음을 그때는 몰랐고 지금은 알았다.
그 세월이 흐르고 흘러 그대는 떠났고
그 세월의 흐름 속에 나는 홀로 서 있다.
사랑아, 사랑아, 너는 없고 오로지 자식만을 위해 살았던 네 생애를
또다시 통곡한다 나의 사람아!

네가 몹시 그리운 날

내려라 눈이여 쌓여라 첫눈이여
첫눈으로 내게 와 준 아름다운 사랑아.

사랑을 뿌리고 마음을 설레게 한
눈 내리는 창가는 아직도 내겐 가슴 뛰는 청춘!

눈송이는 떼 몰려 창가에 서성이고
설렘으로 뛰는 가슴에 불붙이는 추억들
눈 내리는 풍경 보며 그 그리움을 키웠던
아련한 추억 속으로 날 부르는 그대여!

첫눈이란 두 글자는 한 폭의 그림으로
한 줄의 시로 노래 되어 울리나니
갑작스러운 네 죽음은 내 삶이 침몰당한 절망

그러나 죽음은 마침표가 아닌 영원한 쉼표
나에게 네 죽음은 끝없는 물음표...
눈이여 내려라 쏟아져 쌓여라
그 귀에 들리도록 그 가슴 열리도록

너와 나 하늘과 땅!
멀리 있어도 떨어져 있어도
영원한 그리움 되어 사랑으로 쌓이리라...

너,
내가 살아 숨 쉬는 그날까지
기억에 남아서 가슴에 지지 않는
한 송이 꽃으로 피어나 주겠니?

너,
진흙밭 초록의 어둠을 환히 밝히며
가장 아름답게 타오르는 하나의 불꽃으로 피어나 주겠니?

너,
새별은 새벽에 빛나고
이슬은 아침에 빛나듯
너, 내 가슴에서 빛나는 영원한 생명이 되어주겠니?

엄마 생각

가정도 새벽바람 아침 해가 떠오르고
출렁이는 파도는 세월을 되씹으며
시작도 끝도 없는 엄마의 힘든 여정
푸르른 바람에 지쳐 스스로 여문 가슴이여!

세월은 바닷물 따라 바닷물도 세월 따라
석양빛에 덧없는 축제가 되풀이되어도
출렁이고 또 출렁이는 3만 4천 리 뱃길을
그 세월 잊지 말라 다짐하며 흐른다

한 많은 바다 살이 엄마의 눈물은
아직도 가정도 선창가에 떠도는 듯
목 놓아 소리쳐 불러보고픈 피맺힌 그리움은
모정의 뱃길 탄생 63년의 긴 세월!

내가 걸어온 길

끝이 보이는 막다른 골목에선 어떻게 해야 하나?
돌아서서 다시 걸어 나와야겠지?
막다른 골목에서 끝이라 실망하지 말자
길은 어떻게 또 이어질지 알 수 없는 일!
내가 걸어가고 싶은 길만 길은 아니기에
그냥 멈추지 말고 걸어가 보자.

좋아하는 길, 원했던 길을 포기하고
만나고 결혼하고 아이들 낳고
그렇게, 그렇게 적당히 불평하며 살아온 길
나를 힘들게 하는 부정적 감정은 갖지 말자
눈에 보이지 않아도 내가 느낄 순 없어도
이내 나의 길은 만들어져 완성되었고

인생은 자신만이 감당할 십자가가 있고
이것을 체험으로 알게 되면
나만 억울하고 힘든 게 아니라
그 삶의 길을 통해 스스로 성장하고
성숙의 길로 초대를 받는 것
또 다른 나의 성장을 위해 내딛는 훈련이라 생각하면
역경도 조금은 가벼워지겠지!
내 인생은 지금까지가 아닌
지금부터라고!

2022년 12월 2일

대구 큰애한테서 일상의 안부 전화가 왔다.

"야, 오늘 새벽 첫눈이 왔어."

"어디요?"

"여기 서울에."

"아! 첫눈은 1월에도 왔는데 왜 굳이 12월에 온 것을
첫눈이라 하는지 모르겠네요."

"???"

순간 나는 멍했다. 그런데 듣고 가만히 생각해 보니 일리가 있다.ㅋㅋㅋ

지금 최상의 컨디션이라 핀잔은 안 받아도 될 것을 믿고

"엄마 어제 새벽 어디 갔는지 알아?" 했더니 의아한 듯 "어디 가셨는데
요?" 한다.

"엄마 광화문 광장."

"예에."

지금 서울 하늘에 첫눈이 내린다.

추위도 잊고 밤잠을 포기하고 이 연세에...ㅋㅋ 광화문 광장까지
겁 없이 달려간 정성이 하늘을 감동시켜 16강 진출을
축복하는 하늘의 축복이다.

졸업생들 취업처에 관한 교사의 소감

고정 고객이 확보되어 있는 업소로
원장인 주현 씨는 본교 졸업생으로
직원 대부분을 모교 출신으로 채용하고 있다.

조용하고 깔끔한 분위기로 유동적인 고객보다
고정고객이 주가 되고 있다.
바쁘고 분주하게 움직여야 할 시간이 많지 않아
조금은 지루하게 느낄 때도 있을 것 같다.

많은 편지 중 유독 기억나는 제자의 편지.

졸업한 지도 어느새 32년
그리운 선생님 이론 시간마다
"너희들은 분명 예술인이지만 무용예술인이라는 사실을 잊지 말거라."
분명 전문성을 가진 예술인이지만 내 만족이 아닌 철저하게 상대방을
만족시켜야 한다는 무용 예술의 의미를 강조하셨던
선생님의 모습이 오늘따라 왜 이리도 그립습니까?
지금도 소통하고 지내는 저희 7기 졸업생들은 만날 때마다
정숙현 선생님의 제자로 자랑스러운 무용예술인으로 불려
성공한 삶을 살고 있는 현재를 있게 해주던
선생님을 언제까지나 잊지 않겠습니다.
건강하게 오래오래 우리를 지켜봐 주십시오

2018년 5월 15일
학생대표 최규화 올림

어떤 편지

이제 결혼을 하겠다고
행복한 모습으로 찾아와 주례를 부탁했던
제자가 결혼식을 올리고 1년쯤 되는 날
더 이상 불행해지고 싶지 않아
헤어져야겠다는 소식을 받고
이런 글을 써 보냈다.

"칼 부세의 저 산 멀리 아득한 하늘가
행복이 있다기에 따라갔다가
눈물만 머금고 돌아왔네
저 산 너머 내~하늘가
행복이 있다고들 말을 하지만...."

며칠 후 긴 답장이 왔다.

"선생님 말씀대로 행복은 눈물만 머금고 돌아올
저 산 너머 아득한 하늘가에 있는 게 아니고
마음 문밖에 와 있습니다.
우리가 문을 닫고 싸우고 있는 동안
행복은 문밖에서 서성거렸나 봅니다.
오해가 있어 성내어 말하기에 앞서 이해하기로 했습니다.
우리가 한 몸이기에 서로가 아끼고 존중하기로 했습니다.
거칠고 유혹 많은 세상을 헤쳐가기 위해
서로 크고 작은 일에 도와 가기로 했습니다.

선생님!
어젯밤 비에 흠뻑 젖은 장미 넝쿨 사이로
파아란 하늘이 그날과 똑같이 지켜보고 있습니다.
우리는 선생님 말씀대로 우리의 행복을
저 하늘 밑 저 산 너머가 아닌 15평 우리 집
뜨락에서 찾았습니다.
선생님 곧 찾아뵙겠습니다.
사랑합니다.

그리움 4

너의 음성 들려오지 않으니
전화 가까이 가면 네 목소리 들릴까
네 생각 깊이 하면 네 모습 보일까

지금 앵두꽃 곱게 피는 별밤
은하수 화려하게 펼쳐지고
형광등 불빛 고요한 창가에서

네게 보낼 이 글을 쓰고 있나니
언젠가는 사람들 사이로
내일일지도 모르는 만남이 있겠지

그리움 5

이제 당신 보지 않아도 볼 수 있다
당신 목소리 듣지 않아도 들을 수 있다
당신 만나지 않아도 만날 수 있다
당신의 낙엽 밟지 않아도
가을을 느낄 수 있다.

그러나 말입니다.
당신 존재를 생각지 않고는
견딜 수가 없습니다.

사랑아, 사랑이여!
당신 목소리 내 귓전에 있게 하소서
사랑아, 사랑이여!
당신 손길 내 손 위에 있게 하소서

이토록 간절한 그리움이 될 줄을
이토록 소중한 보고픔이 될 줄을
숙명의 만남 강물이 바다로 가듯
마지막 잎새 되어 당신께 날아가지

떠나온 지 오랜 세월, 바다와 함께 살았던 어린 날의 기억들을 어떻게 꺼내어 표현할까? 만조가 되어 바닷물이 가득한 바람 부는 날은 파도가 꿈틀거리는 위세에 눌려 아무것도 눈에 들오지 않고 괜스레 불안하며 막막했던 시절!

밀물이 가득한 바다를 바라보는 것만으로도 숨이 가빠지고 자연이 주는 공포와 전율을 느꼈던 묘한 충만함!

반대로 물이 다 빠지는 썰물 때가 되어 자갈과 모래가 바닥을 드러내면 그 바닥엔 순식간에 평화가 깔리고 기쁨이 충만했던 순간들이 마치 어제인 양 생생하다!

바다는 다시 수평선까지 아득해지고 가물가물한 어느 세월처럼 멀어지면서 바다 끝 하늘이 시작되는 곳에서는 갈 수 없는 육지를 바라보는 아련한 아픔이 가슴을 잡아당겼던 어린 시절의 그리움!

"파도 헤친 모정, 어머니 뱃사공, 슬픔이 강을 건넌 모정의 결실, 모정은 파도를 넘어 3만 4천 리, 장한 어머니 박승이, 모정의 뱃길"

이제는 전설이 된 이 수식어들의 주인공 딸은 자라서 어느새 일흔을 훌쩍 넘어 엄마와 함께 살아온 인생 이야기를 여기 한 권의 책으로 묶었다.

깊은 밤 창문 두드리듯 찾아오는 그리움! 네가 내 곁을 떠났다는 사실을 잠시의 외출이라 애써 생각하며 멍때리고 살아온 날들이 지나고 보니 어느새 1주기!

내가 나이면서 내 마음 눈으로 볼 수 없고 만질 수도 없는데 과연 내 마음은 지금 내 안에 있는 것일까? 마음이 허공을 헤맬 때면 외로운 그믐달이 되고 때론 별밤에 넘어져 서러운 소쩍새 울음을 토해내기도 했다. 내 마음을 붉은 홍엽으로 물들여 놓고 떠나버린 사람아! 너 떠난 10월이 없었다면 이토록 가을이 슬프진 않았으리~ 이 땅에서 얼마나 더 머물러 있을지 모르는 나의 삶! 보이지 않는 네 모습 생각나고, 들리지 않는 네 목소리 들려오는, 갈 수 없는 먼 곳에서 날 부르는 너! 사라지는 것이 잠시 늦었을 뿐 목적지는 너 있는 천상의 나라. 언제 떠나야 할지 아는 사람은 없다. 그러나 가야 할 때가 언제인가를 알고 준비된 삶을 사는 것이야말로 진정 가야 할 때를 아는 사람이리라~

주님!

원하는 꿈을 이룬 것에는 돈, 영광, 찬사가 아닌 내가 원하고 사랑하는 것을 이루었고 그 과정 중에 느낄 수 있었던 열정과 기쁨이 더 중요했음을 깨닫게 해주신 사랑을 감사합니다!

코다, 교향악에서도 찬양대에서도 마지막을 강조합니다. 한 악장의 끝에 만족스러운 종결 느낌을 선사하는 코다! 아무리 음악이 잘 흐르다가도, 아무리 찬양을 잘 부르다가도, 마지막이 허무하면 그 음악은, 그 찬양대는 망쳐지는 실수를 한 것이고 사람의 숨을 멎게 하는 절정의 순간의 진한 감동과 여운은 우리를 행복하게 해줍니다. 그러나 그 마지막 코다를 개척할 능력이 발휘된다면 응원할 일이지만 아무런 욕심 없이 주어진 지금의 현실 속 내 사람에 만족하고 행복할 수 있는 기쁨과 평안을 주신 은혜와 사랑을 또한 감사합니다!

주님!

살면서 아파봤기에 아픈 눈물을 알고 좋은 사람들을 만나 조금씩 웃었기에 웃는 즐거움을 알게 되었습니다. 혼자보다는 함께 살아가는 것이 참 행복임을 깨닫게 해주셔서 감사합니다! 주님께서 허락하신 믿음의 공동체 안에서 내가 사랑하는 만큼 내가 좋아하는 사람들을 사랑하면서 살게 해주신 사랑을 감사합니다! 내 곁에 머문 사랑이 마지막 사랑인 것처럼 주님을 사랑하며 살겠습니다. 주님을 향한 아름다운 사랑의 찬양처럼 결과는 빛났고 과정은 아름다웠다고 남은 인생 주님만을 바라보며 살겠습니다!

"내가 그리스도와 함께 십자가에 못 박혔으니 그런즉 이제는 내가 산 것이 아니요 오직 내 안에 그리스도께서 사신 것이라."

2023년 10월에 도곡동에서 첫눈

정숙현

| 댓글 모음 |

손경숙
똘망똘망하고 어여쁜 소녀에게
장학금도 주셨다.
1962년에 이사연은
한국일보에 게재되어 많은 사람
들이 감동받았다.
그리고 '모정의세월'이란 제목으
로 문화영화도 제작되고 라디오
드라마도 방송되고 이미자님이
'꽃피는 여수바다'란 제목으로
노래도 불러었다.

그리고 40년이 지난 2004년에
그섬마을 소녀 정숙현님이
한국일보에 모정의 세월 그이후
에 대해서 글을 올려서
또다시 많은 사람들의심금을 울
리었다.

비니
아 오래 전에 울엄마로부터 들은
이야기의 주인공을 여기서 만나
게 되다니
감개무량입니다!
그거이 그냥 전해지는 옛날 이야
긴줄 알았는데
실화였다니 딸을 위한 위대한 사
랑에 감동 받고 갑니다

청눈이
결국 그렇게 낙엽따라
떠나셨군요?배우자의
부재가 가장큰 아픔
이겠지요.하지만 아무리
죽고 못살아도 갈땐 혼자
떠나더군요. 첫눈님 마음
강하게 다지시고 스토리
친구들이 있으니 마음 슬플때
마음 아플때 이곳에 글 올려
주세요.아픔은 나누면 반이
된다잖아요.
가족모두 그 슬픔 누가 알겠어
요.

서로 다독이고 다시 힘을
내야지요.하나님품에서
안식을 취하고 계실거예요.
힘내십시오.

한승아
듣고 또 들어도 놀랍고 감동되는
사연 입니다~~
그 가난 하던 시절 ~
일찍 깨어 있어서 어린 딸 공부
시켜야 한다는 정성 하나만으로
폭풍우를 뚫고 등하교 시키는 어
머님 ~
또 그런 어머님의 정성에 세상
삶에 다양한 재능과 봉사로 여
러 사람들의 귀감이 되고 계시는
권사님 ~~
우리 박승이 권사님이 하늘 나
라 천국 하나님 곁에서 흐뭇한
미소로 지켜 보고 ' 참! 잘했다'
칭찬 하실것 같아요 ~!!
우리내 이름없는 어머님들의 사
랑으로 지금우리의 모습이 있음
을 감사하며 ~
저도 지금 곁에 계시지 않은 엄
마를 떠올리며 그리워 합니다

이소녀와 어머니에대한 소식을
신문에서 접한 육영수 여사께서
손편지를 써서 박정희의장께 전
해달라 부탁을 하셨고
박정희 의장께서 직접 그섬마을
을 방문하여 그어머니의 굳은살
베인 손을 잡아주시고 위로해
주셨고

" 황금연못"
1월28일 토요일
오전 8시30분
KBS1 TV
*정숙현 권사님 출연~!!

Sheen효진심으로
2013.11.24 오전 8:39

문화일보에 우리엄니 기사가 ^^
http://m.munhwa.com
/mnews/view.html?no=
2013111301033730024003

Sheen효진심으로
2013.12.24 오후 2:59

우리 서울엄마의 며느리 사랑🖤 좀자
랑할게요! ^^ㅋ
혼자집에서 소명군 본다고 새로생긴
동네 빵집에서 젤 맛있는 빵이라고 사
오셨는데 ㅋㅋ 먼놈의 빵이 이리도 비
싼지 ㅋㅋ
계산하는 손이 후덜덜이셨다네요!
블루베리가 쏟아져 내리는 카페&키스
링 도곡점의 블루베리키스링🖤
나혼자 다먹으라고 당신께서는 시식
코너에서 배채웠다 하십니다 ㅋㅋㅋ

ㅋ
행복한 크리스마스 이브가 곧 다가옵
니다!
행복 바이러스 꽉꽉!

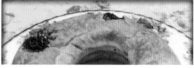

Sheen효진심으로
2014.06.29 오후 10:35 2014.06.29 수정
됨

꽃보다 예쁜 우리 엄니♡
스타일도 닮아서 결혼전에 같은 원피
스 갖고있는걸 알고 깜놀했었는데, 오
늘 그 문제의 원피스를 입으셨네 ㅋㅋ
ㅋ

로뎀교회 마당 능수화도 빛을 잃게 만
드는!
꽃보다 이쁜 울엄니~~뽀에버!!

사랑스러운걸~~♥
가슴이 먹먹해지는 글.....
권사님의 자식을 향한 그리움과
사랑이 가득 묻어나네요. 어머
니의 대한 사랑도 짠함도.....
그래도 어머니는 강하다.
잘 견디면서 기도하실 권사님
~~ 울장관쌤 참 좋은
남자인디....대한민국 아가씨들
뭐하나 몰라~
이리 숨겨진 보물을 못찾고
~~^^

2014년 11월 12일 오후 3:45

사랑스러운걸~~♥
내일을 위해 열심히 사는 울장관
쌤~~화이팅~!!
빨리 안정을 찾고 얼굴 자주
보여주삼~~~보고싶은게~~^^

국*옥
이미 2018년이란 세월은 진지
가 어느 새 3년이나 돼 가서 ㅎ
ㅎ 큰 실감은 없지만 그래도 나
의 찐 팬인 권사님이시라 내 마
음이 그대로 전해지네요 특히 주
님께서 늘 눈동자와 같이 지켜주
시는 하나님의 자녀이기에 생각
이 거의 같다는...♡ 그리고 방
송하는 모습이 넘 멋지요 ...♡
도대체 하나님께 받으신 달란트
가 얼마나 되시는지? 이젠 부럽
다는 말도 저만치 물러 가버렸네
요 상대가 안 되는지...♡ 암튼
다시한 번 하고픈 말~ 진심으로
멋지십니다 ㅎㅎ...♡

2021년 1월 5일 오후 4:42 수정됨

사랑스러운걸~~♥
다복한 가정~
다들 한곳에 모아 놓으니 반갑네
요~^^
귀염둥이들 보물1.2.3.4호들
할머니 사랑의 글이 느껴지니?
너희들을 향한 할머니의 기도~
가족을 사랑하는 엄니의 마음~
코로나19 땜시 할머니를
못뵈어도 먼 훗날 글을 통해
할머니 사랑을 느끼길 바라는
마음~ 소명 소민 소원 예담아
꼭~~ 기억해라~
할머니가 너희를 이렇게 사랑 했
다는것을~~

정미혜
아름다운"모정의뱃길 삼만리"
감동감동의물결입니다~
영원히 언제까지나 교훈이되고
빛날 어머님의 그사랑~~
고귀하고 아름답습니다~!!
♡♡♡
정숙현권사님은 세상에서
최고로 행복한딸~!!
두분께 사랑의 박수를
보내드립니다~!!♡♡♡

첫눈
그리운 엄마~
그 사람을 지켜 주시는게
저를 지켜 주는 일입니다ㅜㅜ

2022년 10월 2일 오전 3:05 · 좋아요 ·

정신 놓아버린 남편분
그걸 지켜보는 언니.
그래도 언니 마음 추스리고
하고 싶은말 하셔요
들을수 있을때..
참 마음아픈 가을입니다

2022년 10월 15일 오후 12:24 좋아
요 1

지리산
어떤말로
위로가 될까요
넘 슬퍼요
선생님
힘내세요

2022년 10월 15일 오후 3:07 좋아요
1

안젤라 정
선생님~!!
글 읽어 내리면서
눈물이 납니다
너무 슬프네요
힘내시라는 말씀밖에 할말을 잃
어버리게 되네요
선생님~
히내세요~

언젠가 한번은 떠나는게 이별이
지만 이별을 받아들이기란 너무
나 힘들고 마음이 아프지요 주님
의 사랑으로 더욱더 굳건해지시
고 마음이 빨리 치유됐으면 합니
다 힘내세요 첫눈님!

2022년 11월 17일 오후 3:05 좋아요
1

신철우
원효의 무애가란 선시를 들려드
리지요
종교를 떠나 많은 가르침을 함유
하고 있습니다

一切無碍人
一道出生死

스스로 묻고 스스로 답하시니
이미 깨우침이 크신 것 같습니다
강녕하시기 바랍니다

모정의 뱃길

1판 1쇄 발행 2023년 10월 22일

저자 정숙현

교정 신선미 **편집** 김다인 **마케팅·지원** 김혜지

펴낸곳 (주)하움출판사 **펴낸이** 문현광

이메일 haum1000@naver.com **홈페이지** haum.kr
블로그 blog.naver.com/haum1000 **인스타그램** @haum1007

ISBN 979-11-6440-437-7(03810)

좋은 책을 만들겠습니다.
하움출판사는 독자 여러분의 의견에 항상 귀 기울이고 있습니다.
파본은 구입처에서 교환해 드립니다.